論壇 02

台日韓商大陸投資策略與佈局

跨國比較與效應

A Comparative Study of the Investment Strategies of Taiwanese, Japanese and Korean Businessmen in China

金珍鎬 ● 林瑞華 ● 耿曙 ● 徐永輝 ● 陳子昂 ● 陳德昇 著

張紀濤 ● 張家銘 ● 園田茂人 ● 蔡奎載 ● 鄭常恩

陳德昇 主編

序　言

　　長期以來，台灣學界對台商大陸投資之研究，主要集中在產業和區域、投資環境與風險管理，以及經濟社會意涵之解讀和分析。然而，當前我們面對經濟全球化之趨勢和挑戰，無論是跨國企業的參與，或是鄰國產業的競合，皆使得台商大陸投資面臨更多的機遇和挑戰。有鑑於此，將台商研究擴展至跨國性探討，亦即對台日韓商大陸投資策略和佈局進行比較分析。本議題的研討與出版，即是我們從事台商投資跨國比較研究的初步成果。

　　當前中國大陸投資環境，正處於急劇轉型階段。投資政策已由「招商引資」調整為「招商選資」。傳統產業正面臨成本提升、優惠取消、勞工不足、水電短缺，以及本土產業之競爭；高科技產業雖仍有優惠鼓勵，但是亦存在查稅趨嚴、製造基地過於集中，以及毛利偏低之風險。台日韓商如何因應新一波的大陸投資環境變遷，應是共同關注的課題。也唯有在投資運作中掌握商機、交流經驗、汲取教訓，並規避風險，才可能在全球化多元與激烈挑戰中存續。

　　最後要感謝政治大學林碧炤副校長、王振寰研發長對學術研討與出版的支持；台灣日本研究學會理事長許水德、秘書長蕭建勳；台北市兩岸經貿文教交流協會任盛漢與張永一先生，亦為籌備與研討事宜貢獻良多。另外，也對政治大學東亞所陳幼軒、王智樺同學不辭辛苦校正表示謝意。

陳德昇2008/1/20

目 錄

主要作者簡介（按姓氏筆劃）

金珍鎬

　　北京大學國際關係學院法學博士，現任韓國檀國大學助理教授。主要研究專長：現代中國研究、世界華商研究、韓國企業在華經營戰略研究。

林瑞華

　　政治大學東亞研究所博士生。主要研究興趣：台商研究、認同理論。

耿曙

　　美國德州大學奧斯汀分校政府系博士，現任政治大學東亞所副教授。主要研究專長：中國大陸政治經濟、區域發展與整合、台商研究。

徐永輝

　　韓國成均館大學經濟學博士，現任青島大學國際商學院國際經濟與貿易系副教授。主要研究專長：國際經濟學、韓商投資中國研究。

陳子昂

　　清華大學應用數學研究所碩士，現任工業技術研究院產業經濟與趨勢研究中心特別助理。主要研究專長：台商全球佈局、兩岸ICT產業競合分析。

陳德昇

　　政治大學東亞研究所博士，現任政治大學國際關係研究中心研究員。主要研究專長：兩岸經貿關係、中國地方治理、台商研究。

張紀潯

　　日本東京經濟大學經濟學博士，現任日本城西大學大學院經濟學研究科教授。主要研究專長：國際經濟學、中國社會保障制度、日本對中投資。

張家銘

　　東海大學社會學博士，現任東吳大學社會學系教授兼系主任。主要研究專長：發展及經濟社會學、台商與中國研究、全球化與區域發展。

園田茂人（Shigeto Sonoda）

　　日本東京大學社會學碩士，現任早稻田大學亞太研究院教授。主要研究專長：比較社會學、文化全球化研究、現代中國研究。

蔡奎載

　　政治大學中國大陸研究英語碩士學程研究生。主要研究興趣：韓商研究。

鄭常恩

　　北京大學光華管理學院經濟學博士，現任三星（Samsung）經濟研究所首席研究員。主要研究專長：中國產業、企業研究、東亞經濟研究。

緒論
台日韓商大陸投資機遇、競合與挑戰

陳德昇

（政治大學國際關係研究中心研究員）

　　二次大戰後到九○年代，亞太地區陸續經歷四波發展大轉型。第一波始於六○年代日本的現代化；第二波是在七○年代末，後繼興起的台灣、韓國、香港、新加坡「亞洲四小龍」的經濟奇蹟；第三波是八○年代末期，在中國沿海和東南亞展現強勁成長潛力。及至九○年代，第四波則是跨國、跨區域的成長圈出現。就發展特色而論，前三波的轉型均在單一國家境內發生，而且在經濟聯結上，是與世界資本主義體系西方核心的關係，也遠較亞太區域內部跨國、跨區域的關係密切。不過，第四波的轉型的區域化，是植基於亞太內部跨國、跨區域的資本、技術、人才和市場的聯結。[1]由於中國經濟發展在此一時期崛起，牽動全球化與區域經貿互動之調整，從而呈現區域產業跨界投資興起與流動加速趨勢。台日韓商即在此一背景下進入中國市場，並造就中國大陸改革與開放更具績效之表現。

　　在現階段世界經濟發展進程中，呈現「全球化」（globalization）與「在地化」（localization）特質。亦即在「全球化」趨勢下，經濟活動跨越國界、人才、知識、資金與技術等生產要素，跨域流動頻繁，其所強調的是經濟發展過程中，全球層面的創新網絡連結與拓展；「在地化」之趨

---

[1] 蕭新煌、王宏仁、龔宜君主編，台商在東南亞：網絡、認同與全球化（台北：中央研究院亞太研究計畫，民國91年），頁25。

勢，則使得生產要素在特定區域中聚集與重組，其趨勢是區域創新網絡之培育與企業在地鑲嵌性。就空間尺度而言，生產活動的全球化，並未使企業空間分佈分散，反而產生地理群聚（cluster）現象，而呈現「全球在地化」（glocalization）之趨勢。[2]在中國大陸投資之台韓日商，即出現產業與聚居集中之現象，且與母國區位鄰近和偏好有關。由於台日韓商大陸投資與全球生產網絡（global production network）連結，著力於競爭力維持與生產力提升，因而台日韓商投資過程中，如何與地方政府互動？如何推動與落實包括：零組件、原材料、人才、研究與發展之在地化？以及隨著投資環境之變遷，如何強化跨國產業結盟與資源整合能力提升、內需市場開拓，或是進行全球化佈局再抉擇，皆攸關企業興衰與存亡。因此，跨國投資不僅涉及企業專業創新與治理能力，更須對跨域生態與社會環境進行連結、鑲嵌與互動，才有永續發展之可能。

　　台日韓中小企業在經濟發展過程扮演重要角色。台日韓三國經濟結構是以中小企業為主體，但大企業在政府政策支持與民營經濟發達下，亦是經濟發展、創新與穩定之基礎。基本而言，在全球化風潮下，台日韓中小企業是大陸投資的先行者，台商因具有語言、文化與在地之優勢，較擅長經營人脈網絡與地方政府關係，日、韓商則處於相對弱勢角色，亦是引發經營困難主因之一。至於台日韓大企業投資大陸較為謹慎與務實，不乏採取多角化經營與策略聯盟之運作，無論在法制規章、公關經營與勞資關係方面，相對較為規範。不過隨著中國稅務稽徵日益嚴格[3]、投資區位過度

---

[2]　王信賢，「物以類聚：台灣ＩＴ產業大陸投資群聚現象與理論辨析」，陳德昇主編，經濟全球化與台商大陸投資策略、佈局與比較（臺北：晶典文化事業出版社，2005 年 11 月），頁75。

[3]　事實上，沒有任何一家企業經得起查帳，中國稅務單位已成立反避稅部門加強稽核。該單位質疑，為何電子大廠毛利率低，並稱獲利有限，但為何年年擴廠經營？

集中與毛利偏低風險增加，皆可能影響其發展與佈局。此外，台灣大企業在政府政策限制與融資侷限下，在食品業發展相對較具優勢；電子產業多屬代工與零組件供應，日韓商則具品牌與行銷優勢。儘管如此，中國大陸作為台灣企業品牌試煉場，以及潛力頗大之內需市場開拓，台商仍有相當之發揮空間。

台日韓商製造業外移大陸投資，主要基於成本與競爭的考量，尤其是電子產業，台日韓與大陸企業之產業競爭激烈，若失去區位與成本優勢將難以立足國際市場。一位台灣代表性電子產業董事長即曾表示：

> 我們專業與管理優勢強，不擔心大陸聯想或國際廠商競爭，但是若不讓我們赴大陸投資享有同等成本優勢，則我們低毛利產業仍留在台灣製造，將無法與同業競爭。

然而，台灣電子製造業繼傳統產業外移後，便引發產業空洞化的疑慮與政策性爭議，韓國與日本亦不例外。[4] 儘管基於國家利益必須有產業外移與保護規範，但是欠缺市場與競爭意識之防衛政策將喪失市場先機。一位台灣區電機電子同業公會負責人即曾表示：

> 台灣政府若能提早讓台積電赴大陸投資，當時台積電晶圓代工的專業與實力，就如同叢林中之大金剛，大陸地區之晶圓廠只不過如小猴一般。但是台灣政府單位不放行，即使現在放行也有科技管制規範，使得台積電在大陸發展失去先機，競爭力也削弱。

---

[4] 辜朝明，「集中投資大陸風險高」，參見 http://www.epochtimes.com/b5/2/3/9/n175459.htm。韓國資料另參見鄭常恩所撰「大陸韓資企業經營績效與產業空洞化」論文。

　　國家經濟發展不宜過度管制企業外移，而是在市場法則前提下，針對製造業外移衍生之就業與補償機制和配套措施，進行妥善之規劃。例如：產業外移前，必須完善失業員工轉業與福利補償，才能通過產業對外投資審查；相關員工透過再就業培訓，重點轉化發展服務產業；與此同時，積極改善投資環境，並創造高附加價值產業發展空間，才可能因應全球化與投資環境劇變的挑戰。

　　處於經濟全球化時代，跨域經營的成功要訣是「在地化」。全球化經營專家，荷蘭飛利浦總公司前任董事羅益強即曾指出：「全球公司強調的就是要多用當地人。」在地化屯墾式經營要成功，必須掌握幾個基本策略：(一)放低身段，尊重當地文化。在全球化消費產品的肉搏戰場中，特別需要尊重在地文化；(二)參與當地文化。落地生根的要訣，就是要在當地的賽局裡有一個角色；(三)專業分工與資源分享，善於槓桿運用本地夥伴的長處。[5] 然而，台日韓商大陸投資，仍普遍面臨在地化的困擾與挑戰有待克服。事實上，九〇年代以來，台商採取全球佈局策略赴大陸投資，在地化的思考並不積極，主因與投資行為的短期化與傳統產業的特質有關。然而，本世紀以來，隨著中國大陸經濟之崛起，與科技產業投資規模擴大與長期化，在地化已成為必要之投資策略，且其成敗將攸關企業之發展與利益獲取。對日商與韓商而言，大陸投資不僅存在語言障礙，且面臨歷史與文化衝突的潛在風險。中國具有較強烈之歷史記憶、意識與民族主義情結，歷史與文化議題衝突與激化，皆將影響企業在地化之成效。

　　針對未來企業發展與全球佈局，尤其面對中國與東協「10＋1」，甚而可能出現日本與韓國加入的「10＋3」區域經濟整合，台灣若不能突破中國政治僵局，台灣身分建構未能得到角色認同，則未來台灣將無可避免

---

[5] 吳迎春，李明軒，現代成吉思汗 台商征霸全球（台北：天下雜誌出版社，2002年10月），頁97-102。

面臨區域經濟發展邊緣化的現實壓力。台灣當前採行「只出不進」之保守政策，且在中國外交圍堵下，無法與周邊國家和地區進行經濟互惠，國家經濟發展終將難以為繼。在當前格局下，無論是因應中國投資環境變遷，必須面對產業外移之挑戰，也有必要持續東南亞投資，進行分散風險與關稅優惠之佈局。儘管台商越南投資已具相當基礎與規模，但是日韓商在產業投資與項目有別，因而仍有產業合作與互惠之利基。因此，跨越中國市場，與東南亞市場商機的前瞻性思考和佈局，恐亦是全球化與風險管理必要之策略考量。

就全球化觀點而言，企業跨域投資區位選擇主要考量成本、利潤、風險與市場因素。如今，九〇年代初期台商跨界赴大陸投資之因素，已如數在中國現階段投資環境中浮現，包括貨幣升值、環保要求、工資上揚、水電不足等。如今台日韓資，尤其是傳統產業，再度面臨外移中國和西進內陸的選擇。當前問題在於：傳統產業和代工業低毛利特質，即使再尋求大陸西進，或以越南作為新生產基地，仍無法改變低毛利的現實。尤其是數年後越南投資環境仍將面臨改變、調整，市場終將再次飽和，勢必再被迫遷移。企業在利益驅使下，固然須「逐水草而居」，但是是採取「成吉思汗」式的跨國征討，還是「蘇武牧羊」般跨域長駐，皆須依環境與條件進行調整。因此，當前產業發展，必須認真與持續思考，如何尋找合適區位、高毛利、高附加價值、產業升級與轉型之路徑，才是企業永續經營之道。

本書有關台日韓商大陸投資之研究，僅是初步成果之滙整與探討，未來仍有許多議題值得深入分析與解讀。例如，日韓商品牌與文化創意產業優勢，台商如何汲取發展經驗，並進行策略聯盟運作；東亞與東南亞區域經濟整合，台灣政治身分建構與角色認同如何定位？台商作為進入中國市場之平台，與韓日商結盟如何爭取利基與規避風險？產業間如何揚棄惡性削價競爭，共謀企業競合（co-opetition）之道？台日韓商大陸投資，對其

社會融合與認同變遷之比較和影響？大陸內需市場開拓，台日韓商如何與大陸本土產業結盟？以及在市場、法治與情感層面更貼近中國市場、企業與消費者，以贏取在地化認同，皆是值得努力之方向。

本書共分「跨域投資比較與效應」與「日商與韓商經驗」兩類主題，共收錄十篇文章。

政治大學陳德昇在「台日韓商大陸投資策略與佈局」研究中，主要採取跨國比較觀點分析，透過(一)企業特質(二)經營策略(三)經營佈局三層面比較顯示：三國企業規模、文化與經營策略，與其國家經濟政策相關；中小企業扮演大陸投資先鋒角色，大企業佈局與策略較多角化，重視公關、品牌與在地化策略；投資地區與群聚，則與三國地理區位與內需市場開拓有關。基本而言，台商大陸投資具有語言、文化與在地網絡之優勢，若能結合日韓商技術與品牌特色，以及商業經營策略運用，將有助於開拓市場商機。當前台日韓商，尤其是傳統產業正面臨中國投資環境急劇轉型與變遷階段，其經營難度升高。對傳統產業或是科技產業而言，產業升級皆不易在短期內實現，關鍵仍在於企業研究與創新功能，與高附加價值的創造。

工業技術研究院陳子昂以科技專長與專業觀點，分析「日韓電子廠商在中國大陸產業佈局」，並兼論對台灣產業發展影響。文中指出：近年日資及韓資企業在大陸投資佈局有深化趨勢，透過投資在台日韓間形成的產業鏈分工及價值鏈轉移，其對台灣產業發展提供新商機，但亦衍生衝擊。研究結果顯示：台灣電子產業仍有相當競爭優勢，也與日韓與中國廠商存有多元之競合空間。相關論點包括：台灣品牌廠商將會與Samsung在全球市場及大陸市場展開競爭，目前台灣手機的品牌能量尚弱；大陸面板產業鏈還停留在五代廠以下的能力，LCM（液晶面板模組）、關鍵零組件以台商掌控為重點，現階段大陸面板廠商競爭力不足以威脅台灣業者；大陸TFT-LCD面板產業群聚尚未成形，須注意日韓六代線以上面板廠，在大陸

的佈局進展以推測對台灣的影響；大陸低階液晶監視器面板市佔率快速成長，未來可能侵蝕中階市場，並對台灣面板產業造成威脅；日韓汽車導航系統廠商產品定位，以車載導航機為主，與台灣廠商之可持式導航裝置形成明顯區隔；台灣可持式導航裝置掌握關鍵技術與代工組裝能力，且與日韓產品有所區隔，日韓在大陸佈局並未對台灣造成影響與壓力。

東吳大學社會所所長張家銘，以台日韓商大陸投資田野調查（field study），比較與分析「跨界投資中國及社會適應」議題。該文以在上海及蘇州投產的資訊電子業台商、日商與韓商的外派職員為對象，針對跨界企業經理人，比較他們對於中國社會與人民的認知，探究其文化資本與社會資本，究竟如何影響其駐在國與地方政府的意象。研究結果顯示: 外派人員的中文能力，不會直接影響其對於中國人的印象，文化資本不會自動地再製，僅在特定社會資本的條件出現時，它才會被重新創造；外派人員越積極與地方雇員互動，就越認知人際關係在中國社會的重要，包括與地方官員打交道；外派人員的中文能力，影響他們對中國社會的鑲嵌和在地化的意願與程度，台幹最強，韓幹次之，日幹較弱。

政治大學耿曙、林瑞華就「經濟利益與認同轉變」進行台商與韓商個案比較。引用之理論觀點包括: 原生論、情境論與建構論的認同觀。該文以台商和韓商作為比較研究的對象，主要著眼於兩者間的文化差異：台商文化與血緣的親似 vs. 韓商文化與血緣的疏離。就此切入，觀察雙方西進大陸後是否發生認同轉變，藉此與認同變遷的理論進行對話。根據初步資料顯示：韓人不但未融入當地，還偶見文化衝突，遑論認同轉變。反觀台商，原初的文化聯繫，並未牽動台商拋卻台灣認同，即便有部分台人決定常住當地，亦不易牽動認同轉變。綜合作者的研究發現，不論是台商或韓商均未能融入當地，亦未大幅改變其認同。

日本早稻田大學園田茂人，採用問卷調查比較1992與2007年大陸與台灣日資企業中層幹部，對日商的評價。主要詢問的議題包括：依時間改

變，在日商公司服務之當地中層管理幹部，對日商公司的看法，尤其著重日式管理、工作條件滿意度、工作條件比較性評價，以及對日商公司的偏好。透過比較分析顯示，即便台灣中層管理人對日本企業管理方式、工作條件評價不高，但相較於歐美公司而言，對日本式的工作條件相對滿意。研究亦發現，台灣的中層管理人改變了工作喜好的標準，他們重視的是平和的員工關係；另一方面，大陸中層管理人對日本企業的評價，在許多方面均較15年前嚴苛。相對於台灣，大陸中層管理人對歐美企業工作條件的評價反而較高，對日本企業喜愛程度較15年前下降許多。

大陸旅日學人、日本城西大學張紀潯教授在「日資企業中國投資：策略調整與趨勢」文章中，由投資力度強化、投資項目系統化、投資地點集中化、投資方式多樣化和投資管理一體化等五個方面，分析中國加入WTO後，日本對華投資策略調整新動向。其中包括：日本對中國市場持較為樂觀預期，強化中國市場策略與佈局，並系統化投資佈局。亦即繼續投資製造業，使中國成為「世界工廠」；加強研究開發投資，使中國成為地區研發中心；投資生產服務業，使中國成為亞太地區總部。此外，從環渤海地區轉向長江三角洲地區；偏好併購、獨資與產業鏈投資等，亦是日資的新投資策略與動向。儘管如此，日資企業人才在地化仍是一大挑戰。當地管理人員欠缺提升機會、高階薪酬遠遜於歐美企業，是日本企業留不住中國人才的主要原因。

韓國三星研究所首席研究員鄭常恩，提出「大陸韓資企業經營績效與產業空洞化」論文，透過統計數據與投資分析指出，韓國企業對中國投資的特性：起初勞動密集型企業為利用中國低廉的勞動力，但是以充分利用中國市場為目的的投資則逐漸增加；當地化表現在零部件的本地採購，和本地市場比率的增加；中國國內的經營環境呈現惡化趨勢；韓國企業的對華投資，有助於中國的技術發展；企業透過對華投資正推進高附加價值化；對華投資對雇傭的負面效果相對更大。此外，關於對華投資是否導致

韓國製造業的空洞化問題，韓國內部有很多議論，但是明確認定空洞化的研究結果還難有定論。在政策政策對應方面，主要包括：保持技術差異、採取擴大出口策略、積極因應中國投資環境惡化，以及中韓FTA有效運作與法制保障。

　　韓國檀國大學金珍鎬，以「大陸韓商的當地化策略與挑戰」為題指出:經過十多年發展，韓國企業對中國大陸投資不僅金額增長，投資領域也不斷拓寬，但是韓國企業仍面臨當地化策略運作與執行難題。金氏以其實務經驗與觀察指出:在中國大陸的韓國企業工作的中方幹部，與韓方幹部相較，在升遷和提拔機會存在不公平競爭，影響中國員工的積極性；韓資企業派遣到中國多為高階幹部，但是由於韓方職員語言或生活習慣差異，與企業內中方人員間，常發生誤解及困擾。而且，有時在當地公司內部管理發生糾紛時，韓籍幹部不自覺的流露不信任當地中方職員的心態。此外，韓資企業一方面實行當地化策略，另一方面亦須加強內部管理。在迅速發展的中國大陸市場上，當地人才流失不可避免，但是韓資企業不願將公司關鍵技術流出。事實上，不少中國企業積極吸引在跨國企業培養的優秀當地人才。這是人才當地化策略最大困擾。

　　青島大學徐永輝以「韓商青島投資：問題、趨勢與挑戰」為題，分析韓商大陸投資最集中的青島。文章首先回顧韓商在青島發展背景，分析韓商青島投資的主要特徵，並分析韓商投資經營中存在的主要問題與障礙包括：當地原材料、半成品採購難（24.1%）；熟練工、高技能工雇用難（18.6%）；生產成本上升過快（16.6%）；基礎設施不足（13.2%）；當地融資較難（13.0%）。投資績效總體水準不高，是影響韓商企業持續發展的最突出問題。基本而言，韓商企業投資績效較差的原因，屬於結構性問題，這與其投資偏重在生產效率和附加價值都較低的勞動密集型製造業有關。此外，青島韓商面臨的挑戰和需要解決的課題包括：第一、大陸本土企業的升級，將使韓商企業的競爭優勢逐漸喪失；第二、內需市場准入

門檻不斷升高，將阻礙韓商企業對大陸內需市場的有效進入；第三、高階
人才短缺，將制約韓商企業投資經營效率的提高。

　　政治大學韓籍研究生蔡奎載，以其大陸地區重點大學所做問卷調查與
深度訪談，撰寫「韓商在中國的形象調查與開拓內需市場的策略」論文。
其中觀察與建議指出：中國是一個相當特殊的市場，不宜貿然引用相關理
論，以及其他國家的經驗套用；目前韓國許多企業在做決策時，只依靠未
能真正了解市場專家，與有中國經驗的顧問提供意見，其間所產生的誤
差，可能為企業帶來錯誤的品牌策略，並損及企業形象；在中國市場最成
功的外商是台商，韓商要在自己的體驗基礎上，汲取台商的經驗；營造品
牌成為一種幸福的感覺，是二十一世紀中國市場成功之因素，韓商需要繼
續關注與體會；韓商開拓中國市場的最大的目標，是追求長期穩定的發
展，但大陸消費者對韓商最大不滿，在於售後服務不佳，不利企業與品牌
形象。

台日韓商大陸投資策略與佈局：
跨國比較

陳德昇

（政治大學國際關係研究中心研究員）

摘要

　　在經濟全球化潮流催化下，大陸成本低廉、優惠措施、龐大內需市場之投資環境優勢與市場前景，以及跨界資源流動之特質，皆是促成區域產業結構調整與跨域投資之主因。台日韓商在中國之投資，即是在此一背景下產生之投資行為，其階段性區域發展與企業策略運作和佈局之比較意涵值得探討。

　　本文採取比較研究途徑，透過(一)企業特質(二)經營策略(三)經營佈局三層面分析，並採SWOT與USED方法探討，期能對台日韓商在中國之投資，思考如何運用商業優勢與機會，規避經營盲點與缺失，進而獲取最大利基，並防範可能存在之風險與挑戰。

　　基本而言，台商大陸投資具有語言、文化與在地網絡之優勢，若能結合日韓商技術與品牌特色，以及商業經營策略運用，將有助於開拓市場商機。儘管如此，台日韓商面對中國政經生態認知不足、市場遊戲規則不明確與法治不彰，尤其是現階段大陸投資生態急劇變遷，以及兩岸政治矛盾衍生之挑戰，皆必須進行全球再佈局與風險管理之因應。

關鍵詞：台日韓商、經濟全球化、SWOT分析、策略聯盟、在地化

A Comparative Study on the Investment Strategies of Taiwanese, Japanese and Korean Businessmen in China

Te-sheng Chen

（Research Fellow, IIR, NCCU）

Abstract

Under economic globalization and cross-border investment trend, the investment of Taiwanese, Japanese and Korean businessmen in China has been growing in recent decades due to the latter's lower labor cost, preferential policies and desirable market. It not only results in regional industrial adjustment, but also impacts economic and political arenas as well.

This paper is to make a comparative study on enterprise characters, strategies, and deployment of Taiwanese, Japanese and Korean businessmen in China. Using SWOT and USED method, the paper will discuss how to take advantage of the created opportunities and merits of these businessmen, and avoid possible risks, threats and challenges.

Basically speaking, Taiwanese businessmen have the advantages in languages, culture, networks and localization. On the other hand, Japanese and Korean businessmen have those in brands and technologies. A coalition of the three sides will be conductive to their expansion into the Chinese markets. Nevertheless, other obstacles are still to be conquered, such as a lack of understanding of Chinese characters, trade environments changes, unclear market games and rule, and possible challenges created by the political conflicts between the two sides of the Taiwan Straits. Given these obstacles, it is imperative to rethink globalization strategies and crisis management for these enterprises.

Keywords: Taiwanese, Japanese and Korean Businessmen, Economic globalization, SWOT analysis, Strategic alliance, Localization

「面對全球化的真正關鍵在於所處的是有利的位置，還是
不利的位置。新加坡就是處於不利的位置。……台灣不像
新加坡那樣高度依賴全球市場。台灣的貿易總額與GDP相
當，對世界衝擊的抵抗力好一點。但台灣也必須改變。如
果台灣不改變，不面對中國競爭的現實，台灣將會輸掉這
場競爭。」[1]

李光耀

「要在中國生存，你必須要成為一家中國公司。」[2]

三星執行長尹鍾龍

壹、前言

　　九○年代以來，中國大陸成為吸引「外商直接投資」（FDI）最多國
家之一，不僅支撐其經濟持續高成長，也導致鄰近國家產業加速外移，
並引發產業空洞化的疑慮。[3]尤其是在全球化潮流的催化下，大陸成本低
廉、優惠措施、龐大內需市場之投資環境優勢與市場前景，以及跨越國界
資源流動之特質，皆是促成東亞區域產業結構調整與跨域投資之主因。台
日韓商在中國之投資，即是在此一背景下產生之投資行為，其階段性區域
發展與企業策略運作和佈局之比較意涵，亦值得深入探討。

　　本文採取比較研究途徑（Comparative approach），透過(一)企業特
質(二)經營策略(三)經營佈局進行分析。在企業特質方面，主要比較其規

---

[1] 李光耀，「舵手的願景」，天下雜誌，第124期（2006年6月21日），頁126-127。

[2] 孫珮瑜，「三星的中國化戰略」，天下雜誌，第132期（2006年2月15日），頁100。

[3] 關志雄，做好中國自己的事：中國威脅論引發的思考（北京：中國商務出版社，2005年3
月），頁8。

模、企業文化、法治觀念、政企關係和政府政策（母國政府）；在經營策略方面包括：策略聯盟、多角化經營、品牌策略、企業形象與在地化比較；經營佈局則就區位偏好、群聚效應、產業佈局、政企關係（當地政府）與勞資關係探討，期能就相關變數進行比較與異同點分析。此外，本文採SWOT與 USED方法，期能對台日韓商在中國投資議題中，如何利用商業優勢與機會，規避經營盲點與缺失，進而爭取最大利基，並防範可能存在之風險與挑戰進行分析。

貳、經濟全球化產業外移與驅力

近數十年來經濟全球化發展，促成資金、技術與人才的跨界流動，提供各國經濟發展實惠與福祉。例如，經濟全球化為全球資源的有效分派（allocation），提供新的有利條件；完全競爭市場有利於提升經濟效率和產出；加速世界性產業結構調整；有助於共同克服生態、環保與資源問題；而促成區域經濟合作與整合亦是經濟全球化後之趨勢。不過，在另一方面，全球化亦可能對一國之政經發展造成衝擊與風險。其中包括：由於經濟全球化各國貿易依存度大幅增加，世界經濟的景氣波動將產生直接衝擊；經濟全球化導致世界經濟發展的不平衡性，貧富差距擴大，並衍生社會危機；經濟全球化使開發中國家面臨經濟安全威脅，其中以金融市場之衝擊最為嚴重。此外，經濟全球化導致主權觀的調整，使得國家疆界跨越的頻繁與便捷化，以及主權象徵呈現弱化趨勢等。

二次大戰後到九〇年代中葉，亞太地區陸續經歷前所未有的四波發展大轉型。第一波始於六〇年代日本的現代化；第二波是在七〇年代末後繼興起的台灣、韓國、香港、新加坡「亞洲四小龍」的經濟奇蹟；第三波是八〇年代末期在中國沿海和東南亞所展現的強勁成長潛力。及至九〇年代，第四波則是跨國、跨區域的成長圈出現。就發展特色而論，前三波的

轉型均在單一國家境內發生，而且在經濟聯結上是與世界資本主義體系西方核心的關係，也遠較亞太區域內部跨國、跨區域的關係密切。但第四波的轉型的區域化，是植基於亞太內部跨國、跨區域的資本、技術、人力和市場的聯結。[4] 此外，由於中國經濟發展在此一時期崛起，更牽動全球化與經貿互動脈絡之調整，從而呈現區域產業跨界投資興起與流動加速趨勢。

與此同時，跨國公司是當今世界經濟體系中，集生產、貿易、投資、金融、技術開發和轉移，以及其他服務於一身的經營實體，亦是世界經濟全球化、國際化的主要體現者。事實上，跨國公司正在跨越民族國家而成為國際經濟活動的重要平台。九〇年代跨國公司即從事收購、合併，其目的主要是：擴大生產經營規模，獲得規模經營效益；增加世界市場比重，以更強大實力與對手進行競爭；調整生產經營結構，集中優勢發展本身的核心業務。事實上，隨著通信技術和運輸的現代化，資金、技術和產品流通快速，必須掌握實力與核心技術才可能在世界市場進行競爭。[5] 此外，跨國公司現階段多已不採取在開發中國家直接設廠製造之模式，而是掌握關鍵技術與品牌優勢，驅使生產與製造較成熟之開發國家之大中型廠商，移赴具生產與成本競爭優勢之地區投產，以強化其國際競爭力。

台商赴大陸投資，在九〇年代以來漸形成熱潮，主要有兩股驅力所促成。就「推力」而論，九〇年代以來，國內勞動力成本持續上升、勞工短缺與工作倫理不振、土地價格上揚、台幣升值、環保意識高漲，加之政治紛爭不斷與治安未獲改善，因而促使並加速廠商外移（參見表一、二）。

---

[4] 蕭新煌、王宏仁、龔宜君主編，台商在東南亞：網絡、認同與全球化（台北：中央研究院亞太研究計畫，民國91年），頁25。

[5] 胡元梓、薛曉源主編，全球化與中國（台北：創世文化事業出版社，2001年10月），頁30-31。

尤其是勞動密集型與技術難以升級之產業，在台灣經濟持續轉型的過程中生存空間萎縮，廠商赴海外投資便成為企業延續命脈必要選擇。而國內部份投資案面臨官僚程序的制約，以及政府改善投資環境績效不彰，亦促使廠商外移。就「拉力」而論，主要是大陸投資環境具備特質（參見表一、二），尤其是大陸地方政府強烈爭取台商投資意願、大陸加入WTO市場潛在商機，中共對台經貿政策的運作，亦發揮吸引台商投資的效果。

表一：台灣地區廠商赴大陸投資動機順序表（1990－1992）

投資動機	中經院A（1990）	中經院B（1991）	海基會（1991）	工總（1991）	高希均（1992）
工資低廉、勞力充沛	1	1	1	1	1
語言、文化等背景相似	2	－	－	2	2
土地租金便宜、工廠用地取得容易	3	3	2	3	3
國外進口商的要求	4				
分散母公司經營風險	5				
為處置淘汰或閒置設備	6	－	－	5	－
獎勵投資與優惠租稅	7	－	5	7	5
爭取廣大內銷市場	8	2	3	4	5
享有最惠國待遇、GSP和配額	9	－	－	3	6
取得原料供應	－	4	4	6	4

　　儘管如此，大陸投資環境的「拉力」、台灣經濟轉型的「推力」等觀點，皆不足以完全詮釋台商大陸投資熱潮的成因。事實上，經濟全球化時代，跨越主權、疆界與資源快速流動之趨勢、特質和互動，以及廠商追求低成本、高效率和利益極大化目標，才是全球化企業發展與因應之潮流。此外，跨國企業與財團亦在商業利益考量下，與台商策略聯盟，進而基於成本、市場競爭因素驅使台商赴大陸生產與行銷，才是台商大陸投資的本

表二：台灣地區廠商投資意願調查表（1992）

單位：%

非經濟因素項目	極嚴重	嚴　重	稍嚴重	不嚴重	無影響	未填答
(一)政府安定問題						
1. 統獨之爭	24.5	23.5	23.5	13.3	7.1	8.2
2. 國會亂象	33.7	33.7	13.3	8.2	5.1	6.1
3. 街頭抗爭泛政治化	28.6	30.6	24.5	5.0	5.1	6.1
4. 政府公權力不彰	28.6	44.9	17.3	6.1	0	3.1
(二)治安與社會問題						
1. 勒索、綁架、竊盜、暴行	33.7	35.7	23.5	1.0	0	6.1
2.走私猖獗	20.4	36.7	23.5	7.1	2.0	10.2
3. 投機風氣太盛	27.6	38.3	18.4	7.2	2.0	5.1
(三)環保問題						
1. 污染排放管制標準嚴苛	15.3	29.3	30.6	11.2	3.1	10.2
2. 行政執行過於強烈	9.2	32.7	28.6	17.3	5.1	7.1
3. 環保自力救濟層出不窮	37.8	35.7	15.3	4.1	2.0	5.1
4. 環境影響評估公信力不足	17.3	39.8	18.4	14.3	2.0	8.3
(四)勞工問題						
1. 勞工短缺	46.9	29.6	13.3	4.1	2.0	4.1
2. 缺乏事議層出不窮	11.2	26.5	33.7	19.4	2.0	7.1
3. 社會風氣不佳，缺乏工作意願	39.8	41.8	12.2	2.0	0	4.1
4. 職業教育訓練缺失	10.2	37.8	25.5	12.2	1.0	13.3
(五)企業道德問題						
1. 挖角之風盛行	13.3	23.5	36.7	12.2	4.1	10.2
2. 仿冒盛行，成果不易保密	15.3	35.7	26.5	11.2	1.0	10.2
3. 違規工廠林立	30.6	34.7	22.4	8.2	0	4.1
(六)基本設施問題						
1. 水電供應不足	5.1	17.3	25.5	33.7	9.2	9.2
2. 工業用地取得不易	24.5	33.8	22.4	8.2	7.1	4.1
3. 通訊線路短缺與不便	2.0	8.2	26.5	37.8	10.2	15.3
4. 交通設施不足	4.1	4.1	25.5	24.5	7.1	14.3

說明：本表資料為「工總」對312家會員廠商之調查。

質意涵。據官方估計，及至2007上半年台商累計投資達585.45億美元（參
見表三），但實際投資大陸金額累計，包括第三地轉投資，估算台商之管
理營運資金與相關成本投入，實際投資額應達1200-1500億美元之譜。[6] 此
外，近年台商官方統計亦顯示，台商投資大陸件數減少，但投資額仍上
升，顯示傳統產業與中小型企業投資已趨減少，大型與高科技產業投資仍
持續增加（參見表三）。

　　就比較觀點而言，日商與韓商赴大陸投資亦受全球化浪潮影響。日商
與韓商投資中國皆始於八〇年代，但1989年的天安門事件曾受衝擊。1992
年中國與韓國建交，則興起投資高峰；九〇年代中葉，日商投資大陸的熱
潮再度興起（參見表四）。不過，1997年爆發亞洲金融危機，使得日商與
韓商緊縮對亞洲的投資，其中對大陸投資亦受到波及而減少。及至二十一
世紀後，由於亞洲已擺脫金融危機之陰影，各國經濟再度恢復原有活力，
加之中國加入世界貿易組織（WTO），加速經濟自由化進程，以及大陸
市場廣大與持續擴張之誘因，進而促成日資與韓資大陸投資日益積極。根
據2002年日韓商大陸投資動機企業問卷調查結果顯示，潛在市場規模、經
濟穩定、勞動力充足、吸引投資的稅收優惠政策，以及政府辦事效率和
公正性等因素，較受到日商與韓商的認同（參見表五）。基本而言，日
商投資較韓商早，且不乏跨國企業早期佈局，[7] 歷年投資累計約六百億美
元；韓資進入大陸市場較晚，但近年投資成長率較高，歷年投資累計約
三百七十億美元之譜（參見表四）。[8]

---

[6] 官方公佈台商申報數據並不可靠，據大陸台商推算約有1200-1500億美元累計投資額。

[7] 例如三井物產於1984年即進入中國市場從事租賃業務，索尼（Sony）則在八〇年代初期即
　開展影像並成立辦事處。參見：王志樂主編，2001年跨國公司在中國投資報告（北京：中國經
　濟出版社，2001年8月），頁183，222。

[8] 「日本韓國對華投資情況」，中國商務年鑑（2006）（北京：中國商務出版社，2006年9
　月），頁424-425。

表三：歷年台商大陸投資額統計表（1991-2007年6月）

年別	臺灣統計			大陸統計			
	件數	金額（億美元）	平均（萬美元）	件數	協議金額（億元）	實際金額（億美元）	平均實際金額（萬美元）
1991	237	1.74	73.42	3,377	27.10	8.44	81
1992	264	2.47	93.56	6,430	55.43	10.50	86
1993	1262（8067）	11.40（20.28）	90.33（25.14）	10,948	99.65	31.39	91
1994	934	9.62	103.00	6,247	53.95	33.91	86
1995	490	10.93	223.06	4,778	57.77	31.62	212
1996	383	12.29	320.89	3,184	51.41	34.75	161
1997	728（7997）	16.15（27.19）	221.84（34.00）	3,014	28.14	32.89	93
1998	641（643）	15.19（5.15）	236.97（80.09）	2,937	31.00	29.15	100
1999	488	12.53	256.76	2,723	33.91	25.98	135
2000	840	26.07	310.03	3,108	40.42	22.96	130
2001	1,186	27.84	235.0	4,214	69.1	29.80	164
2002	1,490（3950.00）	38.59（28.64）	259	4,853	67.4	39.7	139
2003	1,837（8,268）	45.94（3,103.80）	250	4,495	8,558	33.77	190
2004	2,004	69.40	346	4,002	93.06	31.17	233
2005	1,297	60.06	463	3,907	103.58	21.52	208
2006	1,090	76.42	701	3,752	—	21.36	—
累計至2006年	35,542	548.99	154	71,847	—	438.93	—
2007年1-6月	504	36.47	724	1,749	—	6.87	—
累計2007年6月止	36,046	585.45	162	73,596	—	445.79	

說明：（　）為當年補辦登記的案件；1991年統計含該年以前歷年數據。

資料來源：台灣經濟研究院編，兩岸經濟統計月報，175期（台北：行政院大陸委員會，民國96年6月），頁28。

表四：日、韓商大陸投資金額與比重

年　別	日　商		韓　商	
	實際投資（億美元）	佔外資比重（％）	實際投資（億美元）	佔外資比重（％）
1992	7.10	6.4	1.2	1.1
1993	13.24	4.8	3.7	1.3
1994	20.75	6.1	7.2	2.1
1995	31.08	8.2	1.0	2.8
1996	36.79	8.8	13.6	3.3
1997	43.26	9.6	21.4	4.7
1998	34.00	7.5	18.0	4.0
1999	29.73	7.4	12.8	3.1
2000	29.15	7.2	14.3	3.7
2001	43.48	9.3	19.7	4.6
2002	41.90	7.9	27.2	5.2
2003	50.54	9.5	44.9	8.4
2004	54.5	8.9	62.5	10.3
2005	65.2	9.0	51.7	7.1
2006	46.0	6.6	39.0	5.6
2007（1~6月）	18.0	5.6	18.7	5.8

資料來源：1.張小濟，面向21世紀的中韓經貿合作（北京：中國發展出版社，2006年6月），頁7。

2.日本跨國公司在中國的投資（北京：中國社會科學出版社，2004年12月），頁201。

3.中華人民共和國國家統計局，中國統計年鑑（2000，2004）（北京，中國統計出版社，2000年/2004年9月），頁604-606；731-732。

表五：日韓商大陸投資動機企業問卷調查結果（2002）

項　　　　目	對影響因素的評價值	
	日資企業	韓資企業
1.潛在市場規模	4.12	4.00
2.良好基礎設施	3.85	3.75
3.勞動力充足	4.03	3.87
4.工資水平低	3.14	3.57
5.人力資源素質高	3.8	3.57
6.土地價格和租金便宜	3.86	3.67
7.礦產資源	1.9	1.77
8.跟隨上游或下游企業	2.38	2.17
9.當地企業的配套能力	2.7	2.97
10.母國企業在華聚集成一定規模	3.17	2.63
11.地理接近	2.97	2.80
12.語言文化容易接受	2.77	2.88
13.經濟穩定	4.22	3.97
14.吸引投資的稅收優惠政策	4.18	4.02
15.政策透明度	4.03	3.91
16.政府辦事效率和公正性	4.14	3.99
17.繞過貿易壁壘	2.84	2.81

說明：對各種因素的評價用5級分類標準，重要性從5到1表示重要性逐步降低。表中評價值是
　　　對企業選擇的評價值進行加權平均而得到。

資料來源：張小濟，面向21世紀的中韓經貿合作（北京：中國發展出版社，2006年6月），頁
　　　10。

參、企業特質比較

東亞地區中小企業在經濟發展過程扮演重要角色。基本而言，台灣經濟結構是以中小企業為主體，根據「2006年中小企業白皮書」統計資料顯示，2005年台灣中小企業共有122萬6000家，佔全體企業家數比重為97.8％，銷售值為10兆元（新台幣），佔企業銷售總值比率為29.46％，大型企業則約佔七成。[9] 長期以來，台灣中小企業發展政府介入程度相對較低，但其富彈性、靈活、韌性之優勢，並以勤奮、活力與國際市場適應能力強著稱，[10] 台灣最大民營企業鴻海集團負責人郭台銘，即曾回應新加坡勞工部長詢問，為什麼台灣的中小企業這麼強大？郭答稱：「我們政府什麼都沒做，所以讓我們有蟑螂一般的生存能力。」[11]

被日本稱之為「經濟活力的源泉」之中小企業，其家數佔企業總數98％，創造四成的GDP。日本大企業與中小企業特色是「母雞帶小雞」的協力與合作關係。[12] 韓國中小企業共有240萬家，佔企業總數的98.3％，[13] 但韓國企業產值中有85％來自大企業，15％則由中小企業所貢獻。在大型企業方面，儘管台灣政府對大型與科技產業不乏優惠與輔導措施，但相對而言，日本與韓國政府對大型商社與企業集團之扶植更為積極，造就多家世界級品牌廠商與跨國企業。日韓大企業運作，政府主導性強與支持度

---

[9] 中華民國經濟部中小企業處編，2006年中小企業白皮書，〈http://cdnet.stpi.org.tw/techroom/policy/policy_06_101.htm〉。

[10] 田君美，「台灣中小企業與大陸鄉鎮企業比較研究」，台灣經濟，第230期（民國85年2月1日），頁109。

[11] 張殿文，虎與狐（台北：天下遠見出版公司，2005年2月），頁112。

[12] 同註11，頁84。

[13] 「韓國中小企業概況」，浙江中小企業網，〈http://www.zjsme.gov.cn/newzjsme/list.asp?id=8305〉。

高，成為經濟發展重要支柱。[14] 在企業文化上，日、韓企業強調效率，提供福利較佳，也著重人才培養，重視研發，員工對企業忠誠與認同度高。相對而言，台灣企業雖亦強調績效，但在員工對企業忠誠與認同度較差，成員流動性偏高（參見表六）；在法治觀念上，日商基本上有較嚴謹之法制規範與守法精神，韓商與台商則表現相對較為遜色（參見表六）。

表六：台日韓商企業特質比較

地區 項目	台　　灣	日　　本	韓　　國
規模與型態	中小企業家數約佔九成五以上，銷售值達三成。大型科技產業享有較多政府優惠與扶持。	中小企業高達企業數九成八，是經濟支撐主體，政府亦扶植大型商社。	政府有計畫，並提供資源培養大型企業集團，中小企業家數近年有成長，但體質較差。
企業文化	具有靈活與彈性特質，強調效率，但員工企業忠誠度較差，福利與制度較不理想。	強調終身雇佣制，員工對企業忠誠與認同度高，提供福利較佳，也著重人才培養與研發。	重視企業績效，員工對企業忠誠與認同度高，提供福利與待遇較佳，也著重人才培養。
法治觀念	較弱，遇紛爭多傾向透過非法治途徑解決。人治色彩較重。	較強，循規蹈矩，依法辦事精神相對較強。	法制規範不若日商，但須視企業規模與個案而定。
政府與企業關係	中小企業自主性高，大企業政策配合度相對較高	企業對政府認同度較高，服從性強。	企業對政府認同度較高，服從性強。
政府大陸投資政策	不積極推動，但有條件開放，有產業空洞化與依賴過深之顧慮。	鼓勵投資，但重視貿易安全，且有產業空洞化疑慮。	鼓勵投資，但有產業空洞化之顧慮。

---

[14] 韓商訪談所獲資訊。

　　在政府與企業關係暨大陸投資政策上，台灣企業對政府政策認同較為分歧，韓日企業則與政府有較佳之合作與互動關係。此外，由於兩岸關係之政治風險性，台灣執政當局對大陸投資，僅採取有條件開放政策，但事實上台灣中小企業，尤其是傳統產業在八〇年代末期即陸續赴大陸投資，九〇年代後期則有高科技產業跟進。不過，目前政府仍對高科技產業、企業投資上限、直航與金融業投資採取限制措施。日韓廠商大陸投資固有產業外移與依賴過深之疑慮，[15] 但其政府並未對企業大陸投資採取限制措施。

肆、經營策略比較

　　在台商大陸投資經營策略方面，台日韓商多偏好獨資，主要是基於經營自主權的掌控，避免經營與決策紛擾。儘管如此，台日韓商近年基於內需市場開拓之考量，仍不乏與中國廠商進行合資與策略聯盟[16]（參見表七）。例如，大陸內需市場與服務產業之發展，即必須與大陸廠商結盟較有利於網點開拓；[17] 部分未開放外資經營產業，亦須透過合資與合作方式始能經營。[18] 以高科技產業而言，由於科技日新月異，產品不斷推陳出新，生命週期短，對目前因景氣低迷，資本支出仍在減少的科技業者而言，資源必須做最有效利用變得相形重要。因此，為降低生產成本，或達到技術合作目的，進行上中下游垂直整合策略聯盟；或為增加產品的擴張性，而採取橫向整合的水平式策略聯盟。台灣聲寶與大陸知名家電業者海

---

[15] 林雅瑛、楊致偉、龐文真，崛起新日本（台北：巨思文化公司，2006年2月），頁62-63。

[16] 沈美幸，「為自創汽車品牌登陸鋪路 裕隆將與浙江中譽合資新公司」，工商時報（台北），2007年11月1日，A20版。

[17] 蔡宏明，「2006年台商大陸投資意見調查」，兩岸經貿服務網，〈www.ssn.com.tw.〉。

[18] 例如醫療產業即必須與大陸醫療系統進行合作或結盟始能經營。

爾集團策略聯盟；歌林也與大陸科龍電器結盟。[19] 此外，台日韓商相互間之結盟，以爭取大陸產業和區位商機，亦是經營策略之必要考量，台商康師傅與旺旺集團皆有日商結盟的背景；台商大陸投資電子產業，多是美、日跨國企業與品牌廠商之代工廠，即為實例。

表七：台日韓商大陸經營策略比較

	台　商	日　商	韓　商
經營模式	傾向與偏好獨資	傾向與偏好獨資	傾向與偏好獨資
策略聯盟	結合技術、資金，較多與日商及大陸廠商進行聯盟較多。	與台商在台灣有合作經驗者，可行性高。向台商採購零組件（協力廠）。	日商與韓商較多，與大陸商結盟須視母公司作為與政策配合。
多角化經營／市場策略	傳統產業面臨發展瓶頸與產品生命週期限制，大型傳統產業多角化經營進行跨業投資。	製造業較單一，專業性強，服務業則較多元。日商跨國企業多角化經營較多。	韓商仍有專業化傾向，但強調市場先佔策略。韓商大企業多角化經營程度較高。
品牌策略	重視品牌經營，但較為弱勢，以中國大陸作品牌試煉場。	具品牌形象產業較多，具有相對優勢。	重視品牌，尤其是大企業與電子業。
企業形象	中小企業不重視，形象不好，大型企業較佳。	形象相對較佳，與敬業、守法精神和工作規範有關。	較為重視，但仍不乏風評不佳之中小企業；大型企業形象較佳。
在地化	逐步強化，在人才、零組件、銷售著力較多。主要是基於成本與現實考量。	有限度，幹部提拔較為保守，尤其是製造業，但內需市場之服務銷售業則有擴大之勢。	嘗試與大陸社會融合，但仍較為保守，有其侷限性。中上層幹部仍以韓籍為主。

---

[19] 「企業突圍終極戰略 產業集團軍開拔」，中國時報，民國96年3月13日，第B3版。

在多角化經營方面，台商亦較為積極且有跨產業投資的作為。例如，寶成集團原為製鞋業代工，但亦投資科技產業、內需市場通路與銀行業（華一銀行）；旺旺集團以食品業起家，現在中國大陸亦經營醫院、房地產與旅館；[20] 台塑集團是台灣塑化業龍頭，明基電腦是電子業的重點廠商，都有醫療產業之投資。反之，韓商與日商較多專注於本業，多角化投資程度並不高（參見表七），不過日商與韓商大型商社與集團多角化和跨產業經營則頗多元。[21] 儘管如此，韓商對進佔大陸市場展現強烈企圖心，雖然韓商採行市場「先佔策略」有孤軍深入之風險，但亦可能獲取商業先機。此外，雖然多角化經營存在跨業與專業不足的風險，但是中國大陸從事單一產業或是傳統產業，若進入門檻不高，即有可能因大陸本土產業惡性競爭、仿冒與市場變化，而面臨淘汰命運。因此，透過資源有效整合、風險管理機制運作與市場評估，企業多角化經營仍有相當發揮空間。

品牌不僅是企業獲取高額利潤的保證，亦是企業形象、消費者信任與產品品質的表徵。[22] 在品牌方面，日商與韓商品牌效應與價值遠較台商具優勢，尤以科技產業中，韓商樂金（LG）、三星（Samsung）、現代（Hyundai）皆具有代表性，[23] 日商消費性電子品牌索尼（Sony）、松下（Panasonic）、夏普（Sharp）、三洋（Sanyo）、日立（Hitachi）亦具特色。反之，台商僅在康師傅、旺旺食品、捷安特（Giant）與宏碁（Acer）品牌較具名氣。雖然台商在品牌發展較日韓等國遲緩並顯弱勢，尤其是台商長期從事代工微利化傾向明顯，但台商在佔世界人口五分之一之中國，進行13億人口市場品牌試煉，若能成功將有助於進軍國際成為世

---

[20] 旺旺控股公司常年報告2006，頁15。

[21] 訪問山東地區學者所獲訊息。

[22] 施振榮，宏碁的世紀變革（台北：天下遠見出版公司，2005年5月25日），頁191-192。

[23] 陶冬，聚焦神州—陶冬的觀察與預言（香港：經濟日報出版社，2007年），頁219-221。

界級品牌。此外，在企業形象方面，台日韓商皆不佳，尤其是部份中小企業過於嚴苛的工作要求、待遇偏低、刻薄寡恩、福利不佳與非法行為是主因。[24] 不過，台日韓大型與跨國企業則因守法精神與福利較佳，獲當地民眾較佳之評價。

在「在地化」政策方面，台日韓商皆重視，[25] 並認為鞏固在中國投資項目的關鍵是實施在地化策略。其主因是基於長期投資、人才培養、經營成本與當地市場長期經營之考量。[26] 事實上，大型企業「在地化」政策運作較為制度化且具遠見，尤其是在人才培養、職位提升、賦予重任，皆給予較多機會與歷練。此外，隨著外商投資深化、本土產業崛起，以及成本考量，外資企業零組件採購、研究與發展（R＆D）、財務運作在地化日益明顯，顯示外資企業紮根經營之態勢。近年大陸投資台商在地化運作日趨深化，韓資大型企業亦展現相當之企圖心。三星集團大中華區總裁朴根熙為提早發掘人才，即展現其魄力與決心。他表示：

> 三星在中國紮根校園，在十八所重點大學，針對三百五十名學生提供獎學金，並且同時招聘優秀碩博士人員，並將他們送到韓國本社訓練。在另一個計劃，我們針對中國最優秀的四所大學大學部，選拔成績最好的百分之五，提供獎學金，理工科送到國立首爾大學進行碩博士課程，文科學生則送到成均館大學進行碩博士課程，畢業後可以選擇在韓國或是中國的三星工作。

---

[24] 訪問大陸民眾獲致普遍印象。

[25] 高倉信昭，簡錦川譯，企業海外投資之戰略（台北縣：登英文化事業有限公司，1990年8月），頁83-110；楊婕、宋紅超，本土化生存：跨國公司在華經營管理成敗啟示（北京：中國經濟出版社，2004年2月）。

[26] 王志樂主編，2001跨國公司在中國投資報告（北京：中國經濟出版社，2001年8月），頁37。

　　此外，韓國三星亦試圖建立社會形象與履行社會責任，在「公益在地化」著力頗深。朴根熙即曾表示：

　　2005年開始我們有三十一個法人跟三十一個農村締結姊妹關係，進行支援活動。考慮到中國廣大的農村地區，我們的貢獻極其有限。我們每次的活動規模大約是三十到四十人，幫幼兒園油漆或是更換損壞的桌椅，掛上黑板，有些學校連黑板都沒有，從小地方開始做起。不只我們職員參加活動，所有法人和總經理都要以身作則參加，我也漆了幼兒園的廁所……。[27]

　　儘管如此，由於中國大陸政經發展背景之特質，人員與道德素質差異性，不易建立信任關係，甚而存在先進國對大陸員工的優越感與歧視心態，[28] 而使得台日韓「在地化」努力仍有相當大之改善空間。[29] 基本而言，台資大型且較具制度化之廠商，人才在地化政策執行較能落實。反之，中小企業則較多人治色彩與廠商個人偏好，人才在地化程度不一。此外，對日商而言，由於歷史記憶仍深烙民族主義情結，加之其保守企業文化與對技術嚴格掌控之要求，因而日資企業對大陸人才在地化相對有限，甚而企業基層大陸籍主管之任用皆十分謹慎，而多由日籍人員擔綱；[30] 韓商則相對較為開放與提攜當地人才。韓商LG電子在武漢、濟南與成都等

---

[27] 王曉玫，「三星追列每一顆新星」，天下雜誌，第166期（2005年10月15日），頁271。

[28] 根據訪談資料顯示，雖然韓資企業注重培養當地人才，但在具體運作中韓方主管仍不免流露歧視心態。此外，韓方強悍的企業文化，上班前喊激勵式口號，亦讓大陸籍幹部不適應。

[29] 洪少輝，與韓國人打交道—營商篇（香港：三聯書店，2007年9月），頁69。

[30] 日本企業對技術管制十分嚴格，大陸投資設廠通常基層科級幹部，皆不輕易由中方人士擔任，但近年有局部改善。

地分公司經理已由中國籍幹部擔任。[31]

伍、投資佈局比較

　　在投資區位分佈方面，台商八〇年代與九〇年代初期是以珠江三角洲為主。九〇年代中期以後，由於優惠政策與資源配置向大上海地區傾斜，加之長江三角洲積極改善投資環境與區位優勢，台商投資遂有漸趨向長江三角洲集中之趨勢。近年台商投資北移與西移，並在內陸地區開拓內需市場與發展服務業亦是主要動向（參見表八、九）。日商投資地點廣佈於華北、東北，華東的投資主要在蘇南與上海；韓商在中國大陸投資主要集中於環渤海灣地區（包括遼寧、河北、北京、天津、山東），惟近年來亦不乏往長江三角洲地區發展，主要在江蘇、上海地區，華南投資比重相對較低（參見表八）。

　　明顯的，由於台灣、日本與韓國的地理區位與便利性，以及日韓兩國歷史偏好與影響，與其投資大陸區位選擇有相當之關聯性。而隨著中國區域發展政策向北與內陸移動，其投資流動與變遷趨勢將日益明顯。基本而言，台日韓商產業多具群聚之特質，這與降低成本、提供便利與有效回應全球市場競爭和變革有相當關聯性。然而，台日韓商區位群聚不盡然是產業因素，為能享有飲食、宗教與生活便利，台日韓商亦有群聚特性，其中尤以韓商表現最為明顯。[32]北京望京地區有韓商群聚即為實例。[33]

---

[31] 邱慶劍，世界500強企業經營模式精選（北京：機械工業出版社，2006年1月），頁122。

[32] 天津與山東訪談所獲印象。

[33] 參見〈http://www.wangjing.cn.〉。

表八：台商大陸投資佈局比較

	台　商	日　商	韓　商
區位選擇	上海、浙江、江蘇、廣東為主，近年在華北與內陸投資比重提升。	華北、東北，華東蘇南與上海。	北京、遼東與山東半島居多，如天津、煙台、青島，長三角與珠三角也有佈局。
群聚效應	初期以傳產外銷考量，後期以科技產業鏈群聚為主。	與產業和母國區位便利性、歷史情結與產業鏈連結有關。	與母國區位便利性、生活習慣、產業鏈有關。
產業佈局	電子電器製造業比重最高。基本金屬製品業、塑膠製品亦是主要行業。	製造、運輸、機械業與服務產業為主。	電子通訊業、紡織與成衣業及石油化學業為主。
與當地政府關係	融合度較高、彈性較大，政府人脈與關係網絡連結較佳。	跨國企業有較佳關係，中小企業與當地政府關係較為僵化，歷史因素亦形成心理實質障礙。	大企業與政府建立較佳公共關係，中小企業語言障礙與文化差異，影響關係深化。
勞資關係與互動	管理能力與效率較高，但勞資關係仍有待改善	片面強調團隊精神，忽視個人角色，大陸員工歸屬感差，忠誠度不高	中小企業較為嚴苛與粗暴，管理仍有改善空間，大型企業相對較佳。

　　台商投資大陸產業結構分佈，以電子電器製造業投資額與零組件佔總投資比重最高，顯示台灣資訊科技產業生產重心持續移往大陸之趨勢。此外，基本金屬製品業、塑膠製品製造業，亦是台商投資大陸主要行業，反映台灣傳統產業外移結構與取向（參見表十）。日商大陸投資以製造業之運輸機械器具、電器機械與金融保險業為主[34]；韓商對中國大陸製造業之投資，則以電子通訊業、紡織與成衣業及石油化學業為主。未來環渤海與

天津新區發展，韓商與日商在重化工業、造船、煉鋼產業可望會有更大之
投資與產業群聚。

表九：台商對大陸投資統計－地區別（1991-2007年6月）

單位：百萬美元，%

年別 地區	1991-2006年			2007年1-6月			累計		
	件數	金額	佔總金額比重	件數	金額	佔總金額比重	件數	金額	佔總金額比重
江　蘇	5,338	17,058.9	31.07	144	1,448.8	39.73	5,482	18,507.7	31.61
廣　東	11,657	14,657.9	26.70	104	751.1	20.60	11,761	15,408.9	26.32
上　海	4,897	8,084.2	14.73	72	439.5	12.05	4,969	8523.7	14.56
福　建	5,097	4,402.9	8.02	60	183.1	5.02	5,157	4,586.0	7.83
浙　江	1,848	3,816.5	6.95	32	240.3	6.59	1,880	4,056.8	6.93
天　津	858	1074.9	1.96	2	15.8	0.43	860	1,090.7	1.86
北　京	1,058	1,008.2	1.84	18	65.8	1.81	1,076	1,074.1	1.83
山　東	870	939.7	1.71	16	86.8	2.38	886	1,026.5	1.75
重　慶	176	561.8	1.02	3	32.0	0.88	179	593.7	1.01
湖　北	499	502	0.91	7	67.3	1.85	506	569.3	1.86
其他地區	3,244	2,791.6	5.08	46	316.4	8.68	3,290	3,108.0	0.97
合　計	35,542	54,898.5	100.00	504	3,646.8	100.00	36,046	58,545.	100.00

說明：1. 依據「兩岸人民關係條例」第三十五條規定，給予赴大陸投資廠商補辦許可登記者
　　　　已列入此一統計。
　　　2. 細項數字不等於合計數，係四捨五入之故。
資料來源：同表三，頁29。

---

[34] 張紀濤，「日本企業在中國投資戰略調整及發展新趨勢」，台商日商韓商大陸投資與策略佈局
　　學術研討會（台北：政治大學，2007年10-20-21日），頁15。

表十：台商對大陸投資統計—行業別（1991-2007年6月）

單位：百萬美元；%

期間／統計 行業	1991-2006年			2007年1-6月			累　計		
	件數	金額	佔總 金額 比重	件數	金額	佔總 金額 比重	件數	金額	佔總 金額 比重
電腦、電子產品及光學製品製造業	2,562	8,397.9	15.30	26	497.8	13.65	2,588	8,895.7	15.19
金屬製品製造業	2,422	4,032.5	7.35	37	126.2	3.46	2,459	4,158.7	7.10
化學品製造業	1,182	894.8	1.63	6	47.1	1.29	1,188	941.9	1.61
塑膠製品製造業	2,174	2,769.7	5.05	22	127.6	3.50	2,196	2,897.3	4.95
電子零組件製造業	1,849	7,934.4	14.45	89	848.8	23.27	1,938	8,782.9	15.00
機械設備製造業	1,815	2,213.8	4.03	29	146.7	4.02	1,844	2,360.5	4.03
食品及飲料製造業	2,193	1,696.8	3.09	6	28.6	0.79	2,199	1,725.5	2.95
紡織業	1,045	1,674.9	3.05	11	66.6	1.83	1,056	1,741.5	2.97
非金屬及礦產物製品製造業	1,481	2,710.9	4.94	11	139.3	3.82	1,492	2,850.3	4.87
運輸及倉儲業	187	444.5	0.81	4	18.5	0.51	191	463.0	0.79
農林及漁牧業	536	225.2	0.41	3	2.9	0.08	539	228.2	0.39
其他服務業	233	339.1	0.62	5	48.2	1.32	238	388.8	0.66
其他產業	17,863	21,564.0	39.28	255	1,548.8	42.47	18,118	23,112.8	39.48
合　　計	35,542	54,898.5	100.00	504	3,646.8	100.00	36,046	58,545.3	100.00

說明：依據「兩岸人民關係條例」第三十五條規定，給予赴大陸投資廠商辦許可登記者已列
　　　入此一統計。

資料來源：同表三，頁30。

　　台商具有語言、文化與在地之優勢，較擅長經營人脈網絡與地方政府關係，日、韓商中小企業則處於相對弱勢角色，亦是引發經營困難與問題主因之一。台日韓商大型企業，雖有中央層級政府與人脈網絡互動，但未必能有效保護地方經營利益。[35]換言之，由於區域政治經濟生態與環境變遷、官僚體系效率、廉潔與法制規範明確與否，皆將攸關外商經營績效與環境選擇。此外，在台日韓商與員工關係，雖然強調效率與紀律規範下會有較佳之表現，但是在適應不同企業文化與嚴格管理下仍不乏矛盾與衝突。[36]儘管如此，台商由於具有語言、文化優勢，因而在溝通與適應能力較日韓商具有優勢，尤其是在管理大陸員工與幹部之能力相對較強。[37]

陸、SWOT/USED分析

　　處於中國大陸投資轉型與風險升高階段，本文以SWOT（Strength, Weakness, Opportunities, Threats）分析[38]（參見表十一），並試以USED，亦即如何善用（Use）優勢，如何終止（Stop）劣勢，如何運用（Exploit）機會，以及如何抵禦（Defend）威脅[39]之觀點，分析台韓日商因應大陸投資之策略。

---

[35] 新加坡政府在蘇州投資之工業園區，即因與地方政府利益衝突，即使有中央層級官員調處，最後亦迫使新加坡當局淡出投資規劃與佈局。

[36] 根據廠商訪問表示，大陸員工在未經訓練下，一般工作態度較差。因此台日韓商多採取較為嚴苛之作法，期能強化成本控制與增加產業競爭力。不過，也由於對員工要求過高，福利措施不佳，或是管理不善，而引發對台日韓商負面之評價。

[37] 據訪問從事不斷電系統與貿易類兩位台商了解，外商通常對產品被員工竊取與收取回扣問題較無法解決，因而影響獲利能力。台商由於了解其中門路與特性，因而較能防弊。

[38] 湯明哲，策略精論（台北：天下遠見出版公司，民國92年），頁89-90。

[39] 「SWOT分析」，維基百科，〈http://zh.wikipedia.org/wiki/SWOT%E5%88%86%E6%9E%90〉。

表十一：台韓日商大陸投資SWOT分析

SWOT 台日韓商	優勢 S	劣勢 W	機會 O	威脅 T
台商	1.區位與語言優勢，適應性強。 2.具管理與國際化優勢。 3.大陸人脈網絡經營具相對優勢。 4.中小企業發展經驗。	1.中小企業為主，企業擴大投資欠缺政府支持。 2.台灣金融業無法提供奧援。 3.經營不規範，人治色彩較重。 4.傳統與外銷產業生存條件日益惡化。 5.兩岸關係不確定性。	1.中共視為對台工作籌碼，提供「同等優先，適當放寬」優惠措施。 2.內需與服務業市場有開拓空間。 3.語言與文化優勢有利拓展商機。	1.人才惡意挖角，影響經營。 2.知識產權與法制保障不彰。 3.本土/外資與傳統產業競爭激烈，獲利空間縮小。 4.存在政治風險。 5.勞動工資與商務成本上揚，並實施新勞動合同法，經營日益艱難。
韓商	1.政府支持企業投資行為。 2.企業發展與內需市場開拓具強烈企圖心。 3.大企業長線經營與市場企圖心強。 4.環渤海地緣優勢。	1.語言與文化障礙，不易融入中國社會。 2.歧視勞工與剝削相對嚴重。 3.中小企業體質較差，對中國市場與生態不了解。 4.傳統與外銷產業生存條件日益惡化。	1.環渤海地區具區位與產業發展空間。 2.高科技產品市場認同度高。 3.內需與服務業市場有開拓空間。	1.人才惡意挖角，影響經營。 2.知識產權與法制保障不彰。 3.社會融合程度差，易衍生勞資糾紛與抗爭。 4.文化爭議可能引發衝突。 5.勞動工資與商務成本上揚，並實施新勞動合同法，經營日益艱難。

日商	1.具有核心技術與品牌、管理優勢。 2.企業經營較為規範，守法精神相對較強。 3.大型商社具資本與技術優勢。 4.學習與創新型企業優勢。	1.企業在地化不成功。 2.雇主與員工矛盾大，大陸員工流動性高。 3.僵化，彈性不足。	1.環渤海地區具區位與產業發展空間。 2.高科技產品市場認同度高。 3.內需與服務業市場有開拓空間。	1.中國反日情結與歷史記憶仍重。 2.日商派駐大陸管理階層企圖心不強。 3.過於強調企業敬業精神與管理嚴苛引發糾葛與矛盾。 4.勞動工資與商務成本上揚，並實施新勞動合同法，經營日益艱難。

　　基本而言，台日韓與大陸商在市場發展中存在競爭、互補關係，各方必須依照比較優勢進行聯盟與整合才能獲取最大利基。明顯的，在台日韓與大陸商之組合中，共有十五組組合（參見表十二），獨資經營固是企業偏好，但相互合作與聯盟將能產生更大之綜效（synergy）。明顯的，就台日韓商的優勢運用而論，台商在人脈網絡經營與員工管理有較大之優勢，尤其是語言與文化的特質，若能與日韓商結合，應有助市場開拓與員工管理。而日商在先進技術[40]與品牌研發能力之優勢，韓商在市場經營強烈的企圖心與品牌攻勢下，亦有相當之發揮空間（參見表十二）。儘管台日韓商在中國將因部分產業發展同質性高，而存在完全競爭市場，但是現代企業競爭不盡然是「零和競爭」，相互「競合」（co-opetition），或是採取「策略聯盟」，都有可能擴大雙方之利基。尤其是台商與日商有長期合作與經營之歷史，[41] 當前中國大陸內需型市場之開拓商機可觀，台商在

---

[40] 范振洪主編，山東與日韓經濟合作研究（濟南：山東人民出版社，2005年12月），頁13-21。

大陸投資之在地優勢與介面（interface）角色[42]，應得到更全面之發揮。

表十二：台、日、韓、大陸商組合模式

組合模式	組　別	結盟組合
四角組合	1	台、日、韓、大陸商
三角組合	4	台、日、韓商／台、日、大陸商／台、韓、大陸商／日、韓、大陸商
兩角組合	6	台、日商／台、韓商／台、大陸商／日、韓商／日、大陸商／韓、大陸商
單角組合	4	台商／日商／韓商／大陸商

　　在台日韓商發展劣勢與威脅方面，台日韓商明顯面臨來自企業本身侷限，以及大陸市場不規範、法制不彰與結構性難題不易克服，[43]甚至因投資環境與競爭條件惡化，企業有可能面臨淘汰命運。以日商為例，鎖定中國內銷市場的日本企業，仍不乏虧損，主要是因為中國的經濟制度與商業習慣、人才管理與文化環境等，都和日本差異大。日本企業前往中國投資，容易產生經營矛盾，即無法發揮最佳生產力。[44]日本經貿振興機構（JETRO）2002年進行一項「亞洲日系製造業活動調查」，結果發現在中國投資的日系製造業企業，主要遭遇以下幾種問題，首先是「行政手續繁雜」（55.1%），其次是「稅務手續繁雜」（42.7%）、「經濟法律相關制度落後，遊戲規則常任意被改變」（41.6%）、「政府決策過程不

---

[41] 朱炎，「台商大陸投資的日本因素與經濟全球化意涵」。陳德昇主編，經濟全球化與台商大陸投資：策略、佈局與比較（台北：晶典文化事業出版社，2005年11月），頁331-351。

[42] 劉仁傑，「台灣產業發展的新契機─介面」，CTTC資訊網，〈http://www.cttc.org.tw〉。該文指出台商與日商策略聯盟成就許多優廠商在大陸投資出色。亞洲光學集團在最近10年，譜下最早和數量最多的日台商合資據點。1991、1995、1997、2000年分別設立了泰聯光學、東莞理光愛麗美、廣東尼康和杭州尼康。

[43] 近期發生之北京新光天地案件與昆山中信飯店事件，都涉及法律與財務糾葛，若非中共當局基於政治考量保護台商利益，台商將可能因無在地司法與人脈優勢而處於劣勢地位。

[44] 朱炎，台商在中國：中國旅日經濟學者的觀察報告（台北：財訊出版社，2006年1月），頁220。

透明」（33.7％）、「資金調度與會計受到太多嚴苛限制」（29.4％）、「收不到帳、呆帳過高」（28.6％）、「裁員、解雇員工時受到太多限制」（12.4％）。中國的經營環境對於日本企業而言，仍有許多難以適應之處。[45] 在韓商方面，官僚腐敗、法治不彰、語言障礙與市場環境不佳，皆是經商困難所在（**參見表十三**）。由此顯示，隨著日韓商投資深化，其對中國投資環境認知亦出現調整。

表十三：韓商投資中國面臨的困難

單位：個

面臨的困難	回應企業數
靠關係、賄賂等商業陋習	182
海關及稅務	124
法律制度的不完善	119
語言溝通困難	69
收款困難	42
高級勞動力不足	41
交通及通訊設備等基本設施未完備	42
人脈管理	41
違反智慧財產權及仿冒問題	39
母公司對當地市場瞭解不夠	39
高價的物流費用	36
流通路線難掌握	33
能源不足	27
原材料取得不易	23
資金調度或週轉困難	20
匯款遺失問題	17
與當地政府處不好	16
其　　他	10

資料來源：大韓貿易振興公社，韓中建交12週年特別調查（2004）。

---

[45] 同前註，頁220-221。

　　韓商對中國發展政經生態了解有限，對大陸市場認知不免天真，甚而低估對中國發展形勢。韓國「中國通」朴漢真即曾表示：

　　不只是因為擔憂遲早有一天中國產業的競爭力會超越韓國，更因為中國正以多元性及柔軟性為武器而持續激變，但韓國看中國的角度及行為模式，卻與十年前沒什麼改變。仍然有很多人誤以為只要到中國去就可以大賺一票。也有不少企業只為了逃避人力成本上升及勞資糾紛的問題，而毫無對策地下定決心前往中國。[46]

　　到目前為止，韓國人在中國仍可大聲嚷嚷，但將來或許會變成我們的子孫在中國土地上淪落的處境。[47]

　　處於日益激烈的大陸市場競爭，低調經營並採行更徹底之在地化與親善性作為，始有可能改善企業形象與重建社會認同；勞資關係與福利改善、建立企業制度性運作規範，以及人才在地化信任關係建構，亦是必須積極改善之環節；在面對產業可能威脅中，企業運作法制規範與精神確立、建立制度化規則、擴大產業技術差距與加速升級，才有助於規避產業競爭之威脅。此外，近期中國大陸商務成本持續上揚，以及勞工與環境保護意識抬頭，皆將威脅企業之存續。在未來商機之獲取，無論是北京奧運與上海世界博覽會，或是內需市場與服務行業發展，仍有相當之空間。台日韓商要能更貼近市場，以及掌握消費者偏好與大陸政經發展變遷生態，才能獲取更大利基。

---

[46] 朴漢真，金炫辰譯，十年後的中國（台北：印刻文化出版有限公司，2006年），頁8。
[47] 同前註，頁9。

　　對台商最不利組合模式為：日、韓商與大陸商結盟，以及市場先佔策略產生之排擠效應。以面板產業為例，日韓合作態勢日益明顯。2007年8月全球第一座八代面板廠，由三星與新力（大陸稱索尼，Sony）合資的S-LCD公司開始量產出貨，由於台灣仍以七代或7.5代廠為主力，台灣與日、韓面板產業的競爭差距已擴大至一個世代，勢將削弱多款台灣電視、監視器面板，以及大陸地區之競爭力。此外，大陸產業界亦曾表示：台灣禁止高科技產業赴大陸投資，數年後日韓廠商優先佔據中國面板市場，屆時台灣再開放業者赴大陸恐將為時已晚。[48] 當前台商大陸投資仍受政府部門管制，作為台商大陸投資競爭對手，日韓廠商若進一步結盟開拓大陸市場，將對台商產生更大之競爭威脅。因此，台灣政府當局如何在開放競爭與國家安全選擇一平衡點；台日韓商如何在區域經濟競合過程爭取合作機會，以獲取最大利益，應是共同努力之目標。[49]

　　台灣科技產業在激烈的國際市場競爭中，既有來自韓國與日本結盟，以及中國產業結構調整的威脅，也有促進台灣產業升級的壓力與機會。當前台灣科技產業的優勢，在於中游的代工與零組件製造，但是日韓結盟將可能拉開台韓商科技產業之差距；中國大陸產業升級，亦可能取代台商代工製造與零組件生產能力。因此，台商除必須進行科技產業垂直整合，發揮大者恆大效益，如鴻海與仁寶電腦之經營策略。此外，台商亦可向上游產業發展科技產業之原料（如光阻劑、化學原料）與設備製造，或是跨域整合創意新產品（參見圖一），皆是值得努力的方向。

---

[48] 大陸昆山地區訪問產業界先進所獲訊息。

[49] 蕭君暉，「全球首座八代廠 日韓攜手量產了」，經濟日報（台北），2007年8月29日，A3版。

圖一：台日韓產業發展特質、位階與發展取向

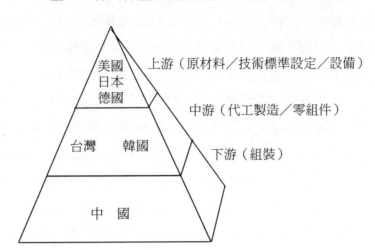

柒、全球化投資區位再選擇

　　台日韓商大陸投資，是在經濟全球化格局下成本與利益考量、跨越國界的資源流動與市場運作，所展現之務實、理性、風險與區位選擇。基本而言，中國大陸所吸引的外資中，主要來自鄰近的東亞國家，此一發展態勢，使台日韓企業，一方面既須積極進佔一個具相當發展潛力的龐大市場；另一方面又需與大陸本土企業存在多元「競合關係」。因此，對台日韓企業而言，如何發揮既有優勢採取單一或多角結盟，進而與當地企業發展互補功能，尋求更廣闊的商機，並規避無所不在的風險，應是企業大陸投資重要課題。

　　就現階段兩岸投資環境之變遷比較而論，由於近年中國大陸貿易順差持續擴大，其所面對國際貿易摩擦壓力持續升高。另基於中國可持續發展之需要，「二高一資」（高污染、高耗能、資源性）傳統產業將不再受鼓勵與支持。此外，在大陸經營環境中，人民幣持續升值、進口原料價格高

漲、勞工最低薪資與權益保障，[50] 以及環保意識抬頭，皆使得廠商獲利與生存空間明顯壓縮。因此，就投資環境比較觀點而論，涉及投資環境的主要評比項目中，中國大陸昔日投資環境之強項，如租稅優惠、人力成本、水電供應、土地與原材料價格，皆已呈現弱化與惡化之趨勢，從而使得台商經營難度升高，其獲利可能性亦明顯降低。[51] 反觀越南地區則有相對優惠條件，回歸台灣亦可進行高附加價值產業再投資選擇（參見表十四）。近年即有日商在海外整體投資環境與條件變遷後，選擇回流日本本土發展。[52] 基本而言，對傳統產業或是科技產業而言，產業升級皆不易在短期內實現，關鍵仍在於：企業研究與創新功能與高附加價值的創造能力。

　　台商大陸投資仍受政府部門管制，尤其在高科技與金融領域管制仍嚴。作為台商大陸投資競爭對手，日韓廠商結盟開拓大陸市場將對台商產生實質威脅。近年來，韓商在大企業拓展大陸市場的企圖心帶動下，當地銷售比例呈逐年上升趨勢；日本企業亦開始轉朝拓展大陸市場為主的銷售策略。相形之下，台商企業對出口第三國市場的依賴程度仍偏高。在日、韓企業已尋求在大陸建立產業分工體系下，台商企業若無法及時調整，不僅可能喪失與日韓及其他外資企業互動的機會，也可能會面對大陸本土企業的競爭力提升，而逐漸喪失在國際市場與中國大陸市場的競爭力。[53] 此外，日韓大型企業跨產業連結度較高，其關聯產業投資綜效較強。[54] 反之

---

[50] 袁明仁，「大陸最新稅務及勞動政策法令對台商的影響分析」，台商張老師月刊，第107期（2007年9月15日），頁10。

[51] 李書良，「加工貿易政策 大陸年底再緊縮」，工商時報（台北），2007年11月1日，A12版；李書良，「新出政策未定案 台商心難安」，工商時報（台北），2007年11月2日，A12版；陳慧敏，「加工貿易暫緩緊縮 動態調整彈性變大」，經濟日報（台北），2007年11月2日，A7版。

[52] 王曉伯摘譯，「日本企業建廠還是故鄉好」，經濟日報（台北），2007年7月20日，A8版。

[53] 蕭君暉，「落後了 別當駝鳥」，經濟日報（台北），2007年8月29日，A3版。

台商中小企業在中國大市場運作下空間窄化，將不利於長期發展。

表十四：兩岸投資環境變遷與優勢比較

地　區 項　目	產業別	大陸	越南	台灣
租稅優惠	科技產業	優惠	最為優惠	持續優惠
	傳統產業	不提供	最為優惠	優惠增加
土地供應與價格	科技產業	仍有優惠	有優惠，無優勢	政府補助
	傳統產業	不提供，昂貴	有優惠，無優勢	無優惠
上中下游產業鏈	科技產業	不完整	不完整	完整
	傳統產業	完整	不完整	外移，不完整
人力成本		逐漸升高	最低，未來調幅大	最高
人才素質 （忠誠、誠信、素養、創新）		中等	最差	最佳
水電供應		惡化	目前尚佳，未來將出現不足	充足
台灣資金供應		欠缺	次佳	最優
原材料／零組件當地採購		日漸成型，採購日益當地化	最差	完整性高

　　台日韓商對中共政策調整的理解與認知恐有侷限性。儘管企業對市場的敏銳度較高，但是對中國政治與社會現實的解讀和認知，仍存在明顯差距。例如：現階段台外商對中國施行降低出口退稅、環保日益嚴苛要求、勞工資遣與福利保障等措施，其政策調整與環境轉變的長期性和嚴肅性仍未認真對待。台商甚至還討價還價試圖續享有優惠，儘管中共基於對台

---

54 楊永斌，「電子、土木各走各？經濟倒退嚕！」，聯合報（台北），2007年11月3日，第A23版。

政策需要，會有策略調整措施，但此無異如同「青蛙處在水溫漸升環境中」，尚不理解生存環境與條件之結構變化。另一方面，台外商對中國施行科技政策之優先性和重點投入，亦未「吃透」（深刻理解）。在中國科技創新訴求、政策優惠、人脈網絡之整合優勢和綜效仍未充分發揮，皆足以顯示台外商大陸投資政策經營之盲點與挑戰。

　　就全球化觀點而言，企業跨域投資區位選擇主要考量成本、利潤、風險與市場因素。如今，九〇年代初期台商離台跨界赴大陸投資之因素，已如數在中國現階段投資環境中浮現，包括貨幣升值、環保要求、工資上揚、水電不足等（參見表一、二）。如今台日韓資，尤其是傳統產業，再度面臨外移中國和西進內陸的選擇。然而，問題在於：傳統產業和代工業低毛利特質，即使再尋求大陸西進或是越南成為新生產基地，仍無法改變低毛利的現實。換言之，數年後越南投資環境仍將面臨改變、調整，市場終將再次飽和，勢必再被迫遷移。因此，當前產業發展必須認真思考，如何持續尋找高毛利、高附加價值、產業升級與轉型之路徑，才是企業永續經營之道。

　　相對於日商與韓商而言，台商因為特殊的政治角色而享有更多的優惠，但也面臨更嚴峻的風險。例如，兩岸主權矛盾一旦破局，中共訴諸經濟制裁或軍事衝突的可能性將升高，台商的利益受損將首當其衝，與此同時日韓商在中國大陸的利益亦無可避免將遭波及。事實上，近年來，台灣具指標性的龍頭產業在面臨成本競爭壓力、跨國企業風險管理分散市場的要求，或是兩岸政治風險的評估，皆已促使台商全球佈局區位再調整。[55]台商除西進內陸爭取內需市場商機外，另一方面則已局部外移越南或回歸

---

[55] 李立達，「仁寶越南設廠 後年投產」，經濟日報（台北），2007年11月2日，A15版；邱馨儀，「奇美電明年赴北越設廠」，經濟日報（台北），民國96年11月23日，第A3版。

台灣，作為因應變局之安排。日韓廠商，尤其是傳統產業當前也面臨生存與轉型挑戰，外移北韓、越南與回歸母國亦成為考量因素。因此，可以預期的是，亞太地區第四波的轉型的區域化，在亞太內部跨國、跨區域的資本、技術、人力和市場的持續聯結與流動，其重點有向中國內陸省份與東南亞移轉的趨勢。未來東南亞區域經濟整合、大陸與周邊國家，以及台日韓商經貿互動，可望扮演更趨活躍之角色。

參考書目

一、中文專書

「日本韓國對華投資情況」，中國商務年鑑（2006）（北京：中國商務出版社，2006年9月）。

TV東京新聞部編，蔡欣穎譯，日本經營群雄列傳（台北：宇琉采伊娛樂經濟有限公司，2007年6月）。

八城政基，卞雲鎮譯，日美企業經營（香港：商務印書館，1994年8月）。

大前研一，趙佳誼、劉錦秀、黃碧君譯，中華聯邦（台北：商周出版社，2003年）。

中國經營報編輯部編著，與成功的中國企業家對話（香港：中華書局，2004年12月）。

天下編輯，面對大師（台北：天下雜誌，1995年6月）。

天下編輯，崛起日本：日本如何在挫敗中脫胎換骨（台北：天下雜誌，1995年9月）。

孔柄淏，吳善同譯，挑戰韓國大趨勢（台北：天下雜誌，2007年）。

王志樂主編，著名跨國公司在中國的投資（北京：中國經濟出版社，1996年2月）。

王志樂主編，2001年跨國公司在中國投資報告（北京：中國經濟出版社，2001年8月）。

安妮塔・麥格漢著；李芳齡譯，創新的軌跡（台北：天下雜誌，2007年）。

朴漢真，金炫辰譯，十年後的中國（台北：印刻文化出版有限公司，2006年）。

朱炎，「台商大陸投資的日本因素與經濟全球化意涵」。陳德昇主編，經濟全球化與台商大陸投資：策略、佈局與比較（台北：晶典文化事業出版社，2005年11月）。

朱炎，台商在中國：中國旅日經濟學者的觀察報告（台北：財訊出版社，2006年1月）。

米爾頓・艾茲拉提，陳雅雲譯，日本巨變：從日本經濟文化變革到全球勢力的重分配（台北：遠流，2001年）。

村松岐夫、伊藤光利、中豐著；吳明上譯，日本政府與政治（台北：五南圖書出版股份有限公司，2005年）。

汪玉凱、馬慶鈺，中國與韓國行政體制改革比較研究（北京：國家行政學院出版社，2002年）。

沃倫編，吳輝譯，民主與信任（北京：華夏出版社，2004年10月）。

杭廷頓、伯格；王柏鴻譯，杭廷頓&伯格看全球化大趨勢（台北：時報文化出版企業股份有限公司，2002年12月）。

林雅瑛、楊致偉、龐文真，崛起新日本（台北：巨思文化公司，2006年2月）。

松濤，三星經營學（台北：有名堂文化館，2007年8月）。

邱慶劍，世界500強企業經營模式精選（北京：機械工業出版社，2006年1月）。

邱毅，變革：恐龍型企業的再造（台北：中華徵信所，民國87年）。

洪少輝，與韓國人打交道—營商篇（香港：三聯書店，2007年9月）。

津上俊哉，李琳譯，中國崛起：日本該做些什麼？（北京：社會科學文獻出版社，2006年12月）。

胡元梓、薛曉源主編，全球化與中國（台北：創世文化事業出版社，2001年10月）。

范振洪主編，山東與日韓經濟合作研究（濟南：山東人民出版社，2005年12月）。

首爾新聞特別採訪小組編著，盧鴻金譯，解讀中國的未來（台北：印刻出版有限公司，2006年11月）。

唐任伍，「鋤強扶弱」的全球化規則研究（北京：北京師範大學出版社，2006年8月）。

唐怡紅，外資進入行為研究（北京：人民出版社，2003年10月）。

唐津一，徐朝龍譯，中國能否趕超日本：日本人眼中的中日差距（北京：中國社會出版社，2006年2月）。

唐納‧薩爾、王顥，洪慧芳譯，中國製（台北：天下雜誌，2006年4月）。

孫新、徐長文，中日韓經濟合作促進東亞繁榮（北京：中國海關出版社，2005年3月）。

孫曉郁主編，中日韓經濟合作的新起點（北京：商務印書館，2004年7月）。

宮惠民　，用人大師（香港：中華書局，2004年7月）。

馬淵哲、南條惠合　、張麗瓊譯，讓顧客感動的服務（台北：遠流出版社，2006年）。

高倉信昭，簡錦川譯，企業海外投資之戰略（台北：登英文化事業有限公司，1990年8月）。

張小濟，面向21世紀的中韓經貿合作（北京：中國發展出版社，2006年6月）。

張紀濤，「日本企業在中國投資戰略調整及發展新趨勢」，台商、日商韓商大陸投資與策略

　　佈局學術研討會（台北：政治大學，2007年10-20-21日）。

張殿文，虎與狐（台北：天下遠見出版公司，2005年2月）。

陳再明，跨越日本：日本產業五十年歷史回顧（台北市：遠流，1996年）。

陶冬，聚焦神州—陶冬的觀察與預言（香港：經濟日報出版社，2007年）。

楊婕、宋紅超著，本土化生存：跨國公司在華經營管理成敗啟示（北京：中國經濟出版社，
　　2004年2月）。

劉群藝，經濟思想與近代化改革：中日韓比較研究（北京：華夏出版社，2007年2月）。

劉震濤、楊君苗、殷存毅、徐昆明，台商企業個案研究（北京：清華大學出版社，2005年1
　　月）。

蕭新煌、王宏仁、龔宜君主編，台商在東南亞：網絡、認同與全球化（台北：中央研究院亞
　　太研究計畫，民國91年）。

蕭新煌，亞太轉型、區域成長圈與永續發展（東南亞研究論文系列，第3號）（台北：中央研
　　究院東南亞區域研究計畫）

謝光亞等，跨國公司在中國的投資分析：以北京為例的實証研究（北京：經濟管理出版社，
　　2006年4月）。

謝國華，大陸——個賺錢的地方？（台北：海鴿文化，2004年4月）。

謝順主編，社會變遷與管理創新：中日社會與管理國際學術研討會論文集（北京：中國社會
　　科學出版社，2005年2月）。

藤本隆宏，許經明、李兆華譯，能力構築競爭（北京：中信出版社，2007年6月）。

關志雄，做好中國自己的事：中國威脅論引發的思考（北京：中國商務出版社，2005年3
　　月）。

二、中文期刊

袁明仁，「大陸最新稅務及勞動政策法令對台商的影響分析」，台商張老師月刊，第107期
　　（2007年9月15日）。

張家銘，「戰後台灣地區企業與政府的關係－一種家父長的政治經濟權威結構」，中山社會

科學季刊（台北），第六卷第一期（民國80年3月）。

江逸之、高聖凱，「台日新同盟時代來臨」，**遠見雜誌**（台北），（2004年3月1日）。

田君美，「台灣中小企業與大陸鄉鎮企業之比較研究」，**「台灣經濟」月刊**（台北），第230期（民國85年2月1日）。

陳良榕，「台韓交火，決戰2005」，**天下雜誌**（台北），（2005年1月15日）。

孫珮瑜，「兩岸成果比一比」，**天下雜誌**（台北），（2005年1月15日）。

文現深，「中共如何篩選領導人」，**天下雜誌**（台北），（2006年5月24日），頁76~82。

顧瑩華，「台商全球佈局的趨勢與挑戰」，**兩岸經貿**（台北），第175期七月號（民國95年7月），頁1~4。

三、報紙

「企業突圍終極戰略 產業集團軍開拔」，中國時報（台北），2007年3月13日，B3 版。

「老二心態讓台灣企業輸給韓國」，經濟日報（台北），2007年4月8日，A2版。

于婷，「牽手日本頂級企業 助推成都IT產業」，**成都商報**（四川），2006年9月15日，09要聞版。

王慧馨、黃玉珍，「大陸查稅沒期限，勿自亂陣腳」，經濟日報（台北），2007年8月27日，A13版，

王曉伯摘譯，「日本企業建廠還是故鄉好」，經濟日報（台北），2007年7月20日，A8版。

白德華，「青島韓人專用網咖 網民圍剿」，中國時報（台北），2007年7月12日，A17版。

江富滿，「建錩與日商住友 聯手進軍華南」，工商時報（台北），2006年9月5日，C8版。

李立達，「仁寶越南設廠 後年投產」，經濟日報（台北），2007年11月2日，A15版。

李書良，「加工貿易政策 大陸年底再緊縮」，工商時報（台北），2007年11月1日，A12版。

李書良，「投資大陸最便宜 恐成過去式」，中國時報（台北），2007年5月5日，A20 版。

李書良，「缺油缺電 珠三角台商兩頭燒」，工商時報（台北），2007年10月31日，A9版。

李書良，「新出政策未定案 台商心難安」，工商時報（台北），2007年11月2日，A12版。

李珣瑛，「鴻海可能入股LPL幫群創搶料」，經濟日報（台北），2007年7月14日，A3版。

沈美幸，「為自創汽車品牌登陸鋪路 裕隆將與浙江中譽合資新公司」，工商時報（台北），
　　2007年11月1日，A20版。

林安妮，「台商用人 賠償風險驟增」，經濟日報（台北），2007年7月4日，A6版。

林則宏，「海爾要做名牌企業 推網路家電」，經濟日報（台北），2007年10月17日，A6版。

邱輝龍，「物流風暴增高，西進紮寨細思量」，工商時報（台北），2005年8月30日，7版。

邱馨儀，「奇美電明年赴北越設廠」，經濟日報（台北），民國96年11月23日，A3版。

張義宮，「東元韓商合資 青島設點」，經濟日報（台北），2007年10月17日，A11版。

陳怡君，「SOGO強打快攻 兩岸兩樣情」，經濟日報（台北），2007年11月1日，A12版。

陳家齊編譯，「充電完成：LG反攻手機市場」，經濟日報（台北），2007年9月13日，A8
　　版。

陳慧敏，「加工貿易暫緩緊縮 動態調整彈性變大」，經濟日報（台北），2007年11月2日，A7
　　版。

陳穎柔，「日本商社擴大新興市場物流業務」，工商時報（台北），2007年6月13日）A8版。

賀靜萍，「寒流湧進秋海棠快破百萬」，工商時報（台北），2007年9月3日，A9版。

楊永斌，「電子、土木各走各？經濟倒退嚕！」，聯合報（台北），2007年11月3日，A23
　　版。

劉仁傑，「台灣產業發展的新契機－介面」，**CTTC資訊網**，http://www.cttc.org.tw。

劉芳容，「勞動合同法 衝擊台商」，經濟日報（台北），2007年7月4日，A6版。

劉聖芬，「日外移生產線漸回歸」，工商時報（台北），2007年6月13日），A8版。

鄭淑芳，「業外跌跤 寶成前三季獲利衰退27%」，工商時報（台北），2007年10月31日，B4
　　版。

蕭君暉，「入股韓廠不見得討到好處」，經濟日報（台北），2007年7月14日，A3版。

蕭君暉，「全球首座八代廠 日韓攜手量產了」，經濟日報（台北），2007年8月29日，A3
　　版。

蕭君暉，「落後了 別當駝鳥」，經濟日報（台北），2007年8月29日，A3版。

蕭美惠，「南韓第九大富商韓華集團董事長，以暴制暴，身陷囹圄」，工商時報（台北），

2007年7月8日，A6版。

繆琴，「對接日本軟件業 成都專設人才庫」，成都日報（四川），2006年9月15日，A7版。

薛孟杰，「森剛吉男退而不休推動中小企業異業結盟」，工商時報（台北），2007年2月15日，D1版。

譚淑珍，「十年生聚 韓國奮起」，工商時報（台北），2007年6月20日，A6版。

譚淑珍，「財政部次官趙源東專訪」，工商時報（台北），2007年6月20日，A6版。

譚淑珍，「國家認同 台韓調不同」，工商時報（台北），2007年6月22日，A7版。

譚淑珍，「韓國台灣 難兄難弟」，工商時報（台北），2007年6月22日，A7版。

日韓電子廠商中國大陸產業佈局：
兼論對台灣產業發展影響

陳子昂

（工業技術研究院產經中心特別助理）

摘要

　　為優化資源配置，國際大廠加速全球化佈局，而擁有龐大內需市場、價廉與充沛的勞工、土地的中國大陸，再加上優惠引資，更使得中國藉FDI成為全球主要的生產基地。近年日本及南韓企業在大陸投資佈局有深化趨勢，透過投資在中日韓間所形成的產業鏈分工及價值鏈轉移，其對台灣的衝擊或新機會需加以觀察。因此本研究針對手機、液晶面板、汽車導航系統產品，探討日、韓商在大陸佈局的現況及趨勢，是否提升其競爭力，或培植大陸當地產業成長，對台灣產業形成的影響與威脅，與台灣產業因應的策略。研究結果顯示：

　　1. 大陸手機廠商品牌能力強，製造能力弱，但未來需觀察大陸、韓國手機廠商藉TD-SCDMA系統的發展對台灣手機廠商的影響。

　　2. 大陸TFT-LCD面板產業群聚尚未成形，需注意日本、韓國六代線以上面板廠在大陸的佈局進展，以推測對台灣的影響。

　　3. 台灣可持式導航裝置掌握關鍵技術與代工組裝能力，且與日韓產品有所區隔，因此日韓在大陸佈局並未對台灣造成影響與壓力。

關鍵詞：大陸面板產業、大陸手機產業、大陸汽車電子產業、大陸導航機產業、兩岸面板產業。

The Influence of the Strategy of Japan and Korea's Main Enterprises in China on the Industrial Development of Taiwan

John Chen

（Special Assistant of IEK/ITRI）

Abstract

In order to optimize resource distribution, international enterprises accelerate globalization strategy. However, China, which owns a huge domestic demand market, low-priced and plentiful labor and land, offers favorable foreign direct investment policy. All the benefits turn China into the main manufacturing base in the world on the strength of FDI. Japanese and Korean investment activities will bring about new opportunities to Taiwan. Therefore, this research is aimed at products of cell phones, TFT-LCD and GPS system for automobile, and to probe into the current condition and tendency of Japanese and Korean enterprises' strategy in China. If they can raise their competitiveness, or grow local industries in China, this can influence and threaten Taiwan's industry, and the strategy which Taiwan adopts to deal with. The result of this research shows:

1. China's cell phone enterprises have strong brand power, although its manufacturing capacity is weak. Chinese and Korean cell phone manufacturers influence Taiwan's manufactures by relying on TD-SCDMA system in the

future.

2. Even though the cluster of China's TFT-LCD enterprises is not concrete yet, it is necessary to notice that the process of strategy of Japan and Korea's next generational TFT-LCD system in China that can influence Taiwan.

3. The strategy of Japan and Korea's portable GPS in China has not caused any influence and pressure on Taiwan.

Keywords: China's TFT-LCD industry, China's cell phone industry, China's car eletronics industry, China's GPS industry, TFT-LCD industry on cross-Straits.

壹、前言

圖一：2000-2005年日韓對中國投資之製造業別分佈

韓國：

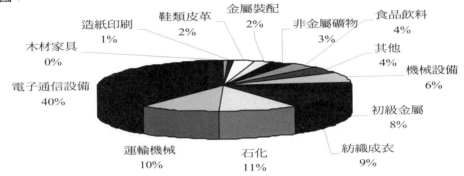

日本：

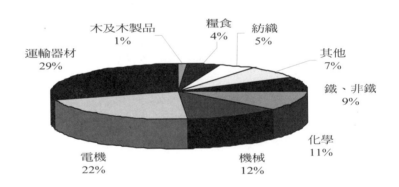

　　近年來，日韓兩國在大陸的投資已攀升第三、四名，台灣則落居第七名左右。2005年底日本及韓國在中國實際投資金額分別已達65.3、51.7億美金，顯見中日、中韓間的經貿與投資關係日益密切。大陸加入WTO後，南韓Samsung、LG等集團，不僅加速投資大陸，且投資產業領域多元化，並將中國視為全球化營運佈局一環。如三星在大陸投資佈局，已由製造基地變成品牌中心；LG在中國的投資策略，則是以本土化為主軸進入中國市場。至於日商，儘管與中國存在歷史情結，或因未在大陸實施本土

化策略而在中國市場鎩羽而歸，但日商並未減緩投資熱潮，在汽車、半導體、機電產業等均有投入（參見圖一）。日商及韓商等跨國企業在大陸移轉尖端技術、廣設研發中心與佈建行銷通路的積極佈局，顯示日本及南韓企業在大陸投資佈局有深化趨勢，這可能威脅台商在大陸營運及全球競爭的地位。再者，中日韓共同合作標準制定、技術研發，或透過投資在中日韓間所形成的產業鏈分工及價值鏈轉移對台灣的衝擊或新機會均需加以長期觀測，以讓台商及早擬定因應對策。

貳、日韓主要廠商在大陸佈局對台灣產業影響

一、手機產業

(一)研究議題及假設

　　台灣手機產業以代工為主，近年受到國際大廠要求及為降低成本，手機生產線幾已外移至大陸，台灣僅剩研發及試量產之生產線或多媒體高階手機生產線；而中國大陸已成為國際手機大廠的生產基地，年產量突破三億支，內需市場已超過一億支，早已成為國際大廠佈局重點及兵家必爭之地。而日本因為在2G時代採PDC系統未與國際的GSM 、CDMA系統接軌，錯失在國際市場競爭的地位，亦已撤出大陸市場；韓國手機廠商Samsung、LG在國際市場位居前五名，尤其Samsung在大陸位居前三名。因此研究議題設定，從手機製造的觀點，看韓商的研發佈局、產銷策略對台灣廠商的影響。亦將從研發活動、生產活動、市場表現、合作活動等資料，分析驗證對台灣產業及大陸產業的影響。其議題及假設與驗證分析指標如圖二所示。

圖二：手機產業議題及假設

日韓廠商投資大陸 對台灣產業的影響	日韓廠商投資大陸 的延伸性能力對台灣產業的影響

手機

- ■核心議題：
  - ■日韓廠商在大陸佈局可能提昇其競爭力
  - ■日韓廠商在大陸佈局可能帶動大陸手機產業的能力
- ■假設
  - ■日商在大陸產銷佈局可能對台灣影響有限
  - ■韓商研發佈局可能對台灣產生衝擊
  - ■韓商產銷策略對台灣廠商有不同程度的影響
- ■分析 indicator
  研發活動（組織與任務、策略）
  生產活動（生產據點、聚落型態）
  市場表現（全球市場、大陸市場）
  合作活動（合資、策略聯盟）

台灣產業價值鏈定位、台韓日中競爭力分析

策略建議（能力及客戶維持、提昇市佔率、技術提昇或轉型契機）

資料來源：工研院IEK（2006/12）

(二)研究發現

　　日韓手機廠與當地廠商合資的目的，主要以取得生產執照與內銷配額為目標，並以產銷自有品牌為主。中國合資方之角色多為銷售公司，或僅扮演投資者角色，以分享營業利潤；其關鍵點在於中國合資方的通訊技術能力薄弱，再加上韓國廠商控制零組件採購及研發設計，使得中國之投資方無法藉合資取得技術。至於日商因無法彈性調整海外策略，配合當地推出適合大陸的價格與機款，在經營不善之下，多已退出市場，僅剩京瓷振華持續經營CDMA手機市場。

　　韓國廠商持續在大陸擴大生產規模，預計2007年合計產能將達9000萬支，佔韓商全球總產能的50％。韓商將以高階產品與提高利潤為大陸市

場發展重點。但LG在GSM手機競爭力較弱，將提供台灣手機廠爭取切入GSM入門機種機會。韓商積極參與大陸自有資通訊標準研發，Samsung、LG在大陸已建構完整研發體系。未來TD-SCDMA技術將為韓商與歐美廠商競爭之關鍵技術。日商雖退出中國市場，仍在中國維持新通訊標準之研發活動，以等待新系統的發展機會。例如，日本NEC、松下皆積極與中國官/學合作，投入新通訊標準（如B3G/4G）研發。

除研發合作外，日韓商亦積極採取本土化政策，聘僱當地高階與研發人力，並相繼與當地大學進行產學合作，提早佈局研發人才之競爭。工研院IEK認為，長期來看，日韓廠商吸納中國大陸研發人才的結果，不僅將造成人才取得的難度逐漸提高，未來這些自日韓廠商研發前瞻通訊技術的人才，將可能成為中國手機業界的主力，進而成為台灣手機廠的主要競爭對手。

二、面板產業

(一)研究議題及假設

本研究在探討日、韓主要薄膜電晶體（Thin Film Transistor；TFT）液晶顯示器（Liquid Crystal Display；LCD）面板廠在中國大陸設立液晶模組（LCD Module；LCM）廠，對於台灣面板業者的影響。

由於中國大陸的工資低廉，假設日、韓面板廠在中國大陸設立LCM廠，勢必取得與台灣面板廠相同的成本競爭優勢。因此，議題一在研究日韓面板廠是否因為取得與台灣相同的成本競爭優勢，對台灣造成劇烈的競爭。對於此議題所需要蒐集的指標為日、韓廠商在全球的面板市佔率變化，從這些指標可了解，日、韓是否有因為在中國大陸設廠，而提升了日、韓在全球的面板出貨市佔率，進而影響台灣在全球市佔率的改變。

另外一個議題要探討的是日、韓面板廠在中國大陸投資的延伸性能力，是否提升大陸產業競爭力，進而影響台灣面板產業。本研究假設中國

大陸因為日、韓的投資，因而掌握面板生產技術，同時因為面板產業群聚的效應帶動中國大陸關鍵零組件產業的建立，強化中國大陸面板業者的整合能力。議題二所需要蒐集的指標為：中國大陸TFT-LCD的佈局、中國大陸對於關鍵零組件的掌握、國際關鍵零組件大廠在中國大陸設廠的可行性、中國大陸面板廠的市佔率分析（其架構如圖三所示）。

圖三：面板產業議題及假設

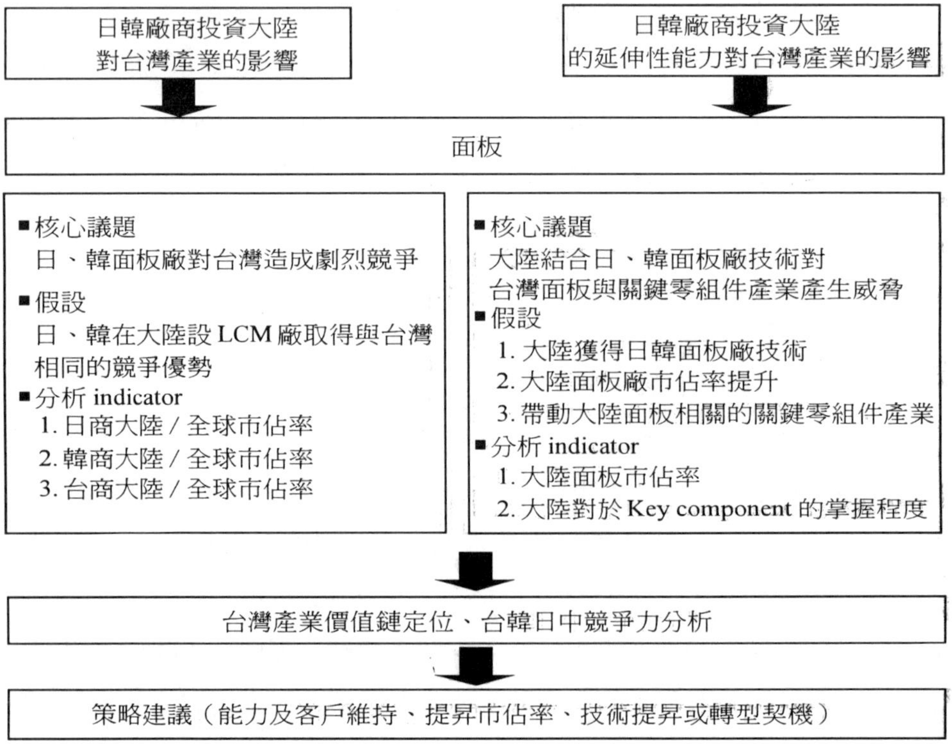

日韓廠商投資大陸 對台灣產業的影響	日韓廠商投資大陸 的延伸性能力對台灣產業的影響

面板

■核心議題 　日、韓面板廠對台灣造成劇烈競爭 ■假設 　日、韓在大陸設LCM廠取得與台灣相同的競爭優勢 ■分析 indicator 　1.日商大陸／全球市佔率 　2.韓商大陸／全球市佔率 　3.台商大陸／全球市佔率	■核心議題 　大陸結合日、韓面板廠技術對台灣面板與關鍵零組件產業產生威脅 ■假設 　1.大陸獲得日韓面板廠技術 　2.大陸面板廠市佔率提升 　3.帶動大陸面板相關的關鍵零組件產業 ■分析 indicator 　1.大陸面板市佔率 　2.大陸對於 Key component 的掌握程度

台灣產業價值鏈定位、台韓日中競爭力分析

策略建議（能力及客戶維持、提昇市佔率、技術提昇或轉型契機）

資料來源：工研院IEK（2006/12）

(二)研究發現

日本面板業者所生產的LCM幾乎都是給高階產品且以自用為主，目

前對台灣產業尚未造成競爭壓力，全球面板市場上的競爭者只剩下台灣與韓國。而韓國廠商利用其集團掌握關鍵零組件，提升與國際大廠議價能力的優勢，在筆記型電腦用面板的市佔率領先台灣。

中國大陸生產低階的液晶監視器面板佔有率已超過40％，未來有機會將侵蝕中階市場佔有率，對於台灣的面板業者是一隱憂。

現階段因大陸面板產業鏈及群聚尚未成型，日韓廠商在大陸佈局面板模組廠及合資面板廠，對台灣產業未構成重大威脅，也尚未對大陸產業帶來關鍵技術提升的延伸效益，但是需要特別注意未來韓國廠商可能在中國大陸佈局次世代前段（Array段與Cell段）的設廠生產，將造成對於台灣面板廠嚴重的威脅。

現階段中國大陸面板產業競爭力較弱，無法吸引國際相關的關鍵零組件在當地投資設廠，造成中國大陸關鍵零組件產業群聚尚未成形，因此中國大陸面板廠對於關鍵零組件的掌握度相當低，只有京東方光電掌握部分背光模組的自製率。

三、汽車導航系統產業

(一)研究議題與假設

本研究欲探討日韓汽車導航系統廠商，於中國大陸佈局是否會對台灣廠商產生影響，包括是否具備合作機會或產生競爭威脅等衝擊。有鑑於此，本研究提出兩項核心研究議題，茲說明如下：

■ 議題一：日韓汽車導航系統廠商於中國大陸佈局，台商是否具參與協同開發或價值活動分工之合作機會

■ 議題二：日韓汽車導航系統廠商於中國大陸佈局，透過市場競爭與培養當地廠商、人才技術能力等方式，對台灣廠商發展形成威脅。而針對上述兩項核心研究議題，本研究分別提出其研究假設，如下：

■ 議題一之研究假設：日韓汽車導航系統廠商於中國大陸發展，具備

與台灣廠商之合作空間。

　　■議題二之研究假設：受到中國大陸市場拉力影響下，日韓汽車導航系統廠商直接與中國大陸當地廠商形成緊密供應鏈關係，使其得以吸收日韓廠商之技術與品管等知識，改善大陸當地廠商自身能力。

　　本研究將根據所提出之核心研究議題與假設，就全球汽車導航系統發展現況、日韓於中國大陸策略佈局、台灣廠商於汽車導航系統之發展概況等進行研究分析後，提出本研究之發現與結論，最後提出廠商與政府未來發展之策略建議，其架構參見圖四所示。

圖四：汽車導航系統產業議題及假設

日韓廠商投資大陸 對台灣產業的影響	日韓廠商投資大陸 的延伸性能力對台灣產業的影響

汽車導航系統

■核心議題
　■日韓汽車導航廠商於中國大陸佈局，台商是否具參與價值分工或合作機會
　■日韓汽車導航廠商於中國大陸佈局，是否透過市場競爭與培養當地廠商、人才技術能力等方式，對台灣廠商發展形成威脅
■假設
　■日韓汽車導航廠商於中國大陸發展具備與台灣廠商之合作空間
　■受到中國大陸市場拉力影響下，日韓汽車導航廠商直接與中國大陸廠商形成緊密供應鏈關係，使中國大陸廠商得以吸收日韓廠商之技術與品管等知識，改善自身能力
■分析 indicator
　1.日韓汽車導航廠商於中國大陸/全球市佔率
　2.日韓汽車導航廠商於全球/中國大陸之供應鏈關係
　3.日韓汽車導航廠商於中國大陸之策略佈局
　4.台灣汽車導航廠商全球/中國大陸市佔率

台灣產業價值鏈定位、競爭力分析

政策建議（能力及客戶維持、提昇市佔率、技術提昇或轉型契機）

資料來源：工研院IEK（2006/12）。

(二)研究發現

日、韓汽車導航廠商於中國大陸發展以車載機為主，台灣廠商則以可攜式導航裝置為主，產品與市場區隔明顯。目前日本廠商於中國大陸上下游價值鏈佈局已完整，加上日本廠商將其供應鏈關係從全球複製到中國大陸（除圖資軟體外）；韓國廠商則找尋當地廠商作為合作對象，因此台灣廠商若無具備原本與車廠的合作關係，至中國大陸與日、韓廠商商談合作機會小。

就日本廠商而言，在市場競爭上，日商於市場定位、產品價格及行銷通路上，均與台灣廠商形成明顯區隔關係，因此現階段威脅程度不大；而於培養當地廠商與人才技術能力上，因日商大多以獨資為主，與當地廠商合作關係低，培養其成長空間與機會有限，因此對台商較無威脅。但日商於中國大陸設置研發中心所雇用之中國籍員工，未來是否會形成延伸能力提升效應，則值得後續觀察。韓國廠商方面，目前僅有Hyundai Autonet（為現代汽車於韓國車載導航機之一階供應商）與大陸航盛電子合作，成立天津航盛現代電子，使航盛電子得到切入北京現代供應鏈體系之機會，但航盛電子現今並未跨入可攜式導航產品領域經營，現階段對台灣廠商影響不大。

日韓汽車導航系統廠商佈局大陸對台灣產業的影響

1. 可攜式導航裝置未來全球市場成長率（CAGR為69.1％）高於車載導航（10.9％），台灣廠商主要以可攜式導航產品為主，目前於全球已佔有重要地位，未來應朝此方向深耕。

2. 日本汽車導航廠商與各車廠間供應鏈關係穩固，韓國廠商為垂直整合之封閉體系，因此台灣廠商於車載導航領域與日韓廠商合作機會低。

3. 日韓廠商於中國大陸佈局，以車載導航機為主，若台灣廠商朝可攜式導航裝置發展，則日韓廠商於中國大陸之佈局對台灣不構成威脅。

4. 因日韓廠商於中國大陸佈局大多為獨資，但已有中韓合資廠商出

現，加上日本廠商多數於中國大陸設置研發中心情況下，未來對台灣產業的影響程度應密切觀察。

參、日韓主要手機廠商在大陸佈局對我國產業發展探討

一、日韓手機廠商佈局大陸現況分析

(一)中國大陸手機發展歷程

　　九〇年代中國政府在參考亞洲四小龍的發展經驗，將加工裝配、合資經營作為主要的外貿發展形式後，在1984年進一步開放上海等14個作為「沿海開放城市」，並將環渤海地區、長江、珠江、廈漳泉三角州地區闢為經濟開放區，開始吸引外商前往中國設廠。

　　1990年代中期後，隨著2G手機技術（GSM與CDMA）逐漸成熟，手機市場也開始由歐美地區延伸至亞洲地區，並吸引亞洲國家對手機產業的關注。為避免先進國家廠商挾技術優勢大舉佔有本土市場，1990年後，中國政府雖開放外商以合資模式前往中國設廠，但為扶持本土廠商與健全產業發展，1999年1月中國訊息產業部依據國務院於1998年底頒布《關於加快移動通信產業發展的若干意見》，即俗稱的「五號文件」。五號文件規定中國境內的手機生產必須獲得牌照許可，才能進行手機之生產。因此，為取得當時中國低成本勞力，以及進入潛力龐大的中國市場，外商在《中外合資企業經營法》限制下，開始尋求與中國本土廠商合資設廠。

　　截至2004年9月，中國大陸共發出生產執照GSM 30張（含本土廠商共16家，外資合資廠商共14家），CDMA執照共19張（只有Motorola一家外資廠商）。中國大陸的手機生產執照與內銷配額政策，雖提供中國本土廠商市場發展空間，但由於中國本土廠商在手機開發與生產等技術能力的不足，讓部分已具有手機開發生產能力的外商，在暫時無法取得手機生產執照的情形下，轉向為已取得執照但欠缺手機開發製造能力的中國本土廠商

代工，而出現了所謂的「貼牌」手機，使得中國本土廠商得以藉助韓國與台灣的手機廠商之力，在2003年達到市場發展尖峰，佔中國手機市場60％的高市占率。

圖五：中國手機市場歷年發展趨勢

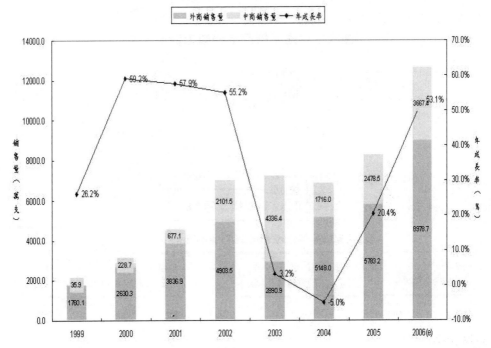

資料來源：工研院IEK（2006/12）。

不過，2004年後，隨著手機產品進入到彩色螢幕、照相功能手機，以及Nokia、Motorola等歐美大廠，以完整產品開發能力與價格優勢迅速提升銷售市佔率，而中國本土廠商在中國官方整頓貼牌手機銷售活動後，借貼牌代工廠填補產品線的模式無法持續進行，再加上自主開發之產品競爭力明顯落後外商，使得中國本土廠商在中國手機市場市佔率由2004年60％的尖峰，下滑至2006年的29％。

　　另一方面，2004年10月14日信息產業部發布手機產業引導政策，將手機生產牌照由審核批示制改為核准制，亦即將放寬生產牌照進入門檻，但手機廠商仍需進行資質認證。自2005年3月後由發展改革委員會開始發放新的手機生產執照。截至2006年11月為止，獲得新手機執照的廠商已達四十家，其中六家台商拿到手機生產及內銷執照。

圖六：中國手機產業與政策發展歷程

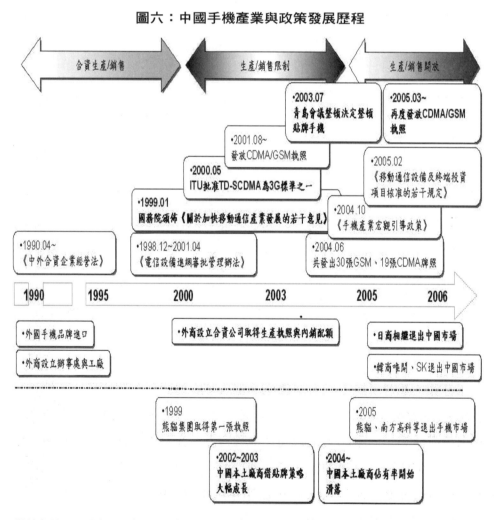

資料來源：工研院IEK（2006/12）。

　　自此，中國手機市場雖然仍有生產牌照的核准管制，但實質上，全球主要手機廠皆已進入中國大陸，也因此造成市場競爭更加激烈。到2006年底，過去曾經在中國市場佔有一席之地的中國本土手機廠（如南京熊貓），或是曾具有全球知名度的外資手機廠（如Alcatel），皆已在激烈競爭的局面下退出手機市場。而日本手機廠更幾乎全面退出目前2G/2.5G手機市場，僅剩京瓷振華一家仍持續與運營商合作供應CDMA。

(二)日韓廠商發展現況

1.日韓手機廠商在中國大陸佈局分析

　　與其他外商進入中國市場的腳步相近，日韓廠商前往中國大陸設立手機廠的時間亦多集中在九0年代末期至2000年初期之間。

　　在韓商方面。韓國三星與LG在九0年代末期便已分別與中國本土廠商合作進行手機產品的開發；到中國生產執照制度確定後，韓商開始正式與中國本土廠商合資設廠，以爭取設廠與內銷許可。

　　截至2006年年底為止，韓國手機廠仍在中國維持正常運作的有三星、LG、泛泰（Pantech）。至於已退出市場的則有曾在新疆迪化設廠的SK Teletech與在福建設廠的唯開（VK Mobile）。

　　在日商方面。同樣在2000年後以合資模式進入中國手機市場的日本手機廠有：NEC、三菱、東芝、松下、三洋、以及京瓷等公司。不過，由於受限於日本廠商對於GSM手機投注的資源較少，且未提出有效的市場推展與銷售策略，使得日本廠商自2005年起相繼宣布退出中國市場。目前，僅剩京瓷振華仍維持經營。

　　值得注意的是，日本廠商雖已相繼退出市場，但日本手機市場兩大領導品牌：NEC與松下仍持續在北京進行3G與下一代新通訊標準的研發活動，期望能在中國正式發放3G執照後，以其在日本3G手機的發展經驗，重新進入中國市場。

圖七：日韓手機廠商在中國發展現況

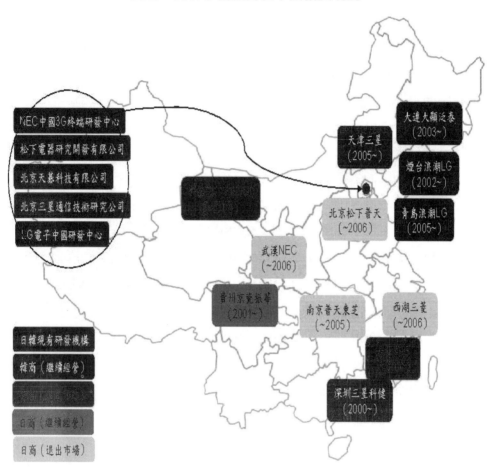

NEC中國3G終端研發中心

松下電器研究開發有限公司

北京天慕科技有限公司

北京三星通信技術研究公司

LG電子中國研發中心

大連大顯泛泰
（2003~）

天津三星
（2005~）

煙台浪潮LG
（2002~）

北京松下普天
（~2006）

青島浪潮LG
（2005~）

武漢NEC
（~2006）

貴州京寬振華
（2001~）

南京普天東芝
（~2005）

西湖三菱
（~2006）

日韓現有研發機構

韓商（繼續經營）

日商（繼續經營）

日商（退出市場）

深圳三星科健
（2000~）

資料來源：工研院IEK（2006/12）。

2. 韓商三星與樂金比較分析

綜合來看，由於三星與LG在全球手機市場及中國手機市場地位的差異，使得這兩家公司在中國的發展佈局亦不盡相同。

首先，三星仍穩居全球與中國市場前三名的地位。因此，在中國的發展策略仍以三星集團的垂直整合運作為主，並藉由與北京當地大學進行產

學合作，以持續加強核心技術標準之研發。

　　其次，LG在中國手機市場仍處於落後者的地位，因此首要之務不僅在於利用中國產能以擴大其在全球CDMA市場的領先地位，更需藉由GSM手機銷售的提升，以提高該公司在全球與中國的市佔率。

表一：三星與LG在中國發展比較表

	三星	LG
全球市場地位（06/-Q3）	第三（11.9％）	第四（6.6％）
中國產品策略	維持中高階定位	轉向中高階定位
銷售策略	逐步轉為FD	採用國包代理
生產策略	擴增GSM產能供給中國與海外市場	擴增CDMA產能海外市場提升GSM產能發展中國市場
研發策略	建立完整研發基地（GSM/GPRS、CDMA、WCDMA、TD-SCDMA、B3G/4G系統與終端）	以應用與市場研發為主（GSM/ GPRS、CDMA、TD-SCDMA終端）
產學合作	與當地大學進行博士後研究合作	提供獎學金，並與當地大學合作進行員工訓練
合資策略	取得生產執照與內銷權應用與市場研發	取得生產執照與內銷權
與台商合作關係	零組件供應	零組件供應與手機代工

資料來源：工研院IEK（2006/12）。

二、手機產業策略建議

　　由以上針對日韓手機廠商在中國大陸市場的發展分析，工研院IEK認為，台灣相關廠商與政府單位應採取以下因應策略：

(一)切入中國自有資通訊標準，尋求建立品牌機會

中國大陸力推TD-SCDMA標準，提供新市場機會。台灣廠商需掌握此機會，以相關產品（如：TD-SCDMA手機）切入中國大陸自有品牌市場。

(二)尋求與韓商合作機會

韓商LG的GSM產品在中國市場競爭力較低，且需藉由入門機種提升全球市佔率，將提供台灣廠商在GSM入門機種代工業務機會。

(三)與日商在研發上尋求合作

日商雖皆已暫時退出中國，但台灣廠商仍可結合其B3G/4G研發能力，尋找合作進軍中國之機會。

(四)政府協助建立新標準測試應用平台

政府應協助廠商爭取新通訊標準測試平台之建立（如：TD-SCDMA、Mobile TV），除可提升廠商在國內進行研發活動之意願，使技術研發活動保留於台灣，並可協助廠商佈局未來新技術、標準與產品。

肆、日韓主要面板廠商在大陸佈局

一、面板產業議題分析

(一)台日韓主要面板廠在中國大陸的佈局

由於中國大陸的工資低廉，勞動力市場充沛，而且下游市場廣大，因此全球企業莫不以中國大陸為主要製造基地。由於就近供應的關係，液晶面板業者也紛紛到中國大陸設LCM廠，表二是台日韓主要面板廠在中國大陸LCM廠的佈局。從表二可以發現台灣面板業者在中國大陸的佈局是從2002年開始，比日本、韓國都更早。韓國三星與樂金飛利浦（LG Philips LCD；LPL）則是從2003年開始佈局；三星選擇位於華東的蘇州為LCM組裝廠。日本夏普的佈局時間較早，但是產量很小，而且幾乎都是

以自用為主。

表二：台日韓主要面板廠在中國大陸投資設LCM廠

公　　司	設立時間點	地　　點	月產能	產　　品
Samsung	2003Q3	蘇　州	200K	N.A.
	2004	蘇　州	667K	N.A.
LPL	2003Q2	南　京	500K	N.A.
	2004Q4	南　京	500K	N.A.
	2006	廣　州	N.A.	TV
Sharp	N.A.	無　錫	N.A.	Monitor
	N.A.	南　京	N.A.	TV
AUO	2002Q2	蘇　州	4,000K	N.A.
	2006	廈　門	N.A.	TV
（QDI）	2004Q3	上　海	2,000K	N.A.
CMO	2005Q4	寧　波	2,150K	Notebook PC ,Monitor
	2007Q2	佛　山	667K	TV
CPT	2002Q3	吳　江	1,200K	N.A.
	2004Q4	福　州	640K	Notebook PC ,Monitor
	2004Q4	福　清	500K	Monitor
	2006Q3	深　圳	100K	TV
	2007Q1	深　圳	200K	TV
HannStar	2002Q2	南　京	700K	N.A.
	2005Q4	武　漢	300K	N.A.
Innolux	2005Q3	深　圳	850K	Monitor

說明：LPL：LG. Philips LCD、AUO：友達光電、CMO：奇美電子、CPT：中華映管、QDI：廣
　　　輝電子、HannStar：瀚宇彩晶、Innolux：群創光電、N.A.：Not Available
資料來源：工研院IEK（2006/12）。

日韓廠商在中國大陸佈局LCM於三大應用領域中，日本面板業者在三個應用產品的全球市佔率皆呈現大幅下降，大尺寸TFT- LCD面板在全球市佔率從2003年的21％下降到2005年的7.4％，所生產的LCM幾乎都是給高階產品且以自用為主，目前並無對台灣造成激烈競爭，市場上的競爭者只剩下台灣與韓國。另外，韓國利用其集團的附加價值力量，在筆記型電腦用面板的市佔率領先台灣，韓國的筆記型電腦面板出貨在全球市佔率，則是從2003年的44.8％上升到2005年的47.4％，市場佔有率接近50％。需要特別注意未來韓可能在中國大陸佈局次世代前段（Array段與Cell段）的設廠生產，將造成對於台灣面板廠嚴重的威脅。

(二)日韓主要TFT- LCD面板廠投資大陸對台灣面板廠商的影響

1. 台、日、韓、中在全球大尺寸面板市佔率變化

藉由觀察台、日、韓、中面板產業在全球大尺寸面板市佔率的變化，探討台灣面板業者是否因為日韓廠商在中國大陸佈局而遭受到強烈的成本競爭，以致我國面板業者在中國大陸與筆記型電腦、液晶監視器、液晶電視廠商之間的供應關係，逐漸被日、韓面板業者侵蝕，進而喪失了台灣在全球面板市場的競爭力。

2003-2005年台、日、韓、中面板產業在大尺寸TFT- LCD面板上全球市佔率的變化，如圖九所示。在2003-2005年這段期間內，全球的TFT-LCD大尺寸面板出貨量從2003年的9,400萬片成長到2005年的2億1,000萬片，年平均成長率高達74.4％。

日本的大尺寸TFT- LCD面板在全球市佔率從2003年的21％下降到2005年的7.4％，而韓國大尺寸面板在全球市佔率，則是從2003年的42.8％微幅下降到2005年的42.4％，台灣大尺寸面板在全球市佔率，是從2003年的36.2％快速成長到2005年的44.9％，中國大陸在大尺寸面板在全球市佔率，則是從2003年的0％快速成長到2005年的5.2％。

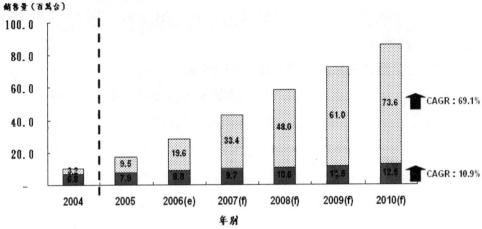

圖九：2003-2005年全球大尺寸液晶面板市佔率分析

資料來源：工研院IEK（2006/12）。

　　綜合這四個主要面板生產國，在2003-2005年全球市佔率的變化可以發現，台灣大尺寸面板出貨已經在2005年超越韓國成為全球第一，中國大陸則是從0％到5.2％，市佔率很小，但相對的看起來成長也很快。日本面板業者的市佔率下降幅度很大，所生產的LCM幾乎都是給高階產品且以自用為主，目前並無對台灣造成激烈競爭，市場上的競爭者只剩下台灣與韓國的競爭。

　2. 全球大尺寸面板市場，主要競爭者為台灣及韓國

　　日、韓在中國大陸佈局LCM於三大應用領域中，日本面板業者在三個應用產品的全球的市佔率皆呈現大幅下降，大尺寸TFT- LCD面板在全球市佔率從2003年的21％下降到2005年的7.4％，所生產的LCM幾乎都是給高階產品且以自用為主，目前並無對台灣造成激烈競爭，市場上的競爭者只剩下台灣與韓國。

　　另外，韓國利用其集團的附加價值力量，在筆記型電腦用面板的市佔

率領先台灣，韓國的筆記型電腦面板出貨在全球市佔率，則是從2003年的44.8％上升到2005年的47.4％，市場佔有率接近50％。需要特別注意未來韓國可能在中國大陸佈局次世代前段（Array段與Cell段）的設廠生產，將造成對於台灣面板廠嚴重的威脅。

(三)日韓面板廠投資中國大陸延伸性影響

分析日、韓面板廠在中國大陸投資的延伸性效應，是否造就中國大陸在面板業的能量，因而威脅台灣的指標可分為四點：中國大陸TFT- LCD面板廠的佈局、中國大陸面板廠的市佔率分析、中國大陸對於關鍵零組件的掌握、國際關鍵零組件大廠在中國大陸設廠的可行性。

1. 中國大陸TFT- LCD的佈局

目前中國大陸具有量產大尺寸面板能力的TFT- LCD面板廠只有三家，分別是京東方光電（BOE OT）、上廣電NEC（SVA-NEC）、龍騰光電（InfoVision Optronics；IVO）。

(1)京東方光電

京東方科技集團股份有限公司創立於1993年。京東方集團於2003年1月以3.8億美元收購韓國Hydis事業部門之後，於2003年3月京東方與BOE Hydis合資方式成立京東方光電，並於北京經濟開發區亦庄園區創建五代線，初期投資金額為12億美元。京東方選擇在北京設立第一條五代線TFT-LCD面板，於2005年第一季開始量產，目前的產能為每月6萬片。以15、17英吋顯示器面板產品為主要出貨產品，19英吋顯示器面板也開始出貨，20.1、26英吋液晶電視面板也有少量的出貨。韓國的BOE Hydis則是將生產線轉為生產高階中小尺寸產品，以及筆記型電腦面板，並將原本17英吋顯示器面板產品的客戶移轉給京東方光電。

(2)上廣電-NEC

上廣電集團成立於1995年，是中國大陸電子百強排名前十名的公司，產品涵蓋廣闊，從家用電器、顯示器，到資訊接取系統及設備等。上廣電

集團於2003年與日本NEC公司在上海合資設立上海廣電NEC液晶顯示器公司（簡稱：SVA-NEC），其中上廣電集團擁有75％的股份。上廣電-NEC五代線的生產技術及專利全部都是從NEC引進，因此目前上廣電-NEC在技術量產部門多由日籍工程師擔任，技術副總太田透嗣夫亦是日籍。上廣電-NEC五代線第一期產月能規劃為5萬2千片，於2004年第四季開始量產，初期以生產15英吋監視器面板為主。

(3)龍騰光電

龍騰光電設在昆山經濟開發區，技術來源為日本IDT（IBM Display Technology）與台灣的奇美電子，生產線的規劃也是五代線，產品線也是從液晶監視器面板切入，目前正在送樣階段。

(4)深超光電

深超光電為中國大陸唯一有計畫要蓋六代廠的公司，該公司的成立時間為2006年1月，現有股東與持股比例分別為：京東方科技集團股份有限公司（40％）、深圳市深超科技投資公司（20％）、TCL集團股份有限公司（10％）、深圳創維RGB電子有限公司（10％）、四川長虹電器股份有限公司（10％）、康佳集團股份有限公司（10％）。其中京東方科技集團有五代面板廠的技術，深圳市深超科技投資公司是地方政府的資金，其他的股東都電視機品牌大廠，陣容看起來很堅強，目前註冊資金為2,000萬人民幣。

生產規模的規劃為：玻璃基板最大加工能力為每月9萬片，玻璃基板尺寸1,500mm×1,850mm，彩色濾光片（Color Filter；CF）最大加工能力為每月9萬片，每年液晶電模組700萬片，產品銷售對象以四家股東及中國國內TV廠為主要客戶。量產地點在深圳市南山區西麗留仙洞工業區，預計集資24億美元，其中12億美元由股東募集，12億美元由銀行貸款。

2. 中國大陸面板廠對於關鍵零組件的掌握程度

TFT- LCD產業結構是由上游材料與零組件、中游面板製作、下游

LCM模組組裝及產品應用等構成。在上游的材料與零組件中有五項，包括玻璃基板、彩色濾光片、驅動IC、偏光膜、背光模組等是這個產業的關鍵零組件。而這五項關鍵零組件佔面板總成本超過五成以上，以五代廠生產17吋監視器面板分析，其中這五項關鍵零組件佔面板售價61％。另外以六代廠生產32吋液晶電視面板分析，其中這五項關鍵零組件佔面板售價71％。因此分析中國大陸面板廠的競爭力，可以從面板廠對於關鍵零組件的掌握程度來觀察。

　　目前中國大陸共有兩家公司進入量產，分別為京東方光電與上廣電-NEC，個別的關鍵零組件掌握情形如表三與表四所示。

表三：京東方光電對關鍵零組件的來源廠商

項　　目	供應廠商	國　　別	佈局地點（方式）
玻　　璃	Corning	美　　國	日本、韓國、台灣、中國大陸（後段裁切）
彩色濾光片	DNP	日　　本	日本
	Sintek	台　　灣	台灣
	STI	日　　本	日本、韓國
	Toppan	日　　本	日本、台灣
	ACTI	日　　本	日本
偏光板	Nitto Denko	日　　本	日本、中國大陸（後段裁切）
	LG Chemical	韓　　國	日本、中國大陸（後段裁切）
	Ace Digitech	韓　　國	韓國
	Optimax	台　　灣	台灣、中國大陸（後段裁切）
背光模組	Chatani	日　　本	日本
	蘇州茶谷	中國大陸	中國大陸
	北京茶谷	中國大陸	中國大陸
	Nano-Hitec	韓　　國	韓國、中國大陸
	Onnuri	韓　　國	韓國、中國大陸
驅動IC	Magnachip	韓　　國	韓國
Array+Cell	京東方光電	中國大陸	中國大陸
LCM	京東方光電	中國大陸	中國大陸

資料來源：工研院IEK（2006/12）。

　　京東方光電在玻璃基板與偏光板供應方面，目前都是外商在中國大陸設後段裁切工廠，尚未有量產工廠；彩色濾光片與驅動IC仍然完全進口；掌握部份背光模組，2006年自製比率約40％，其餘由韓商與日商在中國大陸設立的背光模組廠供應。

表四：上廣電-NEC對關鍵零組件的來源廠商

項　　目	供應廠商	國　　別	佈局地點（方式）
玻　　璃	Corning	美　　國	日本、台灣、韓國、中國大陸（後段裁切）
	NEG	日　　本	日本、台灣、中國大陸（後段裁切）
彩色濾光片	Toppan	日　　本	日本、台灣
	DNP	日　　本	日本
偏光板	Nitto Denko	日　　本	日本、中國大陸（後段裁切）
背光模組	Coretronic	台　　灣	台灣、中國大陸
	Radiant	台　　灣	台灣、中國大陸
	K-Bridge	台　　灣	台灣、中國大陸
驅動IC	NEC	日　　本	日本
	NEC	日　　本	中國大陸
	NEC	日　　本	中國大陸
	SGNEC	日　　本	中國大陸
Array+Cell	上廣電-NEC	中國大陸	中國大陸
LCM	上廣電-NEC	中國大陸	中國大陸

資料來源：工研院IEK（2006/12）。

　　目前上廣電-NEC的玻璃基板與偏光板，來源都是仰賴外商在中國大陸設後段裁切工廠供應，但外商尚未有設立熔爐或前段加工廠。彩色濾光片仍然完全進口，但2006年8月上海廣電集團旗下的「上海廣電電子股份有限公司」，將與日本「富士膠片株式會社」；合資設立「上海廣電富士光電材料有限公司」，進行生產彩色濾光片。驅動IC則從日本在中國大陸設廠的NEC進貨，背光模組完全依靠台商供應。

　　以中國大陸目前僅有兩條的五代線，而且每個月產能僅有6萬片是不足以吸引國際關鍵零組件到當地投資，但是已經有兩家國際性的玻璃製造廠在中國大陸設後段裁切工廠。回顧台灣的TFT-LCD產業發展過程，也是國際關鍵零組件大廠剛開始來台灣設後段裁切廠，然後評估之後發現，未來面板的市場量有機會讓他們回本賺錢，才會考慮設廠。

　　3. 中國大陸面板廠的市佔率分析

　　台、日、韓、中在全球液晶監視器面板的市佔率，及在大陸市場的市佔率快速提升，從2003年的0％上升至2005年的7.7％（如表4-3所示），並且在自己國家的出貨市場中，也從2003年的0％上升至2005年的13.3％，如表4-4所示。

　　根據表五，中國大陸在液晶監視器面板的佔有率快速的提升，已經影響台灣的面板業者，需要進行更深入的研究。

表五：台日韓中在中國大陸液晶監視器面板市佔率的變化

全球出貨市佔率	2003	2004	2005
台灣	81.9％	75.6％	63.9％
日本	6.3％	2.4％	1.3％
韓國	11.8％	17.8％	21.4％
中國大陸	0.0％	4.3％	13.3％
總出貨量（Kpcs）	19,881	39,056	66,604

資料來源：工研院IEK（2006/12）。

　　大陸液晶監視器能力漸提升，有侵蝕台商市佔率之虞，但大陸在大尺寸面板之零組件掌握能力低。中國大陸生產低階的液晶監視器面板佔有率已經超過40％，未來有機會將侵蝕中階的市場佔有率，對於台灣的面板業者是一大隱憂。

由於中國大陸面板產能不足，無法吸引國際相關的關鍵零組件在當地投資設廠，造成中國大陸關鍵零組件產業群聚尚未成形，因此中國大陸面板廠對於關鍵零組件的掌握度相當低，只有京東方光電掌握部分背光模組的自製率。

如果過了2008年，國際關鍵零組件大廠尚未在中國大陸設立熔爐的話，中國大陸在TFT-LCD面板突圍的機會可能就很渺茫。

二、液晶面板產業策略建議

(一)中國大陸的佈局建議採取與韓國亦步亦趨的方式

由於韓國與台灣在面板的競爭最為激烈，因此對於中國大陸的佈局建議採取與韓國亦步亦趨的方式，跟隨韓國廠商在中國大陸佈局的策略，使台灣面板廠商能夠保持彈性與在中國大陸的優勢。若韓國開放次世代廠在中國大陸佈局，則台灣也開放同等次世代廠（五代以上）登陸，運用台灣在降低成本的優勢，與韓國相抗衡。

(二)鼓勵台商掌握中國大陸TFT-LCD價值鏈的關鍵位置

增強台灣背光模組與驅動IC在中國大陸的市佔率，使中國大陸關鍵零組件沒有自製機會，可掌握中國大陸LCM的供應鏈，使其面板產業不具競爭力，而自動退出市場。

促使國際玻璃廠加碼投資台灣，同時開放兩岸貨運直航，降低運費，以減低國際玻璃廠到中國大陸設廠的機會。只要國際玻璃廠不在中國大陸設熔爐，則中國大陸的面板產業群聚不易形成，中國大陸廠商就不具成本競爭力，而無法威脅台灣的面板業者。在長久的虧損下，中國大陸將自動退出面板產業。

(三)鼓勵台商掌握中國大陸六代廠以上的能量

因為中國大陸的液晶電視市場潛力大，而且國產品牌佔有率高，唯獨缺乏的就是液晶電視用的面板，中國大陸面板廠無法自行供應，六代廠是

液晶電視面板的入門技術，只要中國大陸沒有六代廠的技術，則其液晶面板產業就沒有足夠的市場以吸引國際關鍵零組件廠商的設廠，而沒有國際關鍵零組件廠商的投資設廠，液晶面板廠就沒有競爭力，將迫使中國大陸放棄液晶面板的生產。

目前聚龍光電是中國大陸唯一規劃要建六代廠的公司，目前缺乏資金與技術，如果一旦有設立的可能，可以考慮讓台灣的面板廠去併購或入主，掌握中國大陸六代廠以上的能量。

另外，若台灣面板廠可以與中國大陸液晶電視品牌廠商合蓋LCM廠，以也可以創造雙贏的局面。因為台灣的優勢在面板製造，而中國大陸的優勢在於電視機的品牌，形成互補的局面。

伍、日韓汽車導航系統廠商在大陸佈局與影響

一、汽車導航系統產業

(一)全球汽車導航系統產業與市場分析

1. 全球車載導航機與可持式導航裝置市場概況

汽車導航系統可分為車載導航機，以及可攜式導航裝置兩大類。車載導航機為內建於車內之導航裝置，可分為OEM原裝市場（汽車原廠組裝）與售後服務市場（After Market；AM）兩種。可攜式導航裝置為能隨身攜帶的導航裝置，可分為單一導航功能的PND（Portable Navigation Device）、內建導航功能的PDA與智慧型手機（Smart Phone）三種。於2004年前，整體汽車導航系統市場以車載導航機為主，並由車廠與一階供應商主導與制定規格，由於產品價格較高，因此車廠大多在部分高階車款，將車載機列為標準配備，而於中高階或低階車款則較多列為選配。2005年後，由於可攜式導航裝置以低價策略切入市場，因此可攜式導航裝置市場開始呈現爆發性的成長。2004年全球車載導航機銷售量為675萬

台，可攜式導航裝置僅為315萬台。至2005年，車載導航機銷售量為787萬台，較2004年成長13.3％，但可攜式導航裝置大幅成長至951萬台，其成長率為202.3％，超越車載導航機之銷售量。預期於2010年時，全球車載導航機之市場規模將為1,250萬台，其2004-2010年複合成長率為10.9％，呈現穩健成長之發展趨勢。而可攜式導航裝置市場將持續快速成長，其市場規模將達到7,300多萬台，2004-2010年複合成長率高達69.1％（見圖九）。

圖九：2004年至2010年全球汽車導航系統市場發展趨勢

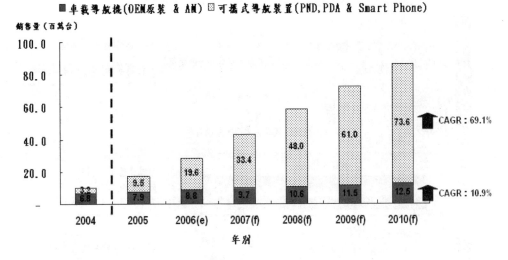

資料來源：Strategic Analysis；工研院IEK整理（2006/12）。

2. 全球汽車導航產品市場區隔分析

本研究以「產品定位（分為車載機與可攜式）」與「產品售價（以美元USD為單位）」為兩分析構面，就汽車導航系統廠商進行產品市場區隔分析（見圖十一）。日本汽車導航廠商以車載導航機為主要產品，於可攜式導航裝置上涉入較少，其產品整合導航系統與汽車多媒體系統，因此於

售價上較高，產品區間介於800美元與3200美元之間。台灣於車載導航機
與可攜式導航裝置上均有廠商投入，但於車載導航機上，雖有怡利、公信
等廠商，但以地區性車廠為合作對象，經營範圍為地區性市場，於產業中
影響力較小。但於可攜式導航裝置方面，台灣擁有Garmin與Mio等大廠，
且TomTom、Navman及Medion等國外大廠也選擇台灣廠商為代工組裝伙

圖十：全球汽車導航產品市場區隔分析

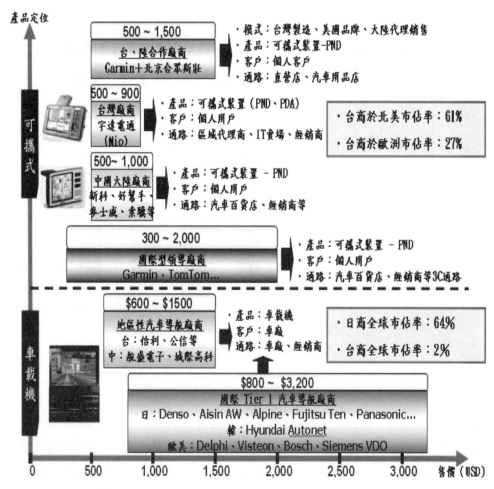

資料來源：工研院IEK（2006/12）。

伴，因此在自有品牌與代工組裝之雙頭發展下，奠定台灣廠商於可攜式導航裝置產業之地位。由上述得知，台灣與日本汽車導航系統廠商於全球市場中之產品區隔與定位不同，大致呈現井水不犯河水之競爭態勢。

　3. 全球車載導航機OEM市場之競爭廠商分析

　目前全球車載導航機的主要供應商有日系的Aisin AW、Panasonic、Pioneer、Denso、Xanavi、Alpine、Clarion，歐系的Siemens VDO、Bosch，以及美系的Delphi、Visteon等廠商。2005年日系廠商於全球車載導航機OEM市場中，其佔有率達64％（見圖十一），且於各區域的佔有率分別為北美70％、歐洲50％、日本100％。台灣車載導航機供應商較具規模的有怡利、公信與航欣等廠商，在全球市場佔有率僅約2％，且經營範圍多為地區性市場，於產業中現階段影響力較小，未來發展有待努力。

圖十一：全球車載導航機OEM原裝市場廠商分析

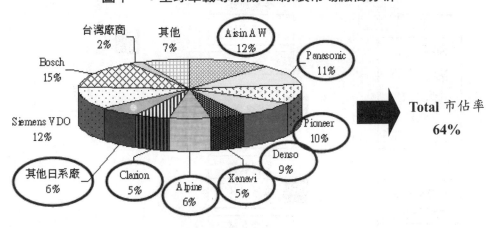

資料來源：富士總研，工研院IEK整理（2006/12）。

　4. 台灣可攜式導航裝置之產業鏈結構

　台灣目前於可攜式導航裝置之產業鏈結構發展上，於產業上、中、下游方面，除了上游晶片技術與中游圖資軟體部分掌握在國外大廠手上外，

圖十二：台灣可攜式導航裝置產業鏈結構分析圖

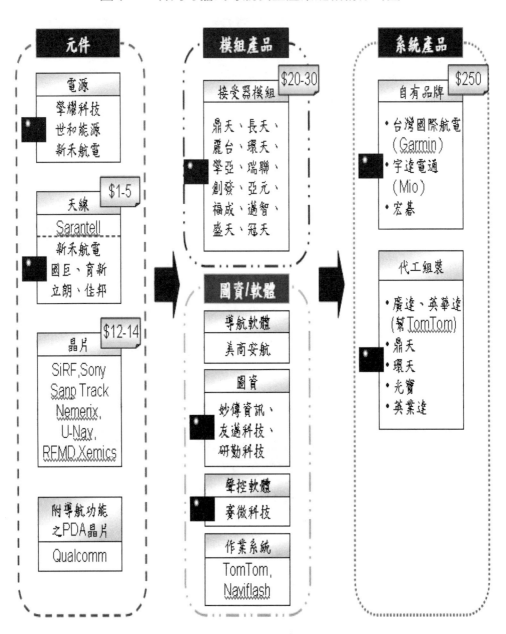

資料來源：工研院IEK（2006/11）。

其餘部分台灣廠商均佔有一席之地。目前台灣廠商之發展能量主要集中於產業中、下游，例如GPS接受器與模組製造上，鼎天、長天、環天等廠商深耕已久，擁有足夠的技術能力。而於下游系統產品方面，於代工組裝上，如神達、廣達、英華達、金寶等，均有相當的品質與技術；而在自有品牌上，則具國際大廠Garmin（台灣國際航電）與Mio（宇達電通）（見圖十二）。整體來說，台灣在可攜式導航裝置產業發展卓越，於全球市場中具競爭優勢。

(二)日韓汽車導航廠商於中國大陸佈局之影響

1. 日韓汽車導航廠商於中國大陸之策略佈局

日、韓汽車導航廠商目前於中國大陸發展，仍以車載導航機為主。在看好中國大陸豐沛與低成本之人力資源、市場未來發展潛力下，日、韓廠商近幾年積極於中國大陸建置完整價值活動，包括設立研發中心、生產製造工廠、銷售據點等。而於供應鏈體系建置與佈局上，包括上游的圖資軟體與下游的車廠通路，日、韓廠商目前均已佈局完整，並期望藉由垂直整合所產生之綜效，增加在中國大陸市場中之競爭優勢。

於價值鏈佈局上，日系廠商除了圖資軟體因中國大陸法規限制，須以合資方式與中國大陸廠商合作外，其他包括硬體開發、生產製造與銷售的部分，大多選擇以獨資的方式進行。而韓國現代汽車之車載機供應商為現代Autonet，於中國大陸之佈局，則選擇與深圳航盛電子合作，共同經營中國大陸韓系OEM原裝市場（如表六所示）。

表六：日韓汽車導航廠商於中國大陸之價值活動佈局

項目 廠　商		研究開發		生產製造	銷　售	
		圖資軟體	車載軟硬體		OEM	AM
🇯🇵	Denso			★	★	
	豐田通商	◎			◎	◎
	Fujitsu Ten		★	★	★	★
	Pioneer		★	★	★	
	Panasonic		★	◎	★	★
	Aisin AW	◎	◎		◎	◎
	Alpine		★	★	★	
	Clarion		★	★	★	
🇰🇷	現代Autonet		◎	◎	◎	

說明：★表示獨資、◎表示為與中國大陸廠商合資
資料來源：工研院IEK（2006/12）。

　　1.在供應鏈策略佈局上，於圖資軟體方面，Denso、Clarion、Panasonic 與 Pioneer 等廠商，藉由豐田通商與北京四維圖新導航資訊公司（以下簡稱北京四維圖新）合資設立之北京圖新經緯導航技術公司提供軟體，而天津現代航盛則透過北京四維圖新提供，Aisin AW、Fujitsu Ten與Alpine則由高德軟件提供。在下游車廠的合作關係方面，日、韓汽車導航廠商透過全球供應鏈中與車廠之合作關係，將其複製至大陸市場，例如Denso、Aisin AW與Toyota，Alpine與Honda，天津現代航盛與Hyundai等（如圖十三所示）。

圖十三：日韓汽車導航廠商於中國大陸之供應鏈關係

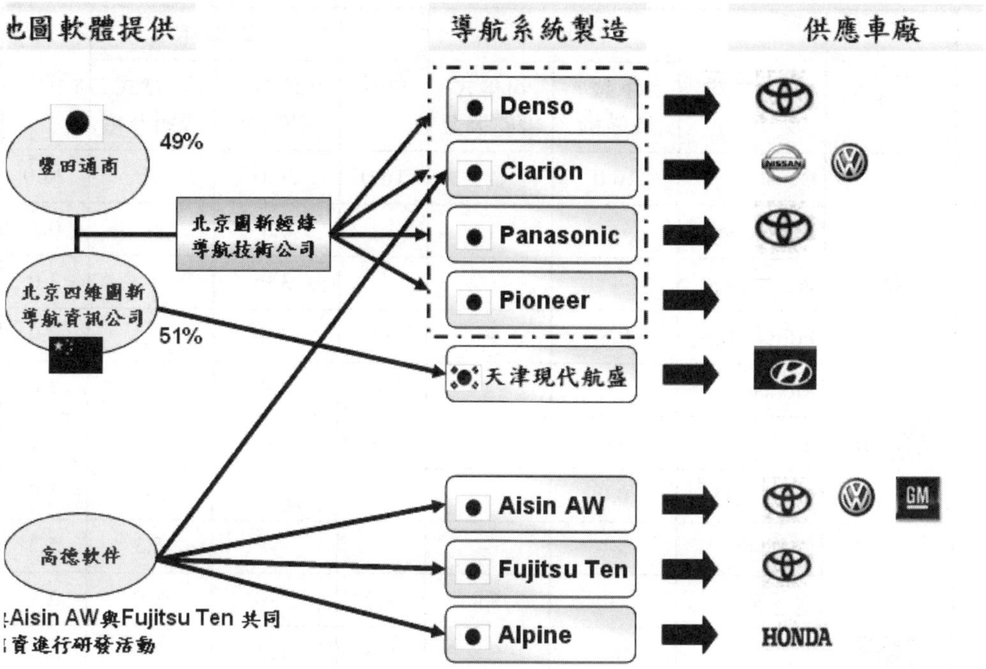

資料來源：工研院IEK（2006/12）。

2. 中國大陸汽車導航系統市場之競爭

分析中國大陸汽車導航市場，可發現目前日、韓汽車導航廠商於市場之產品定位與區隔上，仍以車載導航機為主，且中國大陸車載導航機市場幾全為日、韓廠商之天下，2005年中國大陸車載導航機銷售量為4.9萬台，其中日韓廠商即佔4.23萬台，市場佔有率高達86％。而台灣廠商於中國大陸發展上，以可攜式導航裝置為主，如宇達電通（Mio）與台灣國際航電（Garmin），2005年於中國大陸可攜式導航裝置銷售量分別為1.7萬台與9,600台，合計市佔率為37.0％，於中國大陸可攜式導航裝置市場中佔有一席之地。

表七：中國大陸汽車導航市場與競爭廠商分析

單位：千台

	公司名稱	2004年			2005年		
		車載導航機	可攜式導航裝置	合計	車載導航機	可攜式導航裝置	合計
日本	Denso	16.0	-	16.0	26.0	-	26.0
	Kenwood	-	-	-	0.3	-	0.3
	Panasonic	-	-	-	3.0	-	3.0
	Fujitsu Ten	0.8	-	0.8	2.0	-	2.0
	Pioneer	-	-	-	3.0	-	3.0
韓國	航盛	5.4	-	5.4	8.0	-	8.0
	OEM其他	0.0	-	0.0	5.0	-	5.0
中國	好幫手	-	-	-	-	5.3	5.3
	麥士威	-	1.9	1.9	-	3.9	3.9
	城際高科	0.8	5.8	6.6	1.7	9.6	11.3
	索驥	-	-	-	-	0.9	0.9
	新科	-	-	-	-	19.0	19.0
台灣	Garmin	-	2.1	2.1	-	9.6	9.6
	宇達電通（Mio）	-	10.5	10.5	-	17.0	17.0
	可攜式其他	-	6.1	6.1	-	6.5	6.5
	合　計	23.0	26.4	49.4	49.0	71.8	120.8

資料來源：北京信索；工研院IEK整理（2006/12）。

3. 日韓廠商佈局大陸對台灣廠商影響不大

面對日、韓汽車導航廠商於中國大陸價值鏈與供應鏈的完整佈局，於車載導航機部分，台灣廠商規模較小，因此並無太大機會能夠爭取合作機

會，只能從地區性市場慢慢深耕，並試著打入車廠之供應鏈體系來尋求發展機會。而於可攜式導航裝置上，則因產品區隔的關係，日韓廠商佈局對台灣廠商來說幾乎影響不大。

二、汽車導航系統產業策略建議

經上述之研究分析後，本研究提出台灣汽車導航產業未來發展方向與後續佈局之策略建議。

(一)台灣汽車導航系統產業未來發展方向

台灣汽車導航系統產業未來應以可攜式導航裝置為主，車載導航機居次，其發展方向說明如下：

1. 可攜式導航裝置

目前為台灣汽車導航產業之明星產品，未來應持續擴大自有品牌與代工之全球市場佔有率，以鞏固產業領導地位，並強化現有供應鏈中技術不足之處（如晶片組、圖資軟體、作業系統等），使台灣於全球可攜式產業鏈中取得無法替代之地位。

2. 車載導航機

車載導航機在未來發展方向上，應思考如何突破現有國際車廠的零組件大廠之封鎖重圍，切入國際車廠之供應鏈體系，目前供應鏈結構較為多元的歐、美系車廠可能為較佳之選擇，而後逐步擴大市佔率。

(二)未來策略佈局建議

在台灣汽車導航產業外來策略佈局上，本研究就不同領域分別提出「持續深耕」、「蓄積實力」與「建立關係」十二字訣作為策略建議：

1. 持續深耕

於GPS接受器/模組與可攜式導航裝置方面，為目前台灣汽車導航產業具競爭優勢之部分，未來應持續投入研發，提升技術水準以建立競爭障礙，防堵新競爭者之進入。

　　2.蓄積實力

　　目前缺乏核心技術，較不具競爭優勢之晶片組、圖資/軟體方面逐步
建置產業之核心能力，在晶片組方面可透過結合研發機構與廠商籌組研發
聯盟，或尋求國外大廠技術移轉等方式，建置核心能力；而於圖資/軟體
方面，一方面應利用既有圖資資料庫，建置合理收費機制，並維持定期更
新機制。而另一方面，則應培養結合作業系統、圖資、硬體之整合能力，
並著重於平台與商業模式互動之連結應用。

　　3.建立關係

　　台灣車載導航機廠商雖具開發技術，但因受制於與車廠間合作關係不
足之影響，因此現今發展不若可攜式導航裝置。於未來發展上，可採取進
軍國際汽車供應鏈體系，或先經營中國大陸後進軍國際之兩種方式。在國
際汽車供應鏈體系上，首重與國際車廠建立供應鏈或策略聯盟關係，也可
透過購併國外小廠之方式，縮短進入國際供應鏈時程。而於中國大陸發展
上，未來中國大陸將為全球第二大汽車市場，其市場成長率最為看好，加
上中國大陸自有品牌之本土車廠崛起，台灣車載機導航廠商也可考慮與中
國大陸車廠合作，於中國大陸汽車導航市場取得一席之地後，藉由所累積
之經驗與商譽再逐步切入國際車廠之供應鏈體系。此外，提升品質穩定
度、可靠度等也為切入供應鏈體系之重要環節。

陸、結論

　　國際大廠為優化資源配置，加速全球化佈局，產業價值鏈往亞洲等新
興地區移動；而擁有龐大內需市場、價廉與充沛的勞工、土地的中國大
陸，再加上優惠引資政策，更使得中國籍FDI成為全球主要的生產基地。
台灣、日本、韓國在產業互動及競合關係中，日本與台灣產業發展為夥伴
關係，韓國產業與台灣則為競爭的關係，近年日本及南韓企業在大陸投資

佈局有深化趨勢，透過投資在中日韓間所形成的產業鏈分工及價值鏈轉移，對台灣的衝擊或新機會需加以觀測。因此本研究針對手機、手機PCB板、面板、汽車導航系統產業，探討日、韓商在大陸佈局的現況及趨勢，是否提升其競爭力，或培植大陸當地產業成長，對台灣產業形成的機會與威脅與台灣產業因應的策略。

研究結果顯示，日韓廠商在大陸投資，可強化其產品在全球市場競爭力，並可能對台灣產生威脅，尤其是韓國廠商具全球品牌、行銷通路能力，在大陸佈局取得與台灣同等的成本競爭優勢，更掌握關鍵零組件（Flash、DRAM、Panel），具有與國際大廠議價能力，增加台商擴大全球市佔率的難度。韓商在大陸投資以佈局全球市場為策略考量，藉大陸取得生產資源、人才等優勢，得以擴大全球市佔率，其部分產業將衝擊台商代工商機，如手機；另一方面，韓商在大陸佈局策略若是聚焦大陸市場，將與台商的製造代工間有合作機會。

本研究更進一步發現日韓廠商在中國投資，對中國關鍵技術能力的提昇有限，但產生其他效益，如大陸研發能力、管理能力提昇的影響。此外，日韓廠商投資中國，對中國關鍵技術能力提昇有限的原因在於，日本以獨資型態為主，在大陸的技術、管理、人才擴散效應不顯著，韓國雖有部份合資廠，因集團內部垂直整合強及技術能力、零組件採購權在韓國廠商，策略掌控權仍在韓商。所以日韓投資中國，對中國廠商最主要的衍生性效應在於日韓在大陸設研發中心，將提昇大陸人才研發能力，未來兩岸在研發能力的差距可能將逐漸縮短，台灣研發能力可能將面臨被超越的威脅。

未來台日韓電子產業競合與趨勢包括：

台灣品牌廠商將會與Samsung在全球市場及大陸市場展開競爭，目前台灣手機的品牌能量尚弱；LG在大陸GSM市場發展居於弱勢，台灣代工廠商有機會與LG合作；大陸手機廠商品牌能力強，製造能力弱，但未來

需觀察大陸、韓國手機廠商TD-SCDMA系統的發展對台灣手機廠商的影響；大陸面板產業鏈還停留在五代廠以下的能力，在LCM、關鍵零組件台灣廠商為主要的供應者之一，現階段大陸面板廠商競爭力不足以威脅台灣業者；大陸TFT-LCD面板產業群聚尚未成形，但需注意日本韓國六代線以上面板廠在大陸的佈局進展對台灣的影響；大陸低階液晶監視器（Monitor）面板市佔率快速成長，未來可能侵蝕中階市場，對台灣面板產業造成威脅；日韓汽車導航系統廠商產品定位以車載導航機為主，與台灣廠商之可持式導航裝置形成明顯區隔關係；日韓廠商在大陸車載導航機之上下游價值鏈已佈局完整，台灣廠商較無機會切入車載機領域，但可考慮以求併購方式快速切入供應鏈，並尋求與大陸車廠的合作機會；台灣可持式導航裝置掌握關鍵技術與代工組裝能力，且與日韓產品有所區隔，日韓在大陸佈局並未對台灣造成影響。

參考書目

DisplaySearch Worldwide FPD Forecast Report（2006）。

Sharp, Samsung, LPL, HannStar, CPT, Innolux, BOE, SVA-NEC公司年報與網站。

跨界投資中國及社會適應
─台商、日商與韓商比較

張家銘

（東吳大學社會學系教授）

摘要

　　隨著中國的經濟開放與改革過程，許多跨界資本紛紛到位投產當地，特別是鄰近的台灣、日本及南韓的跨界企業。針對這些不同國籍的外派人員來說，他們如何在地化，鑲嵌於當地社會？這與其擁有中文能力的文化資本有何關係？又與其在當地建立良好互動的社會資本有何關係？而他們的文化資本與社會資本究竟如何影響其對於中國社會與人民的認知？

　　本文以投產上海及蘇州的家電業與資訊電子業台商、日商與韓商的外派職員為對象，調查分析他們關於上述問題的看法。結果有下列發現：(一)外派人員的中文能力不會直接影響其對於中國人的印象，必須透過接觸行動來完成，如與地方僱員建立私人關係。說明文化資本不會自動地再製，僅在特定社會資本的條件出現時，它才會被重新創造；(二)外派人員越積極與地方僱員互動，就越認知人際關係在中國社會的重要，包括與地方官員打交道；(三)外派人員的中文能力影響他們對中國社會的鑲嵌和在地化的意願與程度，台幹最強，韓幹次之，日幹較弱。

關鍵詞：跨界企業與商人，外派人員，文化資本，社會資本，社會適應

Cross-border Investment and Social Adaptation in China: A Comparison of Taiwanese, Japanese, and Korean Businessmen

Chia-Ming Chang

（Professor, Department of Sociology, Soochow University）

Abstract

Rapid globalization in the East Asian region reflects the growing tendency of interdependence among the region's economies, which has deservedly been brought to our attention today. Particularly　as China is actively pursuing economic opening and reform　numerous cross-border corporations and businessmen are building networks of cooperation and competition in Chinese market. In this exchange　it is timely and important to compare how managers of cross-border corporations from Taiwan　Japan and Korea working in China perceive Chinese society and Chinese people. And how are their cultural and social capital influencing their images of the hosting country and local government? In order to explore aforementioned social facts　this paper tries to analyze expatriates of electric and electronic industries in Suzhou and Shanghai　China　including Korea　Taiwan and Japan　by using international survey data conducted in 2001 by the International Joint Workshop　which was organized through the Ministry of Education and Sport of Japan.

Keywords: cross-border corporations and businessmen, expatriates, cultural and social capital, globalization

壹、前言

東亞地區的快速全球化，反映區域內經濟體彼此互賴的增長趨勢，成為今日世人眼光的焦點。尤其是中國在積極追求經濟開放與改革的過程中，許多跨界企業與商人已經投資中國市場，在當地建立起競爭和合作的網絡。

在這樣的情況下，針對來自台灣、日本及南韓的跨界企業經理人，比較他們對於中國社會與人民的認知，正是良好的時機，也是重要的工作。具體而言，就是探究他們的文化資本與社會資本，究竟如何影響其對於接待國家與地方政府的意象。

為此，本文以在上海及蘇州投產的資訊電子業台商、日商與韓商的外派職員為對象，分析他們對於上述問題的看法。資料來源於一個跨國合作研究計畫的調查，該計畫由日本「文部省」出資贊助，於2001年執行。

貳、文化資本與社會資本

最近幾年來，文化資本與社會資本已經成為社會學及經濟社會學最流行的兩個概念。這兩個概念的起源，可以追溯及Emile Durkheim對於社會規範、社會連帶及團體生活的強調，以其作為克服脫序狀態的出路，也與Karl Marx區分原子化的階級在我，與有效率的階級為我概念有關，並且因此指出有義務的連帶的概念。Max Weber曾經對於形式的制度、理性的機制、法律及科層制加以區辨，對比於特定的規則、內容、社會機制，以及具有強迫性的信任與家人連帶。Georg Simmel 指出在交換網絡與互惠交往中規範與義務的重要性。上述早期社會學家提出的一些觀念，對於文化資本與社會資本的概念形成有所貢獻，因為這兩個概念蘊含許多實質的形式，諸如社會網絡、家族連帶、信任、互惠及習俗。

　　根源於這些傳統的基礎，文化資本與社會資本的概念再度被當代的學者所強調，例如七〇年代的Pierre Bourdieu，緊接著八〇年代的James Coleman與Robert D. Putnam，還有九〇年代的Alejandro Portes。許多社會學家聲稱經濟行動的文化與社會面向的重要性，並且有利於鉅視及微視社會學的探究取徑。同時這樣的主張避免了行動論與結構觀的兩極化看法。而當研究對象具有對經濟的文化理解與社會連結時，這樣的研究觀點也是適合作為特定考察的。的確，這些概念是進行泛社會比較及跨國認知過程分析，不可或缺的重要工具。

　　根據Bourdieu的觀點，文化可以被界定成一種符號主義及意義的系統。[1] 社會中的新世代透過教育行動，例如正規教育或訓練，繼承並內化主要的符號和意義，例如語言。誠如這樣的主張，文化資本包括語言的能力、對接待國的既有知識、及公司提供的教育。在本研究中，我們利用下列的問題來測量中文能力：你在說/聽/讀等方面，可以與地方受雇者溝通的程度如何？（差、普通、好、很好、不知道）；你在中國經營生意時，使用翻譯者的頻率如何？（一直是、經常、有時候、從沒有、不知道）。

　　關於對中國的既有知識，本文利用這道問題來測量：你前來中國大陸之前，對她有多大的了解？（非常深、很多、少、一點點）。至於公司對教育的提供，則以下列的問題來測量：對於增進你了解中國地方語言與文化方面，貴公司提供足夠的時間與機會嗎？（很多、多、少、一點點、沒有）。為了讓所有變項的變化都能從很少到非常多，作者已經調整回答項目的可能性。

　　Bourdieu是當代第一個對社會資本進行系統分析的學者，他把這個概

---

[1]　參考Piere Bourdieu , *The Logic of Practice* (Cambridge, MA: Polity, 1990)及Piere Bourdieu and Jean-Claude Passeron, *Reproduction in Education, Society, Culture* (Beverly Hills, CA: Sage, 1977).

念界定為「實際的或潛在的資源的集合，與擁有一個多少制度化相互熟悉或認識關係的耐久性網絡有關。」[2] 誠如Alex Portes指出，這個定義清楚說明社會資本可以分解成兩個元素：社會關係與社會資源。[3] Alejandro Portes並且進而解釋，社會資本是個人利用他們在網絡或廣泛社會結構的成員身分，去要求稀有資源的能力。[4]

Mark Granovetter主張大多數行為，都是緊密地鑲嵌在人際關係的網絡中。[5] James Coleman則解釋社會資本意味著兩個不同的東西，一是關連或網絡，二是信任。[6] Robert D. Putnam引申Coleman的概念，將社會資本定義為社會生活的特徵，包括網絡、規範及信任，能夠使參與者比較有效地一起行動，去追求共享的目標。[7]

Norman Uphoff衍伸社會資本的其他重要面向，從結構的面向擴充到認知的面向。結構的面相指涉比較明顯的，也許容易接觸的部份，例如人們之間的網絡。認知的社會資本則指涉比較抽象的面向，諸如控制人們互動的信任、規範及價值，這些必須透過對依據規範行動的人們的知覺，進

---

[2] 引自 Pierre Bourdieu, "The Forms of Capital," in *Handbook of Theory and Research for the Sociology of Education*, edited by John G. Richardson (Westport. CT: Greenwood Press, 1986), p.248.

[3] Alex Portes, "Social Capital: Its Origins and Applications in Modern Sociology," Annual Review of Sociology, no.22 (1998), p.1.

[4] Alejandro Portes, "Economic Sociology and the Sociology of Immigration: A Conceptual Overview," in *The Economic Sociology of Immigration: Essays on Networks, Ethnicity and Entrepreneurship*, edited by Alejandro Portes (New York: Russell Sage Foundation, 1995), p.12.

[5] Mark Granovetter, "Economic and Social Structure: The Problem of Embeddedness," *American Journal of sociology*, no.91(1985), pp.481-510.

[6] James Coleman, Foundations of Social Theory (Cambridge, MA: Harvard University Press, 1990).

[7] Robert D. Putnam, " Tuning In, Tuning Out: The Strange Disappearance of Social Capital in America," *Political Science and Politics*, vol. 28, no.4 (1995), pp.664-683.

行間接的觀察。[8] Nan Lin等人即直接把社會資本界定為：投資於具有期待回報的社會關係。[9]

　　因此，如同上述的學者們的觀點，社會資本至少包括兩個面向：社會關係和社會互動。我們以這個問題來測量社會關係：在下列的團體或組織中，你有任何親近和信賴的朋友嗎？（地方政府的督導部門、同胞組成的商會、在蘇州地區的外資競爭者、在地企業的商業夥伴）。而社會互動則以下列的問題測量：我曾經邀請在地受雇員工到我家（是，否），我有機會受在地員工之邀，參加其婚禮（是，否），我與在地受雇員工開放地討論社會議題（是，否），我知道在地受雇員工的夫妻或家庭生活（是，否）。

　　另外，對於中國人或社會意象的分析，我們聚焦在兩個方面：一是人際關係在中國社會的重要性，另一是在中國做生意必須與地方官員打交道。前者的測量根據這樣的問題：你同意在中國社會裡，非正式人際關係要比正式的契約來得重要嗎？（極同意、同意、很難說、不同意、極不同意）。後者以這個問題測量：你同意在中國經商時，與地方官員打交道是必要的嗎？（極同意、同意、很難說、不同意、極不同意）。

參、模型與假設

　　本文的目的在於檢視文化資本與社會資本的關係。根據Kelly的看法，本文提出下列的觀念：首先，文化資本作為一種符號和意義的寶庫，

---

[8] Norman Uphoff, " Understanding Social Capital: Learning from the Analysis and Experience of Participation," in *Social Capital: A Multifaceted Perspective*, edited by P. Dasgupta and I. Serageldin (Washington, DC: The World Bank, 1999).

[9] Nan Lin, Karen Cook C and Ronald S. Burt, *Social Capital: Theory and Research* (New York: Walter de GruyterN Inc., 2001), p.6.

其形成係根據產生社會資本的那些條件，並與這些條件進行互動而被創造的。其次，社會資本是根據符號的寶庫，亦即文化資本的使用而來。最後，文化資本不是自動地再製社會資本，而只是某種程度地製造某些特定社會資本形式產生的條件。[10] 圖一表示從這些主張引申出來的分析模型，以作為經驗的測試，而其中的一些假設包括下列命題：

假設一：文化資本的變項（*中文能力、既有的中國知識、企業提供的教育*）將通過社會資本的中介變項（*社會關係與社會互動*），最終影響到對中國人民或社會意象的應變項（*人際關係的重要性、經商時與地方政府官員拉關係是必要的*）。

假設二：東亞地區的企業外派人員具有對中國人民的意象，認為中國人講究人際關係，同時在中國做生意必須與地方官員拉關係，是受到其互有差異的社會資本型態的影響。

假設三：東亞地區的企業外派人員的社會資本，深受他們自己教育或在其企業接受訓練所累積的文化資本影響。

從這三個假設出發，本文將測試三個東亞國家的企業外派人員的情形，包括南韓、台灣及日本。不論是社會資本與對中國人民或社會的意象的關係，或者是文化資本與社會資本之間的關係，都被假定是不同國家之間彼此獨立的。因此，每一個被分析的國家都將逐一測試上述假設的相同趨勢或關係。

---

[10] M. Patricia Fernandez Kelly, "Social and Cultural Capital in the Urban Ghetto: Implications for the Economic Sociology of Immigration." in *The Economic Sociology of Immigration: Essays on Network, Ethnicity and Entrepreneurship*, edited by Alejandro Portes (New York: Russell Sage Foundation, 1995), pp.213,220,241.

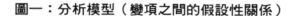

圖一：分析模型（變項之間的假設性關係）

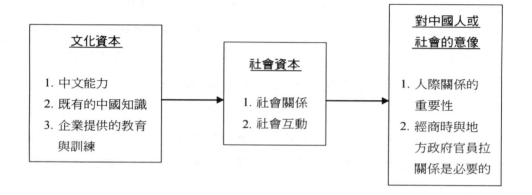

肆、資料與樣本

本文使用的資料蒐集自一個跨國合作的工作坊，是由日本「文部省」於2001年經費支持的研究計畫，主持人是當時任職日本中央大學（現轉任早稻田大學）的園田茂人教授，結合另一位華裔日籍教授、四位韓國教授及作者，一起前赴中國上海、蘇州地區，針對一些在當地投資的台商、日商及韓商進行研究，時間從2001年8月21日至9月12日為止。主要的研究工具是結構式問卷的調查，對象是資訊電子業及家電產業台、日、韓商的外派經理及技術人員。

我們總共蒐集到144份有效問卷，包括49份韓商、18份台商及71份日商的外派人員樣本。三個國家之間樣本分佈不均的原因有二：首先是台資企業中的台籍幹部人員數目一般較少，尤其是受訪的一些中小企業的台幹只有一、二位，因此儘管訪問的企業家數不少，甚至超過日商與韓商的企業，但因為日、韓企業內的外派人員數目通常比較多，尤其是日資企業的情形，容易蒐集較多的樣本。另外一個原因是，各國研究人員獲得管理人員接受問卷調查的意願有所差異，其中台資企業的困難度相對較高於日、

韓企業，比較不願意配合問卷調查。

表一：受訪者的人口分配

變項Var.	項目Item	數量N	百分比%
國籍	1: 韓國	49	34.0
	2. 台灣	18	12.5
	3. 日本	77	53.5
性別	0: 女性	1	0.7
	1: 男性	143	99.3
教育	1: 高中	21	14.6
	2: 學院或技術學院	14	9.7
	3: 大學	99	68.8
	4: 研究所	10	6.9
年齡	1: 35 歲及以下	16	11.2
	2: 36-45歲	59	41.2
	3: 46-55歲	50	35.0
	4: 56-65歲	17	11.9
	5: 66 歲及以上	1	0.7
來中國的年數	1: 5 年以下	95	67.4
	2: 5 年及以上	46	32.6
攜家帶眷與否	1:有	67	47.5
	2:沒有	74	52.5
中文學習經驗	1: 有	63	44.4
	2: 沒有	79	55.6

　　關於人口變項的數量和分配詳如表一：絕大多數的受訪者都是男性，只有一位是女性，意味著台、日、韓商女性的管理人員極少被派往中國工作。當然，女性在這些產業和企業的管理及技術階層中本來就是少數，也是重要的因素。75.7%的受訪者具有學院以上的高教育程度，其中韓國受訪者的平均水準高於日本及台灣者（F值3.561，P值0.031）。至於年齡變

項，36-55歲的樣本佔有76.2％，日本外派人員的年紀平均較高，韓國則平均最低（日本48.32，大於台灣45.06，又大於韓國40.09，F值14.46，P值0.00），這顯示相較於台、日的情形，韓資企業外派人員的年齡最輕，教育程度最高。

再從受訪者居住中國的時間來看，其中的67.4％已經派駐中國超過五年。以國別比較，最長的是台灣企業的外派人員（平均4.35年），緊接著日本（平均3.59年）和韓國（平均2.63年）。顯然，台灣企業是最早進入中國市場，緊接著日本企業，再來是韓國企業。就遷移型態而言，有52.1％的受訪者是隻身前往中國，至於舉家遷移的情形，多數韓國的外派人員是與家人居住一起，其次是台灣的，最少是日本的（韓國70.2％，大於台灣50.0％，再大於日本32.9％）。這似乎表示，韓國企業鼓勵其外派管理和技術人員舉家移居，在地化的政策和作法比較積極。反之，日本企業則偏向比較短時期或暫時性的派遣措施。

再者，44.4％的受訪者曾經有學習中文的經驗，其中特別是韓資企業的外派人員佔較大的比例，高於台資及日資的企業（韓國56.3％，大於台灣52.9％，再大於日本35.1％）。根據本研究的調查，我們可以從這樣的問題看到相關結果：「你的公司提供足夠時間和機會，改進你對中國文化和語言瞭解的能力嗎？」平均數的比較顯示出，韓國企業是最積極提供機會的，讓其外派管理和技術人員得以學習中國的語言和文化，隨後才是日本企業和台灣企業（韓國2.3，大於日本2.22，再大於台灣2.06）。一個類似型態也顯現於這個問題：「你在多大程度同意，了解中文在中國做生意是重要的？（極同意、同意、很難說、不同意、極不同意）」。從受訪者的回答中，可以發現韓國的管理人員對這個問題有較高的同意度，勝過日本及台灣的外派人員（韓國3.79，大於日本3.61，再大於台灣3.33）。

另外，除了台商外，韓資企業管理人員的中文能力也是高於日本企業的經理人，包括聽、說、讀能力及不需要翻譯人員（台灣3.31，大於韓國

2.62，再大於日本2.36）。特別是，韓資企業外派人員的聽說能力，優於日本的經理人員，雖然日本外派人員的閱讀能力一般要高於韓國者。由此可見，韓國經理人員的中文能力平均高於日本者，表示他們在中國經營企業不需要翻譯人員的例子較多。但一般來說，台灣的外派人員是三個國家中最具有中文優勢能力的一群（參見表二）。

表二：不同國別企業外派人員的中文能力

國　別	說	聽	讀	翻譯人員	總　體
韓　國	2.54	2.66	2.44	2.96	2.62
台　灣	3.44	3.06	3.18	3.67	3.31
日　本	2.32	2.36	2.60	2.12	2.36
	F=11.308 P=.000	F=4.149 P=.018	F=4.683 P=.011	F=27.915 P=.000	F=10.135 P=.000

伍、分析及結果

從上述的分析模型及假設可知，共有七個變項做進一步分析，包括中文能力、既有的中國知識、企業提供的教育與訓練、社會關係、社會互動、人際關係的重要性、經商時與地方政府官員拉關係是必要的等，這七個變項的相關係數表示如表三。

表三：七個變項的相關係數

項　目	中文能力	既有的中國知識	企業提供的教育與訓練	社會關係
中文能力				
既有的中國知識	.274**			
企業提供的教育與訓練	.029	.196*		
社會關係	.200*	.091	.035	
社會互動	.399**	.091	.044	.252**
人際關係的重要性	.002	-.041	-.030	-.054
經商時與地方政府官員拉關係是必要的	.076	-.085	-.064	.201*

*P≤.05

**P≤.01

根據表三，我們發現有顯著關係的變項，有中文能力與既有的中國知識、中文能力與社會互動、既有的中國知識與企業提供的教育與訓練、社會關係與社會互動、社會關係和經商時與地方政府官員拉關係是必要的、人際關係的重要性和經商時與地方政府官員拉關係是必要的等。

為了進一步考察每一個國家內部的相關型態，這裡立基於圖一的分析模型，進行下列變項的多元迴歸分析：

社會關係＝a＋b1＊中文能力.＋b2＊既有中國知識＋b3＊企業教育＋e

社會互動＝a＋b1＊中文能力＋b2＊既有中國知識＋b3＊企業教育＋e

人際關係重要性＝a＋b1＊中文能力＋b2＊既有中國知識＋b3＊企業教

育＋b4 *社會關係＋b5 *社會互動＋e

　　人際關係重要性＝a＋b1 *中文能力＋b2 *既有中國知識＋b3 *企業教育＋b4 *社會關係＋b5 *社會互動＋b6 *國家(韓國＆日本)＋e

　　與地方政府官員拉關係＝a＋b1 *中文能力＋b2 *既有中國知識＋b3 *企業教育＋b4 *社會關係＋b5 *社會互動＋e

　　與地方政府官員拉關係＝a＋b1 *中文能力＋b2 *既有中國知識＋b3 *企業教育＋b4 *社會關係＋b5 *社會互動＋b6 *國家(韓國＆日本)＋e

　　因此，我們可以得出六條迴歸模型。但在下面的分析中，只提及統計的顯著水準等同或超過5％的相關，並且利用一些表格來發現每一種情形的細節。表四顯示社會關係變項的迴歸分析。

表四：社會關係的迴歸分析（所有國家）

自變項	總　　合
中文能力	5.736*
	(2.140)
對中國既有知識	9.930
	(.400)
企業教育訓練	1.244
	(.494)
常數Constant	.166
	(1.836)
調整後R^2	.022
樣本數N	144

*P≤.05

表五：社會互動的迴歸分析（所有國家）

自變項	總　合
中文能力	.139**
	(4.874)
對中國既有知識	-3.962
	(-.112)
企業教育訓練	1.513
	(.566)
常數	.264**
	(2.759)
調整後R^2	.146
樣本數N	144

**P≤.01

表六：人際關係重要性的迴歸分析（所有國家）

自變項	Total
中文能力	-3.790
	(-.444)
對中國既有知識	-3.954
	(-.560)
企業教育訓練	1.791
	(.238)
社會關係	-.315
	(-1.291)
社會互動	.513*
	(2.005)
常數	2.925**
	(11.259)
調整後R^2	.001
樣本數N	144

*P≤ .05

**P≤ .01

　　社會關係與中文能力似乎是相關的，反而與既有的中國知識、企業提供的教育與訓練無關。如果外派人員具有較強的中文能力，他們就有較強烈的興趣去與他人建立社會關係，包括地方政府的相關部門、同胞組成的企業協會、當地的外資企業競爭對象，及本土企業的商業夥伴等。

　　社會互動的迴歸分析呈現如表五。在所有國家的企業中，中文能力似乎都與社會互動有顯著的正向關係。這意味著假如外派人員有較佳的中文能力，他們就會比較積極與當地員工互動。

　　對所有國家的企業而言，人際關係重要性的迴歸分析顯示在表六。針對認知非正式人際關係對於中國社會及人們的重要性來說，似乎只有社會互動有正向的影響。這顯示假如外派經理人員比較積極與當地員工互動，他們就比較能夠理解這樣的事實：在中國社會裡，非正式的人際關係要比正式的契約來得重要。再者，表七進而比較韓資企業與日資企業外派人員的差異，但略過台灣的個案，因為樣本太少的緣故。模型中的國籍自變項以虛擬變項來表示（韓國＝1，日本＝0）。企業的國籍的確對於人際關係重要性有正向的影響，韓國的外派經理人員要比日本更強烈地認識到，人際關係在中國社會的重要性。

　　經商時與地方政府官員拉關係是必要的，迴歸分析呈現在表八及表九。結果是社會關係對於與地方政府官員拉關係是必要的有正向的影響。這反映出如果外派人員擁有較強的社會連結或網絡，他們就比較會認知到經商時與中國地方政府官員拉關係是必要的道理。同時，這種意象在韓國和日本的外派經理人員中沒有顯著的差異。

表七：人際關係重要性的迴歸分析（韓國與日本）

自變項	韓國與日本
中文能力	2.214
	(.224)
對中國既有知識	-2.436
	(-.326)
企業教育訓練	-7.126
	(-.086)
社會關係	-.361
	(-1.419)
社會互動	.362
	(1.333)
國籍	.292*
	(2.140)
常數	2.809**
	(10.220)
調整後R^2	.001
樣本數N	144

*P≤ .05　　**P≤ .01

表八：與地方政府官員拉關係是必要的迴歸分析（所有國家）

自變項	Total
中文能力	-.104
	(-1.296)
對中國既有知識	-5.386
	(-.767)
企業教育訓練	-2.948
	(-.423)
社會關係	.501*
	(2.090)
社會互動	.167
	(.736)
常數	3.367**
	(13.523)
調整後R^2	.001
樣本數N	144

*P≤ .05　　**P≤ .01

表九：與地方政府官員拉關係是必要的迴歸分析（韓國與日本）

自變項	Korea & Japan
中文能力	-5.934
	(-.574)
對中國既有知識	-6.197
	(-.774)
企業教育訓練	-8.220
	(-.985)
社會關係	.467
	(1.743)
社會互動	5.352
	(.207)
國籍	3.552
	(.247)
常數	3.472**
	(12.128)
調整後R^2	-.004
樣本數N	126

**P≤ .01

　　為了進一步的解釋和做一些嘗試性的結論，我們建立在上述的六條迴歸分析模式（表四到表九）及最初的分析模型（圖一）的基礎之上，重新畫出如圖二的分析模型。在這個模型中，外派經理和技術人員的中文能力對他們的社會關係和社會互動有顯著的正向影響。但是，他們的中文能力對其對中國社會及其人民的意象－認為非正式人際關係在中國社會很重要，以及經商時與地方政府官員拉關係是必要－的正向影響，是透過他們社會資本，包括社會關係網絡和社會互動。相較之下，韓國要比日本的外派人員更強烈地認知到，人際關係在中國社會的重要性。

圖二：東亞國家企業對中國社會的資本分析模型

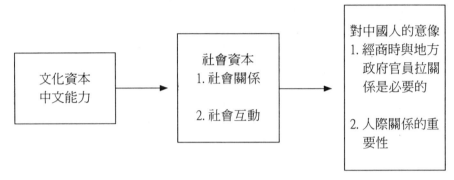

陸、結論

　　根據上述的分析，本文認為，對於跨國企業的外派經理人員而言，他們的中文能力並不會直接影響其對於中國人的印象。這是必須透過某些接觸的行動來完成的，諸如與地方雇員建立私人的關係及營造實質的往來。這樣的結果是部分地根據本文的假設：個人的文化資本（如中文能力）影響其對中國人的印象（譬如說人際關係是重要的，在中國做生意的時候與地方官員拉關係是必要的），是通過社會資本（社會關係與社會互動）完成的。這也印證了Kelly（1995）從都市移民身上得出的看法，文化資本不會自動地再製，僅在某種程度的特定社會資本形式的條件出現時，它才會被重新創造。[11]

　　其次，當外派經理人員越積極與地方雇員互動，他們就越強烈認知到人際關係在中國社會的重要性。同時，如果外派經理人員擁有越強的社會

---

[11] M. Patricia Fernandez Kelly, "Social and Cultural Capital in the Urban Ghetto: Implications for the Economic Sociology of Immigration," in *The Economic Sociology of Immigration: Essays on Network, Ethnicity and Entrepreneurship*, edited by Alejandro Portes (New York: Russell Sage Foundation, 1995).

關係，他們也就越強烈認識到在中國做生意，有必要與地方官員打交道。這可以從外派經理人員的社會資本與其對於中國人的印象具有統計的顯著關係，得到很好的証明。

　　接著，如果外派經理人員具備較強的中文能力，他們就會比較有興趣與他人互動，同時比較積極建立他們的社會關係。這說明外派經理人員的文化資本對其社會資本的建構有顯著的影響。這個發現部分地印證本文的假設：東亞地區跨界企業外派人員的社會資本深受其文化資本的影響，亦即他們自己培養的中文能力。這也就是說，這些企業外派人員的中文能力，將影響他們對中國社會的鑲嵌和在地化的意願與程度。

　　最後，針對台幹的分析，作者發現他們熟悉中文，大有助於其主動接觸地方官員與當地員工，在地化的意願比較強、程度也比較深。相反地，來自日本企業的外派人員的在地化的意願最弱、程度也比較淺。他們利用翻譯人員的情形比較普遍，因此接觸的當地員工範圍相當侷限。不同於此，韓資企業的外派人員則比較願意也努力學習中文，希望藉此與當地員工建立非正式的社會互動，以求有利於企業的經營與管理。大型韓資企業通常會提供中文課程，外派人員早在母國即已接受一段時間的培訓，進入中國以後再進一步加強。而小型企業則未必能提供這樣的訓練，但外派人員在當地自我學習的情形相當普遍，其中常見聘請中文家教的方式。

參考書目

一、英文專書

Bourdieu, Pierre, "The Forms of Capital," in *Handbook of Theory and Research for the Sociology of Education*, edited by John G. Richardson (Westport. CT: Greenwood Press, 1986).

Coleman, James, *Foundations of Social Theory* (Cambridge MA: Harvard University Press, 1990).

Kelly, M. Patricia Fernandez, "Social and Cultural Capital in the Urban Ghetto: Implications for the Economic Sociology of Immigration." in *The Economic Sociology of Immigration: Essays on Networks Ethnicity and Entrepreneurship* edited by Alejandro Portes (New York: Russell Sage Foundation, 1995).

Portes, Alejandro, "Economic Sociology and the Sociology of Immigration: A Conceptual Overview." in *The Economic Sociology of Immigration: Essays on Networks Ethnicity and Entrepreneurship* edited by Alejandro Portes (New York: Russell Sage Foundation, 1995).

二、英文論文

Granovetter, Mark, "Economic and Social Structure: The Problem of Embeddedness," *American Journal of sociology*, no.91(1985), pp.481-510.

Portes, Alex, "Social Capital: Its Origins and Applications in Modern Sociology," *Annual Review of Sociology*, no.22 (1998), p.1.

Putnam, Robert D, " Tuning InR Tuning Out: The Strange Disappearance of Social Capital in America," *Political Science and Politics*, vol. 28, no.4 (1995), pp.664-683.

經濟利益與認同轉變：台商與韓商個案

耿曙

（政治大學東亞研究所副教授）

林瑞華

（政治大學東亞研究所博士研究生）

摘要

　　本文透過大陸台商與韓商的比較，探討跨國移動社群的認同的變遷及其原因。以台商和韓商作為比較研究的對象，主要著眼於兩者間的文化差異：台商文化與血緣的親似 vs. 韓商文化與血緣的疏離。就此切入，觀察雙方西進大陸後是否發生認同轉變，藉此檢討現有關於認同變遷的各種理論。根據初步資料發現：韓商即便攜家帶眷進駐中國，卻傾向住在韓人社區，屬於文化「飛地」，中國的化外之境。正因如此封閉與排他，韓人不但並未融入當地，還偶見文化衝突，遑論認同轉變。反觀台商，原初的文化聯繫，並未牽動台商拋卻台灣認同，即便有部分台人決定常住當地，但日常接觸仍為台灣飲食、台灣新聞與台灣朋友，如此低程度的融入，亦不易牽動認同轉變。由此可知，對大陸台商而言，文化的原初聯繫不敵半世紀的社會隔離與認同建構。綜合作者的研究發現，不論是台商或韓商均未能融入當地，亦未大幅改變其認同，雙方均受制於原先政治社會所建構的國族意識，認同建構的理論在此得到初步的確認。

關鍵詞：台商、韓商、跨國企業、認同、認同變遷

Economic Interests and Identity Shift:
A Comparative Study of Korean and Taiwanese
Investors in China

Shu Keng

(Associate Professor, Graduate Institute of East Asian Studies, National Chengchi

University)

Ruihua Lin

(Ph. D. Student, Graduate Institute of East Asian Studies, National Chengchi

University)

Abstract

This is a comparative study of Korean and Taiwanese investors in China, with an aim to shed light on current theories on identity shift. The basis of the study is funded on the cultural difference between the two groups of investors in China: Taiwanese share thick cultural affinity while Korean shared thin. Grounded on such difference, we go on to compare the inferences drawing from current theories of identity, including primordialism, circumstantialism, and constructutivism. According to our preliminary findings, both Korean and Taiwanese have lived in their ethnic community and experienced almost no identity shift. Since both ethnic groups are under similar pressures for markets and profits and cultural affinity in this case make little difference. In other words, our data suggest that neither primordialism nor circumstantialism successfully explains the cultural shift of Korean and Taiwanese investors while constructutivism does a much better job on doing that.

Keywords: Taiwanese investors, Korean investors, multi-national enterprises, identity, identity shift

壹、緣起

　　隨著近三十年中國市場迅速崛起，全球企業無不想盡辦法在這片廣懋的競技場上尋找大顯身手的利基。中國這個投資與消費黑洞不只吸引全球五百強企業的目光，更多鄰近國家的中小企業早在大企業進駐之前，就不顧投資風險與法令規定，爭先恐後進入中國卡位。其中，台灣與韓國便是早期由中小企業驅動，近期由大型企業領頭西進的典型代表。

　　不論古典遷移理論或全球化理論，均以理性行動者為假設探究人口流動：前者以原居社會的政經狀況不佳（如缺乏土地、失業率高、薪資低廉、天災人禍、人口過剩等）為推力；移入社會的誘因為拉力，造成人口在兩地間流動。[1]而當人口、資本、商品、資訊與符號等元素在跨國間，甚至全球空間中流動時，將可能引發社群成員的認同變遷。[2]後者則著重移民在遷移過程中的能動性，認為移民不僅在跨越地理、政治與文化疆界的領域中運作，重新建構其新生活及認同，也和移出國間維持連繫，縮短彼此的社會距離，[3]換言之，移民並非是「失根的」（uprooted）、與地域文化脫節的，而是往來於不同國界、不同文化及社會體系間，對於移出社會帶來經濟性及社會性的衝擊與改變，同時也可以反映當代社會時空的轉變。[4]也就是說，全球化視野下的研究者，不同於以往以固定的、地方

---

[1]　John Archer Jackson, *Migration* （New Yoke: Longman, 1986）, pp.13-14.

[2]　Michael Kearney, "The Local and the Global: The Anthropology of Globalization and Transnationalism," *Annual Review of Anthropology*, no.24 （1994）, pp.547-565.

[3]　Caroline B. Brettell, "Theorizing Migration in Anthropology: The Social Construction of Networks, Identities, Communities, and Globalscapes," In Caroline B. Brettell and James F. Hollifield eds., *Migration Theory: Talking across Disciplines* （New York : Routledge, 2000）, pp.97-136.

[4]　Caroline B. Brettell and James F. Hollifield, "Theorizing Migration in Anthropology: The Social Construction of Networks, Identities, Communities, and Globalscapes," In Caroline B. Brettell and James F. Hollifield eds., *Migration Theory, Ibid.*, pp. 104-105.

性社群為分析單位，轉向以非定著的、具有穿透性的全球空間，重新思考社群的本質為何？個體如何成為社群的一份子？[5]

因此，全球化資本主義驅動的不只是資金、技術的遊移，更重要的是「人」對家鄉的離散，進入一個全新的地域。離散強調的是一種離鄉背井、易地而居的移動經驗，在原生家鄉之外另建家園的過程，往往與跨文化接觸、邊界、流動、文化融合等概念連結。[6]而一旦涉及個體生存環境的轉換，移民認同就是個值得探究的課題。

基於前述理論，本文乃採「最具差異性研究設計」，將文化、語言、生活習慣極為不同的台商、韓商兩群體做對照，視其進入大陸後的認同變化是否也不相同，並探究其原因。

貳、台商與韓商對中國大陸的投資

一、　台商投資中國

根據台灣經濟部投審會統計，截至2007年8月底止，台商對中國大陸投資金額達到611億美金，[7]這只是登記有案的數據，若加上透過第三國投資，以及在政府核准之前就西進投資大陸者，金額將更加驚人。

台商西進可分三個階段：早在台灣1987年解嚴之前，就有許多台商利用各種管道進入大陸；一伺解嚴後，數以萬計的台商更是前仆後繼往珠三角一帶遷移，時值台灣土地、勞動成本攀升，傳統產業生存空間日益狹窄，業主面臨企業存亡絕續之際，為了延續企業生命，這群夕陽產業紛紛

---

[5] Akhil Gupta and James Ferguson eds., *Culture, Power, and Place: Explorations in Critical Anthropology*（Durham and London: Duke University Press, 1997）

[6] James Clifford, "Diasporas," *Cultural Anthropology*, vol. 9, no. 3 （Aug., 1994.）, pp. 302-338.

[7] 參見經濟部投審會網站，〈http://www.moeaic.gov.tw/〉。

將眼光投注對岸遼闊的土地和廉價的勞力。如此孕育了第一批西進的台商，本時段西進者多為獨資中小企業，從事紡織、傢俱、製鞋等傳統勞力密集型產業。

　　九〇年代中隨著沿海地區投資環境漸臻成熟，第二批台商以較高技術性的電腦週邊產品與零組件工廠紛紛登陸。台灣產業西移的第三波在九〇年代末成形。第三波打進中國大陸的企業已非前兩階段中小企業所能比擬，夾雜巨額資金與高科技登陸的大型企業，所前瞻的是自創品牌躍上國際舞臺，以及深入中國內需市場。

　　這群大舉西進的台商多分佈於珠三角與長三角兩區，人數號稱百萬。中國一方面為台灣產業的持續發展覓得一處廉價勞力與土地供應站，有助維繫台灣現存的產銷體系；另方面，隨著市場經濟的繁榮發展，中國廣大商機也為台商提供前所未見「競逐全球」的機會。

二、 韓商投資中國

　　截至2005年底，韓國在華投資累計設立韓資企業38,898家，實際投入金額313.18億美元，分別佔全中國的7.03%和5.03%。以實際使用外資累計金額計，韓國對華投資位居第5位。[8] 韓商在中國投資多集中於東北、山東以及北京、河北等地，這些地區佔韓國對中國總投資85%以上，且多集中於製造業。[9] 目前，在中國居住的韓國人約有七十萬人。近幾年年增加人數達十萬人以上。[10] 除留學生外，以韓商或韓商家屬身份來到中國的人佔據大半江山，他們形成目前中國最大的外商群體之一。

---

[8]　中國商務部外資司，中國外商投資報告2006，〈http://fdi.gov.cn/pub/FDI/wzyj/yjbg/default.jsp〉。

[9]　王志樂編，2007跨國公司中國報告（北京：中國經濟出版社，2007年），頁120-121。

[10]　賀靜萍，「韓流湧進秋海棠 快破百萬」，工商時報，2007年9月3日。

　　韓國的中小企業在未建交前，就在山東進行一定規模的投資，這也成為後來推動兩國建交的一個加速器。1992年中韓正式建交後，韓國企業開始大規模登陸中國，三星、LG等大企業紛紛在中國投資設廠，中國價格低廉的勞動力市場和地方政府招商引資的熱情，讓韓商頗有如魚得水的感覺。與此同時，也是韓國中小企業到中國開展加工貿易的黃金時期，一些技術含量不高的勞動密集型企業在中國找到商機。亞洲金融危機爆發時，韓國對中國投資呈現遞減趨勢，直到2001年12月中國加入世界貿易組織後，韓國企業又掀起到中國投資熱潮。[11]

參、遷移與認同變遷：研究假設與模型

　　「跨界遷移」（migration） 是人群在地域和居所上的永久、長期或週期性移動轉換，經常涉及城鄉、國家、社會和文化等邊界的（來回）跨越，以及生活裡局部或全面的改變，從工作、就學、居住環境的更替，到習俗、語言、心態和身分認同的轉化。

　　認同則涵蓋了自我認同和群體認同，後者又包括族群、國族、世代、性別和階級等複雜社會範疇的構成。遷移者如何在跨越邊界的過程裡，同時跨越認同的疆界；如何在既有的身分與越界帶來的新身分之間協商可能的衝突，塑造混雜不定的新認同；位居情感核心的身分認同問題，如何與廣大的經濟和政治過程聯繫在一起，譬如展現為公民權利與身分的爭取和賦予的議題，或是形成族裔和種族政治動員的基礎？

　　在大陸長期居住的台商或韓商，即為這群跨越國家邊界，面臨生活、

---

[11] 「韓商淘金中國20年」，新華網，〈http://news.xinhuanet.com/herald/2007-05/17/content_6111795.htm〉。

文化轉變的一群人。然而，他們的認同是否隨環境置換而轉變則人言言殊，本文乃就台韓商之「認同轉變」作為依變項，探討在大陸久居的域外商人是否有發生認同轉變？若有，原因為何？若無，則又該如解釋？

　　針對台韓商認同變遷與否，以及經過推敲後的幾種可能解釋，可以描繪成表一，簡述如下：

表一　台商與韓商認同變遷比較

	韓商 認同改變	韓商 認同未變
台商 認同改變	A理性計算	B文化親似
台商 認同未變	C缺乏案例	D認同建構

　　A格：若「台商與韓商的認同均發生轉變」，則影響原因為「理性計算」。從理性角度出發，移居大陸的商人基於降低交易成本，傾向在當地結交人脈、拉攏官員、建立強關係，如此方有助於藉用人脈打進當地市場，獲取政策優惠。但是，建立這種強關係的背後，意味著台韓商需熟悉當地文化、瞭解隱蔽在正式制度下的潛規則，方能用對辦法、有效降低成本。如此一來，熟習地方文化、融入當地是理性充分運作的先決條件。而一旦真正結交當地朋友，情誼達到稱兄道弟程度，人際網絡中夾帶的濃厚非正式制度，又會反過來強化商人對當地的認同。因此，不論台商或韓商，若想利用當地人脈使企業最大程度獲利（理性考量），則均需融入當地，產生認同變遷。

　　B格：若「台商認同轉變，而韓商認同未變」，則合理解釋為「文化親似」。無論當今民進黨政府如何建構「新台灣人」意識，台灣文化始終

附屬於中華文化之下，與中國大陸擁有無法切割的文化與血緣聯繫。若再加上台灣人口中，有一部分為1949年之後跟隨國民黨來台的「外省族群」，他們與彼岸的牽絆更為深厚。在其心中，對岸更像故鄉。因此，相對於中國對韓商是全然陌生新國度，台商則不論在文化、血緣、語言與生活習慣上，均可無甚障礙的迅速融入當地，甚至有一種回鄉的感覺。此種強烈對比，足以解釋為什麼台商到了中國發生認同轉變，而韓商卻始終格格不入，只能群聚在某一區域，過著如同化外之地般的生活。

　　C格：「台商認同未變，但韓商認同轉變」的可能性，雖然在理論上存在，但經驗上並不存在，因此筆者在討論範中將其排除。

　　D格：若「台商與韓商認同均未發生轉變」，則可證明基於民族意識的「認同建構」，其強度遠超越吾人想像。其中，韓商未發生認同轉變較容易理解，因不同國籍、不同民族，本難跨越認同邊界融入另一社會；但台商若同樣未出現認同變遷，則可證明，數千年以來同質的文化底蘊（認同原生），敵不過半個世紀的認同建構，台灣人（台商）即便久居大陸，仍不認為自己能融入當地，成為當地的一份子。

　　上述除了「台商認同未變、韓商認同轉變」一項，在經驗上無發生的可能性外，其他三項均有成立的可能，本文乃採「最具相異性研究設計」（most different system），以初始條件極為不同的台商與韓商做對比，試圖釐清在中國大陸投資的台商與韓商認同是否會發生轉變？

　　然而，究竟何謂認同？認同變與不變的理論依據為何？下文將對此做出說明。

肆、認同與認同變遷

一、「認同」：無可逃避的框架

　　所謂「認同」，依據Taylor 的觀點，係指任一有意識的行為必源於某種「詮釋軸」（horizon of interpretation）。[12] 此種「詮釋軸」，乃植根於行為者的「認同」，即反身思考「己身何屬」的問題。因此，「認同」乃行為主體進行判斷時「無可逃避的框架」。[13]

　　在西方社會科學中，「『認同』指的是將自己視為某一『群體』（group）的一份子……〔均〕以某一具有某類特性的群體…為對象，將自己視為該群體的一份子，並且認為自己和所屬群體有共同的特性和利益，甚至共同的『命運』」。……也就是說，認同的對象是『群體』，是人所構成的群體。可是『國家』卻是一個統治『權威』、政治權力『體制』。它不是一個我們可以歸屬，可以和它分享光榮和恥辱的『群體』」。[14] 因此，質言之，並無「國家」或「政治制度」等可供己身「歸屬」者，「認同」真正的歸宿，乃為「民族」、「族群」或「團體」等，只是其延伸後之目標，或係「擁護」或「建立」國家。就此而言，並無真正意義上的「國家認同」（認同台灣「國」或中華民「國」），僅有與其重疊的「身份認同」（自我界定為「台灣人」）。

---

[12] 蕭高彥，「多元文化與承認政治論」，收於蕭高彥與蘇文流編，多元主義（臺北：中研院中山所，1998年），頁491。

[13] Charles Taylor, *Sources of the Self: The Making of the Modern Identity* （Cambridge & New York: Cambridge University Press, 1989），pp.3-33.

[14] 吳乃德，「麵包與愛情：初探台灣民眾認同的變動」，台灣政治學刊，9卷2期（2005年12月），頁5-39。

二、有關「身份認同」的理論爭議

既然「認同」或「身份認同」係指將自身視為某一「群體」的「族群意識」（ethnic consciousness），亦即沒有「異族意識」就沒有「本族意識」，若無法區分出何者為「他們」，就無法確認「我們」為何。[15] 究竟人們如何區分出「我們」和「他們」？進而形成族群認同？此認同又是如何變遷？基本上，可概分為「原生論」（primordialism）、「情境論」（circumstantialism）與「建構論」（constructivism）等三種主要的觀點，試分述如下：

(一)原生論的認同觀

原生論認為，認同是「給定的」（given）、「不變的」（fixed）。[16]

持原生論的學者們認為，一群被認為有血緣親屬關係的人們，長期居住於特定地域，擁有特定宗教、文化、母語、傳統及共同社會行為的特定社群。因具有共同體表特徵，與世代相傳共守的語言文化、信念與風俗習慣等原生特質，使族群成員間自然形成某種無法化約（irreducible）的「原生依戀」（primordial attachment），進而產生濃烈且堅韌的情感牽絆（affective bonds），不易因外在因素而改變。而此種特定族群所具有的「共同起源認同」（對歷史的集體記憶），不但是促進族群形成與凝聚的要素之一，也是族群成員區分我群與他群的依據。[17]

---

[15] 王明珂，華夏邊緣：歷史記憶與族群認同（臺北：允晨出版公司，1997年），頁23。

[16] Mark A. Jubulis, "Identities in Flux," *The Review of Politics*, vol.62, no.3 （2000）, p. 597.

[17] Clifford Geertz, "The Integrative Revolution: Primordial Sentiments and Civil Politics in the New States," In Clifford Geertz ed. *Old Societies and New States: the Quest for Modernity in Asia and Africa*（New York: Free Press, 1963）, pp.109-110; Stephon Conell and Douglas Hartmann, *Ethnicity and Race: Making Identities in a Changing World* （Thousand Oaks, CA: Pine Forge Press, 1998）, p. 59; 王明珂，「起源的魔力及相關探討」，語言暨語言學，第2卷第1期

　　原生論者相當注意主觀的文化因素，彼等認為血統傳承，其實是「文化性解釋」的傳承（cultural interpretation of descent）。[18] 例如，自稱「炎黃子孫」的人並不一定真的是炎帝、黃帝的後代，而是他主觀上如此認知；不會說客家話的客家人，仍自認是客家族群的一份子。[19]

　　顯然從「原生論」角度觀之，由於「原初特質」是先天的、是給定的，不是個人可經由後天取得或選擇的，因此個人認同也無變遷之可能。但許多高度工業化國家卻都歷經族群衝突增加，使學者注意到「認同」的可變性，族群認同不再被視為是共同血緣或文化的必然結果。而且不同文化的劃分與族群範疇不一定相互吻合，語言、體徵與風俗文化的異同判準難以切確劃分，如Barth和Moerman等認為，人群中的文化特徵，往往呈現出部分重疊又不盡相同的連續分佈變化，因此難以文化特徵來界定族群。[20] 所以，六〇年代以後，研究者逐漸轉向以「情境論」來解釋現代化社會中的族群復甦。[21]

(二)情境論的認同觀：效益取向的選擇

　　「情境論」認為，認同是多變的、可被利用的，也是隨情勢變化而定的（situational），因此和前述的「原生論」迥異。

（2001年），頁261-267；Clifford Geertz著，納日碧力戈等譯，文化的解釋（上海：上海人民出版社，1999年），頁295。

[18] Clifford Geertz, Ibid., p.123.

[19] 王明珂，華夏邊緣，前引書，頁37-38。

[20] Fredrik Barth, "Introduction," In Fredrik Barth, ed., *Ethnic Groups and Boundaries* （Boston: Little, Brown and Company, 1969），pp.9-38; Michael Moerman, "Ethnic Identification in a Complex Civilization: Who are Lue?" *American Anthropologist*, no.67（1965），pp.1215-1218.

[21] 王甫昌，「邁向台灣族群關係的在地研究與理論：「族群與社會」專題導論」，台灣社會學，第4期（2002年12月），頁1。

　　持「情境論」的學者們認為，群體意識的產生，乃是群體成員為了適應新社會的情境所需。在該情境論中，個人被預設為理性的個體，個人認同是可以視狀況而理性選擇的。[22] 理性選擇理論認為：個人會極大化其經濟利益，對個人而言，「最適化」（optimization）乃是結合偏好、信念和行動，來尋求建構其個人認同的最適生活計畫。[23] 由上可知，「效益」（utility）是情境論者的中心思想，所以許多學者也將之稱為「工具論」。

　　由於任何身份皆有其特有潛在的利益和成本，[24] 因此，行動者會根據當下的社會情境，判斷「我／他」的關係，進而選擇適當的身份與符合該身份的舉止。而群體認同則是族群成員以個體或群體的標準，對特定場景及變遷的策略性反映，若成員認為改變認同符合其政經利益，他們就會從原先群體退出改加入另一個群體。如Barth宣稱，「族群」是由其成員所認定的範疇，「族群邊界」是劃分者主觀認為的「社會邊界」。[25]

　　個人基於理性體認，瞭解到群體乃是達成其利益或生存目標的工具，因此將選擇加入有利於自身或為其帶來特定利益（**大多是經濟的和政治的**）的群體。在此邏輯下，人際關係或個人認同不但可是「刻意的」（intentional）、「目的性的」（purposeful），也是「曖昧不清的」（vague）、「暫時的」（temporary），當然亦不排除個人加入數個工具性群體的可能性。[26] 如Harrell認為族群情感與工具因素儘管同時並存，但

---

[22] George A. Akerlof and Rachel E. Kranton, "Economics And Identity," *The Quarterly Journal of Economics*, vol.115, no.3 （2000）, p.717.

[23] Chai Sun-ki, *Choosing an Identity: a General Model of Preference and Belief Formation* （Ann Arbor: University of Michigan Press, 2001）, p.175.

[24] Stephon Conell and Douglas Hartmann, op. cit., p.57.

[25] Fredrik Barth, op. cit., pp.9-38.

[26] Fredrik Barth, Ibid., p.33.

事實上兩者作用不同。[27] 在全球化新移民潮的趨勢之下，各國族群組成與族群認同日益多元化。族群認同與族群意識不再被視為理所當然的先驗存在，其認同的範疇與內涵必須透過行動者的主動建構。[28]

(三)建構論的認同觀

建構論者批評原生與情境論都假定族群有「本質性」（essential elements）的構成要素，主張應該將「族群認同」視為人為的「社會建構」的結果。[29]

如Anderson 在其名著《想像的共同體》一書中寫道：「民族是一種想像的共同體（imagined communities）。之所以是想像的，因為即使是最小民族的成員，也不可能認識他們大多數的同胞相遇。然而，他們相互連結的意象卻活在每一位成員的心中，關鍵就是想像。」Anderson認為，民族是一種「現代」的想像，以及政治與文化建構的產物，並指出民族「歷史的敘述」（historical narrative）是建構民族想像不可或缺的一環。[30] Gellner也認為，民族乃是現代主權國家，因應工業化社會的同質性與可規格化之文化的需求而建構的。[31] 現代主權國家為鞏固其統治的正當性，常灌輸與建構特有的國族主義與政治社會化等意識形態，藉此形塑公民對

---

[27] Stevan Harrell，巴莫阿依等譯，田野中的族群關係與民族認同-中國西南彝族社區考察研究（廣西：廣西人民出版社，2000年），頁27。

[28] 王甫昌，「邁向台灣族群關係的在地研究與理論」，前引文，頁1-2。

[29] Karen A. Cerulo, "Identity Construction: New Issues, New Directions," *Annual Review of Sociology*, no. 23（1997），pp.385-409; 王甫昌，「邁向台灣族群關係的在地研究與理論」，前引文，頁2，

[30] Benedict Anderson, *Imagined Communities: Reflections on the Origin and Spread of Nationalism*（London; New York: Verso, 1991），pp. 199-206.

[31] Ernest Gellner, *Nations and Natonalism*（Ithaca, NY: Cornell University Press, 1983）.

國家與政府的認同。[32]

　　總之，對建構論者來說，在絕大多數的情況下，認同都是建構的概念。但此種認同絕非本質主義所說的永恆不變的認同，而是一個片段與連續變動的過程，是使用歷史、語言以及文化資源以「變成」（becoming），而非「既是」（being）某一特定主體的過程。[33]

　　由上觀之，族群成員的群體意識與認同可來自原生血緣，亦可由理性趨使或政治所建構。Smith則提出折衷觀點認為，族群認同雖可被重新建構，但此「想像」不可能憑空而來。族群的過去歷史與背景脈絡，都會限制人為「建構」的空間。[34] 因此，族群認同既非純粹原生，也不純是人為主觀建構，而是介於兩者之間，由各方影響所凝聚而生。[35] 若族群世居故土，認同變化或流動不大，但在運輸科技進步之下，全球人口移動已成常態。一旦族群成員跨國界移居後，原先由所屬原生族群與母國社會所建構之族群認同，將如何與移居地之原生族群和地主國政治與社會建構之認同互動？進而產生何種變化？

---

[32] B. Rosamond，「政治社會化」，收於B. Axford、G. K. Browning、R. Huggins與B. Rosamond，徐子婷等譯，政治學的基礎（臺北：韋伯文化，2006年），頁43-63。

[33] Stuart Hall, "Introduction: Who needs 'identity'," In Stuart Hall and Paul du Gay eds. *Questions of Cultural Identity* (London : Sage Publications, 1996).

[34] Anthony D. Smith, "The Nation: Invented, Imagined, Reconstructed?" In Marjorie Ringrose and Adam J. Lerner, eds., *Reimagining the Nation* (Bristol, PA: Open University Press, 1993), pp.9-28.

[35] Anthony D. Smith, *National Identity* (Reno NV: University of Nevada Press, 1991), pp.20-21.

伍、認同流動與否的判別依據

民族意識面對其它文化衝擊時，有所謂「消亡論」和「凸顯論」的爭議。持「消亡論」的學者認為，全球化將使移動的人們嘗試融入移居的當地，甚而產生多元認同。但持「凸顯論」的學者則認為，在全球文化席捲各地之下，人們反而更加依戀自身的文化／民族認同。[36]

由於本文研究目標為觀察外來群體是否融入當地，進而產生認同轉變，或是仍凸顯自身差異認同。因此，主要觀察標的為台韓商對個人身份的確認，以及歸屬感，包括「家的歸屬感」、「居住地的選擇」，這可從他們是否散居於當地社區，與居民充分交流，並與當地人發展出深厚情誼判讀。若外來族群能充分融入當地，深入當地文化與生活，脫離舊有生活模式，則較有可能發生認同轉變；反之，若台商或韓商仍自成一個生活群體，用自己習慣的模式和文化生活，則幾無認同轉變的可能性。

一、韓商認同的變與不變

外來移民能否融入當地，首先從投資地點來看。全中國離韓國最近者為環渤海地區，當地人口中亦分佈許多精通韓文的朝鮮族，因此韓國人多半以地域熟悉度較高的環渤海地區為首選：

> 滿融經濟區是瀋陽市朝鮮族居民最集中的地區，轄區內有4個朝鮮族聚居村，與韓國有著悠久的民間交往和貿易往來。[37]

---

[36] Ulrich Beck，孫治本譯，全球化危機（臺北：台灣商務，1999年），頁63。

[37] 「瀋陽滿融經濟區：東部巨龍蓄勢騰飛」，瀋陽日報，
〈http://epaper.syd.com.cn/syrb/html/2007-11/01/content_301263.htm〉。

由於地緣和人緣的關係，環渤海經濟區是韓資最早進軍中國的根
據地，且一直是韓國人的投資熱點。韓國集中在環渤海地區和東
北地區的投資約佔韓國在華投資項目的84.31%，在華投資額的
68.5%。[38]

由於地緣、文化、經濟基礎等影響，自2003年以來，韓資一直
佔據山東利用外資的首位。截至2006年底，山東累計利用韓資
200.18億美元。目前在魯的韓商直接投資企業有1.8萬餘家，約佔
全國此類企業的一半。[39]

由此可見，韓商投資仍集中在文化相似性與地緣親近性最高的環渤海
與東北一帶，即便因市場誘因不得不往江蘇、浙江佈局，但整體重心仍在
東北部。那麼，這些韓資企業與內部大陸員工的關係如何？是否仍堅持採
用韓式管理方式？

韓國人有很強的民族自尊心，很多韓國企業在發展之初就會定下
高標準，與日本企業傳統上「位居第二」、「迴避風險」、「以
穩求實」的經營理念不同，韓國大型企業集團大都奉行「徹底第
一主義」。這種嚴屬的要求被中方員工認為不富有人情味，做事
情太刻板……韓國經理對下級要求嚴格，希望下級無條件服從以
及尊重上級的意見。且韓國經理大都喜歡以叫罵的方式教育下

---

38 崔東原，韓國企業在華投資報告—現狀、問題及未來（北京：對外經濟貿易大學碩士論文，
2006年），頁9。
39 「在魯韓企數量突破1.8萬家」，新華網，
〈http://xinhuanet.com/gate/big5/news.xinhuanet.com/fortune/2007-05/24/content_6143858.htm〉。

屬。一個韓國經理辦公桌前站著數名低著頭的下屬，經理大聲責
罵他們，甚至可以說是怒吼的情景已經是司空見慣的事情。很多
員工都膽戰心驚的，恐怕哪天站在那前面受訓的是自己。[40]

換言之，韓國老闆在企業管理與員工訓練方面，並未試著融入當地，
仍採用韓國強勢的企管方式管理中國員工。

除了投資地域集中，以及企業文化堅持韓國風格外，另一項觀察認同
的明顯的指標，就是他們的生活起居是自成一群、只跟自己人接觸，還是
散居各地、與當地人混居：

隨著韓國人在華生活和工作的人數增加，在一些韓國商人或學生
比較集中的地區形成了「韓國城」，如北京望京，大約有5萬韓
國人在那裏居住。這裏有韓國式的醫院、商店、卡拉OK廳、啤
酒屋等，韓國人即使不會講漢語，在這些地方也不會感到不便。
在瀋陽西塔地區的商業街上，閃爍著韓文的霓虹燈，雲集著幾百
家韓國企業和韓式餐飲店，這裏有「小首爾」之稱。[41]

山東城陽區構建仿真「韓國環境」，為外商營造「家鄉」般的氛
圍，讓其全心投入到企業經營之中。目前在城陽區長期工作、生
活的韓國人達到3萬多名；為方便韓商子女在城陽就學，在區實

---

[40] 張娜，「在深韓資制造型企業跨文化衝突對員工行為模式影響分析-以深圳某韓資制造型
企業為例」，深圳大學管理學院人力資源管理系，〈http://jingpin2007.szu.edu.cn/renliziyuan/
paper_index.htm〉。

[41] 沈林，「文化相通 經貿加強-40萬韓國人來華闖天下」，環球時報，2005年11月29日，
〈www.china-korea.org〉。

驗小學專門成立了「韓國班」，全區韓國籍中小學生達到500多名。實行韓商就醫「一卡通綠色通道」，憑藉就醫綠卡，韓商在城陽區內醫療機構免交掛號費，並由醫療機構派員全程陪同，通過專用視窗優先得到服務，打造起了仿真生活環境，通過軟硬體配套，使韓國客商在城陽就能聽到、看到本民族語言的廣播電視節目。[42]

綜觀筆者所收集到的資料，韓國人的群聚性極強，在這些「韓國村」中，不僅所有食衣住行均帶有濃烈韓國味，沿街招牌豎立著中國人看不懂的韓文，隨著韓人成為某些地區最大居住團體，影響所及，連派出都必須特別針對韓國人設立應對窗口、將辦公室裝扮得有韓國味：

在一個豎著「高麗村」牌子旁邊的普通住宅鐵防護窗上，就掛著一塊全韓文看板，而且沒有任何中文註釋…幾年前就引起了社會和媒體的關注。最近工商部門已經整頓了一回，要不還可以看到更多全部是韓文的廣告。……現在我們佈置警務工作站時都有意識地粘貼一些韓國風光畫、韓國明星照，增加和所管轄區域的居民的情感交流，提高民警的親和力。2005年，韓國人比較集中的南湖派出所專門設立了一個對外視窗，主要接待韓國人。為了加強溝通，現在到了五一、十一、春節前後，社區民警還會把中英韓三種文字對照的通知單發送到外國居民家裏，內容大多為提醒其在節日期間注意防火防盜，並祝節日快樂。[43]

---

42 「城陽區環境優化 吸引1567家韓資企業前來投資」，大眾網，〈http://www.dzwww.com/shandong/bdzz/200608/t20060824_1718990.htm〉。

43 「北京望京三分之一為韓國人社區引入涉韓管理」，國際線上，2005年10月8日，〈www.china-korea.org〉。

　　如此排外的態度，也出現在日常生活中的小細節上，例如買東西一定要到韓國人開設的店，即便裡面物價較一般貴上數倍；平常使用的用品也非韓國貨不可：

> 一位青島官員就形容，韓國人民族性真的很強，即便來到中國這麼久，所用的任何傢俱及用品，都要來自韓國，連睡覺的床墊都要用韓國花色、從自己國家原裝進口的產品，就算移居別的城市，也不嫌麻煩，再遠都要扛過去。[44]

> 在青島的韓國企業中的有些中國雇員則認為韓國人太抱團，到中國來就看著韓國人親，買東西就認韓國貨，青島土大力速食店一包中國香煙15元，外面一包5元，偏偏到土大力賣，因為土大力是韓國品牌。辦公產品一律用韓國品牌，日常消費也要到專為韓國人開的社區便利店買，這裏的商品全是韓國進口，比中國同等商品貴兩三倍。韓國人有一份專門瞭解青島的報紙和一套電視節目，我們卻很少看到韓國人怎樣生活和工作的報導，他們想什麼喜歡什麼我們不知道，我們只知道他們是被政府招商過來的，是來賺我們錢的，是不是做朋友和鄰居不知道。[45]

　　韓國移民此種自成一區的生活形態，除了說明他們完全無法融入當地，仍過著與母國相同的生活、講同種語言，維繫著原本的認同。更有甚者，韓國人過於集居於某些地區的結果，反而對原本居住在該社區的中國

---

[44] 賀靜萍，「韓流湧進秋海棠 快破百萬」，工商時報，2007年9月3日。

[45] 「10萬韓國人的青島生活」，前引文。

人形成排擠效應，意外的讓原居者覺得自己比較像外來者，幾篇報導不約
而同顯示相同問題：

> 望京裏很多餐廳、酒吧、髮廊、美容院等服務行業都用中韓兩種
> 文字進行標注，但最近有些標識韓文變大了、中文變小了，而有
> 的商家則乾脆就用韓文進行標識，不懂韓文的人根本看不懂是什
> 麼意思，搞得這裏好像只有韓國人似的。……這種住在望京身在
> 異鄉的感覺讓我不時萌生出從望京搬家的念頭，我不是對韓國人
> 有什麼看法，而是時時處處浸泡在韓國文化氛圍中的感覺有點彆
> 扭。正上初中的女兒現在從髮型、著裝到欣賞的歌曲、音樂已完
> 全被班上的韓生所韓化。[46]

> 我坐420（公車）回西園3區……突然發現車上除了我、司機、售
> 票員外都是韓國人。猛然間發現我竟然像外國人。[47]

　　從群聚狀態可知，韓商到中國大陸極少融入當地，多投資於地域相
近、文化相似度較高的環渤海地區，且刻意發展「韓國城」，區內的生活
方式、語言文字、飲食文化等均複製韓國形式，影響所及，連原本居住該
區的中國人都覺得遭排擠，似乎自己才是外來人口。從這個角度看，韓國
人完全未融入當地，遑論認同有任何轉變。

---

[46] 「北京望京居住區正在變成韓國城」，中國商報網站，2006年4月4日，〈www.china-kore〉。

[47] 關軍與葉璐，「韓國人在北京：融合與差異」，中國證券報，2006年5月27日，〈www.china-korea.org〉。

二、台商認同的變與不變

　　相對於韓商完全無法在生活上與當地人打成一片，台商是否能憑藉語言與文化優勢，深入當地社群呢？

　　這個預設在東莞、深圳等珠三角地區無法成立，深諳個中原因的台商表示：

> 東莞台商過來早，以中小企業為主，自主性高。他們形成一個個小群體，像厚街、虎門的台商，就算沒有每天見到面，一個禮拜總會見到面；產業鏈較明顯；搞台商協會的也都是那些人，所以為什麼台商在東莞特別團結？因為那邊只有台商的小圈圈，不管做什麼事都是跟台灣人在一起。（訪談對象0608201）

　　的確，就筆者觀察所得，珠三角地區不論是東莞或深圳，台商群聚狀況十分明顯，經常於下班後電話一撥，就可約到一群人吃飯、喝酒、唱歌，假日閒暇之時，也與台灣人相約打高爾夫球或慢速壘球。這當中有部分為台商協會組織的活動：

> 每個月的定期聚會，大家都會帶上家屬，找個休閒場所或風景名勝，一起玩上個一、兩天。先生們講講生意，太太們談談購物，剛過來的孩子們趁機溫習閩南語。……聚會的一個重要功能就是「訴苦」，如果有人遇到難題，其餘的會員就會各盡所能，拼命安慰，協會就像個大家庭。[48]

---

[48] 「台商家長余明進」，華夏經緯網，〈http://www.huaxia.com/2003811/00065088.html〉。

冬至的時候，協會辦一個搓湯圓活動，好多台商家庭都來參加
了，很多是見過但沒有聯絡的朋友聚在一起，大家都是想在異
地，能有一個地方讓大家有團聚的氣氛，快快樂樂的過節，總比
在家看電視有趣多了（李道成、徐秀美 2001，116）。

除了台商自身外，對情感聯繫的需求更多來自於台眷，特別是台商太
太，這些婦女為了成全先生事業，多辭掉台灣工作，跟隨先生來到這個完
全陌生的環境，她們在當地既無朋友，又不熟地方情況，因此地方台協都
成立類似婦女會性質的「太太俱樂部」：

東莞台協旗下成立一個婦女會，她們每天有上不完的課，還得幫
台協舉辦活動，在任何的會場中，幾乎都能見到這些忙碌又美麗
的媽媽們，據說她們的制服多達數十套，每個人都可以開場小型
的服裝秀。[49]

由上可知，珠三角地區台商是十分封閉的移民，除了事業上不得不與
當地人接觸外，其餘生活皆與當地脫節。究其原因，珠三角地區以製造業
工廠居多，廠內除了幹部，便是來自中國各地的工人。加上台幹多住在公
司提供之宿舍，幹部宿舍與員工宿舍是分開的，因此下班後也甚少機會與
大陸人接觸。因此，珠三角地區台商明顯未融入當地。一位台商的描述為
珠三角台商無法融入當地做了總結：

---

[49] 林祝菁，「生活在東莞-32個新市鎮，交集最多台商的喜悅與憂傷」，數位時代論壇，
〈http://www.bnext.com.tw/special_mag/2001_04_15/2001_04_15_406.html〉。

> 珠三角以製造業為主，製造業主要在製造對立，因為要管理工廠
> 員工，讓別人適應自己，而不是自己去適應他們，（因此不可能
> 融入）。（訪談對象0608201）

那麼長三角一帶的台商融入狀況是否較佳呢？且聽幾位在上海從事服
務業的台幹心聲：

> 以我身邊的人而言，活動範圍還是以台商社群為主，大部分台人
> 很難打進上海社會，因為一來，上海人平常習慣用上海話溝通，
> 不懂上海話根本沒法融入；二來，同鄉人還是習慣聚在一起，比
> 較有安全感。我退休後會回台灣，因為就生活層面上而言，還是
> 臺北比較舒服。自己有裝衛星，每天看臺灣新聞。我會回台灣投
> 票，每次都會去投。（訪談對象0608202）

> 比例來講，台灣人跟台灣人在一起的還是多。以目前現況，會一
> 直這樣，因為從台灣派過來的人，像我是台幹，三年、五年就要
> 回去，沒有辦法把所有心思放這裡，而且家庭也不在這裡。（訪
> 談對象0709212）

另一位特殊的案例，為娶了上海太太的台商，小孩在大陸唸書，但他
的私交仍以台灣人為多，且被問及哪裡較有家的感覺時，答以「還是台
灣，因為親戚在台灣，而且從小在台灣長大的生活習慣，一旦養成要重新
適應也不是那麼容易，不太可能融入這裡。」（訪談對象040816）

再以電子業群聚的昆山為例，該地作為台商聚集最密的地區，經濟發
展幾乎完全仰賴外資，特別是台資，目前昆山利用台資已經佔江蘇省的四
分之一、全大陸的十分之一。[50]

> 在這邊，台商家人過來的很多，約有1/3-1/2……台灣人多，大家都用台灣話交談、看臺灣報紙、電視。（訪談對象0608141）

> 當地人認為我們有錢、享受特權，吃飯都大吃，台商子弟上學可以靠台協，差幾十分都進得去，所以我們希望透過各種活動，像捐助獎學金、救濟金等，拉近與昆山人的距離。（訪談對象0608143）

　　昆山可說是靠外資，特別是台資興起的縣級市，台商對當地貢獻不僅止於經濟發展，還包括政策建議、都市規劃建議等。因此其道路規劃近似臺北，加上放眼所及都是台灣小吃，台灣人開的店，當地遂有「小臺北」之稱。從這角度觀之，台灣人雖然攜家帶眷定居昆山，但最終是因為當地台灣人多，可以在複製原生活習慣的狀況下暫居當地。

　　據作者近四年來，平均每年約兩個月在大上海，以及珠三角訪談所得，一般台商仍無法真正跟當地人打成一片，即便某些台商傾向久居當地（通常多為外省籍者），但他們日常社交仍以台灣人為主，居住也選擇台灣人多的區域，如上海的古北，這些區域與上述「韓國城」相去不遠，熙來攘往都是台灣人、飲食、生活也如同在台灣，若說生活於其中會發生認同轉變，是無法令人信服的。

50　參見昆山台灣同胞投資企業協會網站，〈http://www.ks.js.cn/company/taixie/index.htm.〉。

陸、結論：文化、利益或民族意識解釋

　　台商與韓商在全球資本主義下為了逐利，不得不離開原居地，往更有發展潛力的地方遷移。伴隨這種跨界流動而來的，是移民在舊文化與新文化間的碰撞，以及這種碰撞下產生的認同困惑。

　　本文以台商和韓商作為跨界流動的比較群體，主要著眼於兩者間存在的差異性，蓋台商與大陸存在千絲萬縷的文化與血緣聯繫，韓商在這方面則如同其他外商，跟中國沒有直接關係，加上兩者不論在生活習慣、民族性、企業投資策略上均極具差異，因此，以台商與韓商作為最相異個案，研究他們進入中國後是否發生認同轉變，將極富研究價值。

　　在架構建構之時，筆者將台商與韓商認同變遷與否劃歸四類：若兩者認同均發生轉變，則以「理性」解，對應於認同「情境論」；若台商認同轉變，而韓商未變，則以「文化」解，與認同「原生說」相呼應；若兩者均未發生認同轉變，則以「民族意識」解，證明認同「建構說」仍有很大的影響力；至於最後一項，台商認同未轉變，而韓商卻發生認同轉變的現象，在經驗上沒有存在的可能性，因此被排除在討論之外。

　　經過訪談與資料蒐集，筆者發現，韓商投資以文化與地域較親近的環渤海地區為主，且即便攜家帶眷進駐中國，卻傾向住在「韓國城」之類區域中，該區如同中國的化外之地，觸目所及都是韓文、韓國餐廳、韓式商店；耳邊聽到的都是韓語；感受到的均為韓國文化，韓國人身處其中根本不覺是在國外，反而是原居當地的中國人成為少數。如此封閉與排他，不但未能融入當地，偶而還會激發兩種文化間的衝突，遑論認同轉變。

　　反觀情況較為複雜的台商，原初的文化聯繫並未牽動台商否定台灣認同，即便有部分台灣人打算常住當地，但他們日常接觸的仍為台灣朋友、台灣新聞、台灣飲食，居住地區也跟韓國人一樣，偏向台灣人多的社區或地域，如是低程度的融入亦不易產生認同轉變。由此可知，大中華文化的

原初聯繫，敵不過半世紀的認同建構，台灣人在大陸仍無法完全認同當地。

　　因此，透過兩個最具差異性的個案比較，吾人發現不論是台商或韓商均無法融入當地，亦未改變認同。換言之，這兩組群體均認同原先政體所建構出的民族意識，證實意識形態建構論的有效性。

參考書目

一、中文專書

B. Axford、G. K. Browning、R. Huggins與B. Rosamond，徐子婷等譯，**政治學的基礎**（臺北：
韋伯文化，2006年）。

Clifford Geertz，納日碧力戈等譯，**文化的解釋**（上海：上海人民出版社，1999年）。

Stevan Harrell，巴莫阿依等譯，**田野中的族群關係與民族認同-中國西南彝族社區考察研究**
（廣西：廣西人民出版社，2000年）。

Ulrich Beck，孫治本譯，**全球化危機**（臺北：台灣商務，1999年）。

王志樂編，**2007跨國公司中國報告**（北京：中國經濟出版社，2007年）。

王明珂，**華夏邊緣：歷史記憶與族群認同**（臺北：允晨出版公司，1997年）。

蕭高彥，「多元文化與承認政治論」，收於蕭高彥與蘇文流編，**多元主義**（臺北：中研院中
山所，1998年），頁487-508。

二、中文期刊

王甫昌，「邁向台灣族群關係的在地研究與理論：「族群與社會」專題導論」，**台灣社會學**
（台北），第4期（2002年12月），頁1-10。

王明珂，「起源的魔力及相關探討」，**語言暨語言學**（台北），第2卷第1期（2001年），頁
261-267

吳乃德，「麵包與愛情：初探台灣民眾認同的變動」，**台灣政治學刊**（台北），9卷2期
（2000年/12月），頁5-39。

崔東原，「韓國企業在華投資報告-現狀、問題及未來」（北京：對外經濟貿易大學碩士論
文，2006年），頁9。

陳朝政，「台商在兩岸的流動與認同：經驗研究與政策分析」（臺北：東吳大學政治系博士
論文，2005年）。

三、網路資料

「10萬韓國人的青島生活」，**21世紀經濟報導**，轉引自**中國韓國友好協會**，2005年3月25日，〈www.china-korea.org〉。

「三個韓國人眼中的中國來源」，**經濟觀察報**，轉引自**中國韓國友好協會**，2005年3月28日，〈www.china-korea.org〉。

「也嫌房租打車貴 為何50萬韓國人還願留中國？」，**東方網**，2006年9月24日，〈http://news.eastday.com/eastday/node81844/node81854/node162888/u1a2341606.html〉。

「北京望京三分之一為韓國人社區引入涉韓管理」，轉引自**中國韓國友好協會**，2005年10月8日，〈www.china-korea.org〉。

「北京望京居住區正在變成韓國城」，**中國商報網站**，中國韓國友好協會，2006年4月4日，〈www.china-kore〉。

「台商家長餘明進」，**華夏經緯網**，〈http://www.huaxia.com/2003811/00065088.htm〉。l.

「韓商淘金中國20年」，**新華網**，〈http://news.xinhuanet.com/herald/2007-05/17/content_6111795.htm.〉。

沈林，「文化相通 經貿加強-40萬韓國人來華闖天下」，轉引自**中國韓國友好協會**，2005年11月29日，〈www.china-korea.org〉。

昆山台灣同胞投資企業協會網站，〈http://www.ks.js.cn/company/taixie/index.htm〉。

林祝菁，「生活在東莞-32個新市鎮，交集最多台商的喜悅與憂傷」，**數位時代論壇**，〈http://www.bnext.com.tw/special_mag/2001_04_15/2001_04_15_406.html〉。

經濟部投審會網站，〈http://www.moeaic.gov.tw/〉。

關軍與葉璐，「韓國人在北京：融合與差異」，轉引自**中國韓國友好協會**，2006年5月27日，〈www.china-korea.org〉。

中國商務部外資司，「中國外商投資報告2006」，**中國投資指南**，〈http://fdi.gov.cn/pub/FDI/wzyj/yjbg/default.jsp〉。

「瀋陽渾融經濟區：東部巨龍蓄勢騰飛」，**瀋陽日報**，〈http://epaper.syd.com.cn/syrb/html/2007-11/01/content_301263.htm〉。

「城陽區環境優化 吸引1567家韓資企業前來投資」，大眾網，〈http://www.dzwww.com/
　　shandong/bdzz/200608/t20060824_1718990.htm〉。

張娜，「在深韓資制造型企業跨文化衝突對員工行為模式影響分析-以深圳某韓資制造型企業
　　為例」，深圳大學管理學院人力資源管理系，〈http://jingpin2007.szu.edu.cn/renliziyuan/
　　paper_index.htm〉。

四、英文專書

Anderson, Benedict, *Imagined Communities: Reflections on the Origin and Spread of Nationalism*
　　（London; New York: Verso, 1991）.

Barth, Fredrik, "Introduction," in Fredrik Barth, *Ethnic Groups and Boundaries* （Prospect
　　Heights, IL: Waveland Press, 1998）, pp. 9-38.

Brettell, Caroline B., "Theorizing Migration in Anthropology: The Social Construction of Networks,
　　Identities, Communities, and Globalscapes," in Caroline B. Brettell & James F. Hollifield eds.,
　　Migration Theory: Talking across Disciplines （London & New York: Routledge, 2000）, pp.
　　97-136.

Chai, Sun-ki, *Choosing an Identity: a General Model of Preference and Belief Formation* （Ann
　　Arbor: University of Michigan Press, 2001）.

Conell, Stephon & Douglas Hartmann, *Ethnicity and Race: Making Identities in a Changing World*
　　（Thousand Oaks, CA: Pine Forge Press, 1998）.

Geertz, Clifford, "The Integrative Revolution: Primordial Sentiments and Civil Politics in the New
　　States," in Clifford Geertz ed., *Old Societies and New States: the Quest for Modernity in Asia
　　and Africa* （New York: Free Press, 1963）, pp. 255-310.

Gellner, Ernest, *Nations and Nationalism* （Ithaca, NY: Cornell University Press, 1983）.

Gupta, Akhil & James Ferguson eds., *Culture, Power, and Place: Explorations in Critical Anthropology*
　　（Durham & London: Duke University Press, 1997）.

Hall, Stuart Hall, "Introduction: Who Needs 'Identity' ," in Stuart Hall & Paul du Gay eds.

Questions of Cultural Identity（London & Newbury Park: Sage, 1996）.

Jackson, John Archer, *Migration*（New York: Longman, 1986）.

Smith, Anthony D., "The Nation: Invented, Imagined, Reconstructed?" In Marjorie Ringrose and Adam J. Lerner, eds., *Reimagining the Nation*（Bristol, PA: Open University Press, 1993）, pp.9-28.

Smith, Anthony D., *National Identity*（Reno NV: University of Nevada Press, 1991）, pp.20-21

Taylor, Charles, *Sources of the Self: The Making of the Modern Identity*（Cambridge & New York: Cambridge University Press, 1989）.

五、英文期刊

Akerlof, George A. & Rachel E. Kranton, "Economics and Identity," *The Quarterly Journal of Economics*, vol.115, no.3（2000）, pp. 715-753.

Cerulo, Karen A., "Identity Construction: New Issues, New Directions," *Annual Review of Sociology*, no. 23（1997）, pp.385-409.

Clifford, James, "Diasporas," *Cultural Anthropology*, vol.9, no.3（1994 Aug.）, pp. 302-338.

Jubulis, Mark A., "Identities in Flux," *The Review of Politics*, vol. 62, no.3（2000）, pp. 596-600.

Kearney, Michael, "The Local and the Global: The Anthropology of Globalization and Trans-nationalism," *Annual Review of Anthropology*, no.24（1994）, pp.547-565.

大陸與台灣日資企業中層幹部對日商的評價
（1992-2007）

園田茂人

（日本早稻田大學亞太研究院教授）

摘要

　　日本企業自六〇年代開始走向國際化，並致力適應亞洲各地的環境。然而，這些努力卻沒有得到當地員工的高度認同。為了得知中國大陸、台灣、泰國、馬來西亞及印尼等國家，受雇於日本企業的當地員工對該企業的評價，吾人早在1992年即進行問卷調查。幸運的是，這項研究成果足以讓我們在十五年後的今天，在這些國家繼續採用。本文以中國大陸與台灣為研究案例，試圖闡釋以下概念：依循時間改變，在日商公司服務之當地中層管理人員對日商公司的看法，尤其著重日式管理、工作條件滿意度、工作條件比較性評價，以及對日商公司的偏好。經由比較分析顯示，即便台灣中層管理人對日系管理方式、工作條件評價不高，但相較於歐美公司而言，對日本式的工作條件相對滿意；但另一方面，大陸中層管理人對日本企業的評價，在許多方面均較十五年前嚴苛。

關鍵詞：　日本企業、當地觀感、時序更迭、中國大陸、台灣

Local Middle Managers' Evaluation of Japanese Companies in China and Taiwan, 1992-2007[1]

Shigeto Sonoda

（Professor of Sociology, Graduate School of Asia-Pacific Studies, Waseda University）

Abstract

Japanese companies have started their "internationalization" since the 1960's, and much effort has been made to adapt themselves to the local conditions in Asia. Due to several reasons, however, their efforts have not been highly appreciated by local employees.

We conducted questionnaire survey of local employees working for Japanese companies in 1992 in order to grasp local views on the Japanese companies in China, Taiwan, Thailand, Malaysia, and Indonesia. Luckily enough, a research grant enabled us to conduct the same type of research after a fifteen years' interval in these countries.his paper will pick up Chinese and Taiwanese cases, and try to illustrate and explain chronological change of their local middle managers' views on Japanese companies by focusing on their evaluations of Japanese ways of management, satisfaction with working

---

[1] 本文為初稿，未經作者同意請勿引述。此外，特別致謝岸保行先生不吝提供2007年數據資料。

conditions, comparative evaluation of working conditions, and preference for Japanese companies.

Our comparative analysis revealed the fact that Taiwanese middle managers have come to be satisfied with their working conditions in spite of their more negative evaluations of Japanese ways of management and working conditions in comparison with Euro-American companies, while Chinese middle managers' views on Japanese companies have become more severe in many respects than fifteen years ago. Socio-economic background of these facts will be explored.

Keywords: Japanese company, local views, chronological change, China, Taiwan

壹、前言

有關「本地化企業管理」議題，已持續被探討數十年。隨著國際化腳步，日本企業，尤其是跨國企業，早在六〇年代就將企業本地化當作提升子公司營運效率之第一選項。因此，從八〇年代開始即出現許多相關實證研究，以利瞭解本地化是否在亞洲國家運行順利 （市村, 1988; Yamashita, 1991）。然而，觀諸許多相關研究中，少有關注當地受雇者觀點，其原因包括：

首先，研究者以其「便利管道」自日本跨國企業獲得必要資訊。探知管理議題的難度高，有時連當地員工都難以評估企業在地化的程度。研究者只能以觀察獲得的資訊、數據去衡量。（板垣, 1997; 郝燕書, 1999）

其次，語言溝通的障礙。多數案例中，研究者必須使用當地語言。然而，對於探討企業管理的學者而言，除非是母語，否則在沒有受過特定語言訓練的情況下，是很難與當地受雇者溝通。[2]

第三，由於子公司生產的產品多出口美國或回銷日本，所以對當地人力資源的急切性不是太高。也就是說，多數日本企業在亞洲的子公司其實是「生產基地」，所以只要產品在國外市場銷售良好，生產地員工對企業的評價就不是那麼重要。[3]

在此情況下，當亞洲國內市場，尤其是中國大陸因1992年鄧小平「南巡講話」後快速發展，我們這項針對在大陸、台灣、泰國、馬來西亞、印

---

[2] 部分人類學研究觸及管理本地化的議題（Wong, 1999, Sakai, 2000），但這些研究多是在某一個國家中的個案分析，缺乏可與其他國家比較的立論。為了彌補這項不足，對當地員工進行問卷是必須的，這也就是我們在這計畫中採用問卷調查的主要原因。

[3] 日本企業致力適應亞洲各個地方的環境與情況，但由於企業「出口導向」政策，這些努力並沒有獲得當地經理人的高度認同。關於當地白領階層的主張，請參閱石田（1999）。

度等地日商公司工作當地員工所做的大型研究，在當時便成為當時研究此領域的先驅（園田, 1995, 今田・園田, 1995）。計畫中，我們收集當地員工對日系企業的管理模式、工作條件滿意度、工作條件比較性評價，以及對公司的偏好等資訊。

在闡釋研究成果過程中，我們面臨應該採用「制度途徑」或「文化途徑」的難題（園田, 2001）。例如，當我們比較在大陸與台灣（中層管理人）對日本企業的偏好時，我們用「歷史因素」來解釋台灣中層管理人的相對高評價。不過，我們不難想像，中國大陸從八〇年代早期才開始體驗市場經濟，這或許會影響到管理人對日本企業的觀感。而為了對本地化有更深一層的認識，以時間序列回溯歷史的變化是必要的。

此論文針對台灣與中國兩個地區，透過分析1992年至2007年兩地中層管理人時間序列數據，觀察日本企業在這十五年中，出現了何種改變。[4]

貳、方法與數據

1992年的調查是亞洲社會問題研究所調研議題之一。由於該所與部分日本跨國企業往來密切，便於與其在亞洲地區的子公司進行合作。然而在該所所長辭世，以及研究所影響力逐漸式微後，調研案陷於停滯，自此作者開始撰寫研究計畫，轉由私人機構接續是項研究。[5]

2007年的研究依舊包含原有五個國家，分別為中國大陸、台灣、泰

---

[4] 作者以1992年所作的「大陸與台灣當地人對日本企業的觀感」的數據相互比較。當時，作者預測大陸員工會因為資本主義擴散而改變對日本企業的觀感。這項預測是對，也是錯。對的是在某方面大陸員工重視跨國企業人力資源管理的菁英領導層面；錯的是相較於對歐美企業，大陸與台灣對日本企業的偏好之處還是不盡相同的。

[5] 在此特別提出，此項研究案經費由JFE 21世紀財團，村田學術振興財團，以及 Casio 科學振興財團贊助，若沒有他們的鼎助，我們是不可能從那麼多國家獲得如此大量的數據資料。

國、馬來西亞與印尼，其中我們特別聚焦中國與台灣。

我們的理想是訪問相同企業，觀察其變化，但是由於92年研究案部分公司拒絕，僅被允許拜訪台灣的某家企業。[6] 因此由符合下列條件的公司裡，我們獲得所需樣本：

(1) 與之前取樣公司一樣，屬同一家企業。

(2) 營運歷史超過十五年。

(3) 公司員工數量與之前樣本公司類似。

經過數月與日本子公司的協調，在大陸取得四家公司530個在地員工的樣本（其中有274個是中層經理）；在台灣取得四家公司595個在地員工的樣本（其中有165個是中層經理）（參見表一）。[7]

為確保可比較性，我們的問題許多都相同；而為了便於與2005年印度的研究案做比較，我們額外加了一些題目（園田，2006a）。在1992年的調查中，為免一般員工無法了解題目的意義，諸如「對日式管理的評價」這類的問題，就僅限於中層管理人回答。[8] 因此我們只採用中層經理人的數據，這樣比較1992年和2007年的數據才會有意義。[9]

---

[6] 許多日本跨國企業因為地區總部採取嚴管措施，所以對我們的訪調計畫抱持遲疑的態度。1992年在大陸的研究，我們的夥伴（包括中國科學院、中國社會科學院，以及北京社會科學院）並沒有公佈樣本企業的名字，所有的數據資料都保留。我們無從得知是否從同一個企業獲得資訊。因此為了排除地區偏見，我們2007年的研究，從北京選兩家公司，江蘇省一家，廣東省一家當作取樣企業。

[7] 2007年的調研從一月進行到六月。我們實地訪問一家台灣企業，其餘大陸、台灣的公司透過電子郵件回傳我們之前發出的網路問卷。因此我們需要多些時間處理當地管理人的訪談事宜，以便真正瞭解企業現況。

[8] 本文的中層管理人包括(1)管理人、領班、組長；(2)主任或經理，以及(3)區域經理。

[9] 我們擔心部分東南亞的當地員工會因為教育程度不高而看不懂問卷題目，而事實上情況完全相反。這就是一個典型的研究人員先入為主的案例。

表一：樣本數

公司數	中國大陸	臺灣
1992	37	4
2007	4	4
員工數	中國大陸	臺灣
1992	6,478（1,034）	1,208（174）
2007	530（274）	595（165）

說明：括弧內為中層經理人的數量

　　在概述研究發現以前，我們先看一些受訪者特徵，這樣才能了解當地員工在不同時期，對日本公司評價的變化。

　　首先，必須指出，在這十五年間，台灣中層管理人有年長化趨勢，但在大陸卻呈現年輕化。具體的說，1992年，年紀介於21歲到30歲的大陸中層管理人，比例約佔總數的55%，但2007年卻上升至73.2%；在台灣卻從1992年的17.9%，下降到2007年的2.5%（參見圖一）。[10]

圖一：受訪者年齡示意圖

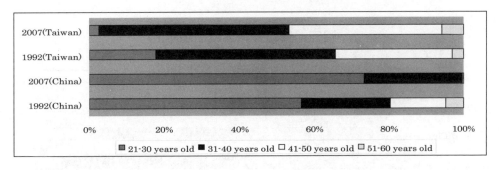

---

[10] 2007年的調研我們詢問受訪者的實際年齡，但在1992年的調研，為便於受訪者回答，我們要求他們選取世代，因此無法得知平均年齡。

　　1992年的調查，大陸受訪的37家企業中有36家屬於合資企業，許多日
商公司中層管理人是由中方母公司指派，以致於年紀稍長。但2007年的樣
本公司全都屬獨資企業，喜歡從甫畢業的大學生中招聘具潛力的人才，培
養成為未來的高階幹部。反觀台灣，所有的樣本公司都是日本獨資企業，
越來越多中層管理人選擇長期服務（參見圖二），如此就算平均人員流動
率變動不大（參見圖三），他們的平均年齡還是較十五年前的數據來得
高。[11]

圖二：受訪者服務時間

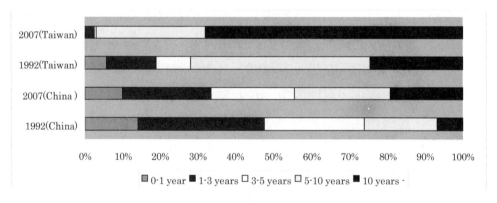

圖三：受訪者職業流動頻率

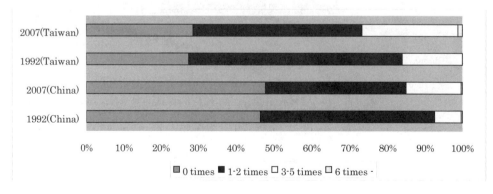

參、研究成果

在這十五年期間，大陸與台灣的子公司發生哪些變化？當地中層管理人的評價如何改變或不變？在分析對日式管理的評價、工作條件滿意度、工作條件比較性評價（相較於歐美公司），以及對日商公司的偏好後，可歸納出以下四點發現：

一、對資深制的評價差

在2007年的問卷中，提出十一個具有可比較性、帶有日式特色的管理項目，詢問受訪的中層管理人，這些項目在他們國家是否有用。這十一個項目分別是：(1)職業訓練；(2)和諧的員工與幹部關係；(3)品管小組活動；(4)公司休閒活動；(5)員工福利；(6)職務輪調；(7)晨會；(8)退休津貼體系；(9)終生職；(10)資深制，以及(11)內部公會。[12]

至於評價的變化，歸類出以下三種形式（參見圖四及圖五）

---

[11] 很有趣的是，在台灣的受訪者中，一直在該日商公司服務而沒有換工作的人的百分比，十五年來也都沒有改變（1992年為 27％，2007年是28.6％），而在中國大陸情況也一樣（1992年為46.6 ％，2007為47.9％）。有人認為大陸勞工市場，尤其對年輕有潛力的管理人員而言是流通的，但事實上有45％的受訪者待在同一家公司。台灣中層管理人換工作的頻率較大陸人高，這種差異無獨有偶的對應出一個事實，就是台灣中層管理人會將升遷機會當作選擇工作時的重要指標。

[12] 2007年的問卷多了兩個選項，分別是(12)穿著公司制服與(13)吟唱企業歌曲，但由於修改題目的關係，無法與1992年的問卷相互對照。

圖四：對日式管理的評價（中國大陸）

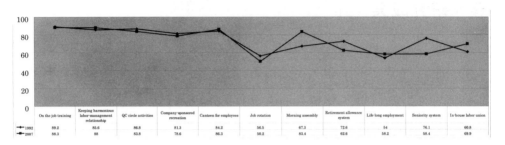

	On the job training	Keeping harmonious labor-management relationship	QC circle activities	Company-sponsored recreation	Canteen for employees	Job rotation	Morning assembly	Retirement allowance system	Life-long employment	Seniority system	In-house labor union
1992	89.2	85.6	86.8	81.3	84.2	56.5	67.3	72.6	54	76.1	60.8
2007	88.3	88	83.8	78.6	86.3	50.2	83.4	62.6	58.2	58.4	69.9

說明：每個數字表示受訪者中認為該項目對他們國家有益的百分比。回答「很難說」者則不在其列。

圖五：對日式管理的評價（台灣）

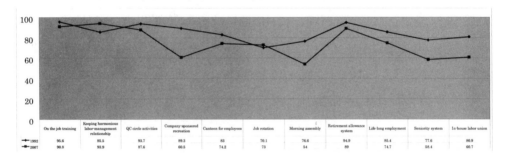

	On the job training	Keeping harmonious labor-management relationship	QC circle activities	Company-sponsored recreation	Canteen for employees	Job rotation	Morning assembly	Retirement allowance system	Life-long employment	Seniority system	In-house labor union
1992	96.6	85.5	93.7	89.3	83	70.1	76.6	94.9	85.4	77.6	80.9
2007	90.8	93.9	87.6	60.5	74.2	73	54	89	74.7	58.4	60.7

說明：每個數字表示受訪者中認為該項目對他們國家有益的百分比。回答「很難說」者則不在其列。

第一類屬於兩個國家的受訪者評價變化都不大的項目。例如職業訓練、和諧的員工與幹部關係、品管小組活動、員工福利等，因為這些對員工都是有利的機制。職務輪調這一項也是呈現穩定，但項目本身的評價數值並不是太高。[13]

---

[13] 1992年的研究中，我們以「關係」的概念去解釋在中國大陸職務更換會被列為低評價，那是因為很多人不想讓人知道他們（靠關係）調換到另一個不甚熟悉的部門。雖然我們不知道以此觀點解釋是否可信，但至少確信的是，他們（受訪者）對此始終是保持低評價的。

　　第二類屬於評價下降的項目群。例如兩個國家受訪者對資深制度的觀感都下降，而台灣對內部公會、公司休閒活動等的評價也不是太好。這似乎說明了當社會環境達到富裕境界時，員工便會出現「個性化」的現象，至少在台灣是如此的。（園田, 2006b）

　　第三類是屬於評價上升的項目，但只有在大陸對晨會這一項抱持正面觀感。原因是在九〇年代初期，許多日系公司不會告訴員工溝通的重要性，它可以減少麻煩錯誤、增加產能和分享資訊。2007年的結果顯示，大陸在經過十五年市場經濟經驗後，已經體認到晨會的重要性。[14]

　　總之，兩地經理人仍對日式教育員工的方式抱持高度評價，但或許是因為台灣、大陸企業菁英領導制度的興盛，對具有潛力、表現好的員工不太重視，這點就降低他們對企業的觀感。

二、高度滿意工作穩定，但不滿意薪資

　　對工作條件的滿意程度，問卷提出六個題目，以便從多元角度瞭解在地員工的想法，這六個題目分別是(1)年資；(2)有薪假期；(3)附加利益；(4) 升遷機會；(5)工作穩定度，以及(6)要求加薪的方法。[15]

　　在中國，基本格局顯示，儘管有比較多的管理人對「有薪假期」感到滿意，對「升遷機會」這一項不甚滿意，但「工作穩定」這一項還是唯一讓受訪者感到高滿意度的項目，雖然它在兩次調研的變動程度不是太大（參見圖六）。

---

[14] 另一方面，台灣對於晨會的評價是降低的。目前作者尚未獲得充足的資料去解釋在大陸與台灣，對此評價的不同變化。

[15] 1992年的研究中，我們問受訪者是否「滿意」、「不滿意」或「很難說」；但在2007年的調查中，我們問受訪者是否「非常滿意」、「還算滿意」、「不太滿意」與「非常不滿意」，以此與2005年在印度的調研相互對比。因此當我們比較其結果時，我們僅公佈「滿意」的百分比。

圖六：工作條件滿意度（中國大陸）

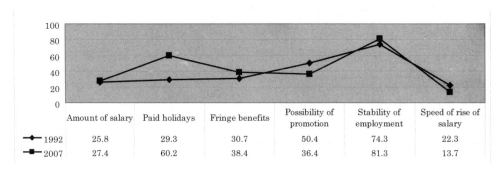

	Amount of salary	Paid holidays	Fringe benefits	Possibility of promotion	Stability of employment	Speed of rise of salary
1992	25.8	29.3	30.7	50.4	74.3	22.3
2007	27.4	60.2	38.4	36.4	81.3	13.7

說明：此圖係指回答「非常滿意」及「滿意」選項的百分比。

在大陸，或許是近年工作場域的因素，越來越多員工無法正常休假，所以受訪者對有薪假期的滿意度增高；[16] 另外，也許是因為當前中國大陸工作競爭激烈，所以導致員工對「升遷機會」滿意程度降低。

圖七：工作條件滿意度（台灣）

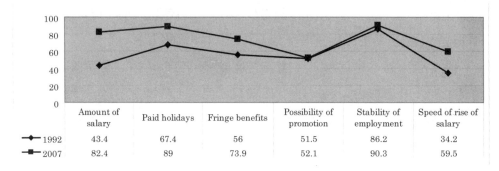

	Amount of salary	Paid holidays	Fringe benefits	Possibility of promotion	Stability of employment	Speed of rise of salary
1992	43.4	67.4	56	51.5	86.2	34.2
2007	82.4	89	73.9	52.1	90.3	59.5

說明：此圖係指回答「非常滿意」及「滿意」選項的百分比。

---

[16] 根據零點調查公司於2007年最新公布的資料顯示，約有30％的受訪者回答無法休完所有的有薪假日。據零點調查公司的解釋，基於企業及員工本身的生存，現今延長工時所帶來的壓力已成為事實。這份研究並沒有透露日本企業與當地企業的差異，但可以想像的是，就是因為本地中層管理人對有薪假日的期待不高，所以使得他們對有薪假日的滿意程度較過去為高。參見http://finance.qq.com/a/20070731/000166.htm。

　　但另一方面，在台灣的日本公司中層管理人除了「升遷機會」與「工作穩定」兩項外，對其他項目都呈現較高的滿意度（參見圖七）。這顯示台灣與大陸中層管理人在「工作條件」的滿意度上是截然不同的。

三、對工作穩定具有高度評價

　　那麼，對這些中層管理人而言，哪些方面是日本企業優於歐美企業的呢？為了解開這謎，問卷提供六個工作條件，藉由受訪者的答案去分析哪一方是比較好的公司。這六種工作條件分別為：(1)年薪；(2) 有薪假期；(3)附加利益；(4)升遷機會；(5)工作穩定度，以及(6)平和的員工關係。

　　答案很簡單，就是工作穩定度。也就是說，不論在台灣或大陸，這是中層管理人認為日本企業強過歐美企業的項目。

　　圖八是大陸受訪者對日系與歐美系企業在「工作條件」方面的評價變化。圖中顯示回答日本公司與歐美公司的比例差距，負分表示對日本公司的評價較歐美系公司差。明顯的，除「工作穩定度」這一項以外，其它都呈現大幅度下降。

圖八：日系與歐美系公司在工作條件比較圖（中國大陸）

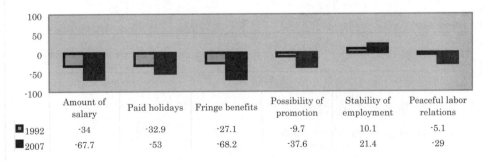

	Amount of salary	Paid holidays	Fringe benefits	Possibility of promotion	Stability of employment	Peaceful labor relations
1992	-34	-32.9	-27.1	-9.7	10.1	-5.1
2007	-67.7	-53	-68.2	-37.6	21.4	-29

說明：圖中顯示回答日本公司與歐美公司的比例差距，負分則表示對日本公司的評價較歐美系公司差。

圖九：日系與歐美系公司工作條件比較圖（台灣）

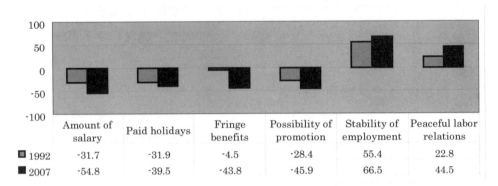

	Amount of salary	Paid holidays	Fringe benefits	Possibility of promotion	Stability of employment	Peaceful labor relations
■ 1992	-31.7	-31.9	-4.5	-28.4	55.4	22.8
■ 2007	-54.8	-39.5	-43.8	-45.9	66.5	44.5

註：圖中顯示回答日本公司與歐美公司的比例差距，負分則表示對日本公司的評價較歐美系
　　公司差。

在台灣，結果幾近相同（參見圖九）。但其中唯一不同的是，台灣中
層管理人對日本公司「平和的員工關係」評價較十五年前來得高，這點就
造成台灣與大陸對日系企業不同的偏好。

四、大陸與台灣對日系公司截然不同的觀感

最後，問卷詢問大陸和台灣的受訪者對日本企業的偏好。其結果如圖
十與圖十一所示。

觀察發現，相較於對當地企業，大陸與台灣對日系企業的喜愛，在這
十五年期間都相對增加。但另一方面，相較歐美企業，情況卻大不相同。
而我們不難發現，受訪者針對「工作條件」項目，台灣人顯然比較喜歡日
本企業，而大陸人則偏好歐美企業。

是什麼原因造成這樣的差異？為了明確其中的變因，我們進行了迴歸
分析，1992年與2007年的調查結果分別如下表二與表三。[17]

---

[17] 有趣的是，不管是1992年或是2007年，中層管理人的個人特質，例如團隊或服務時間、對
　　日式管理的評價，以及個人對工作條件的滿意度，都與偏好日本企業的程度無關。

圖十：比較對日系企業與當地企業的喜好

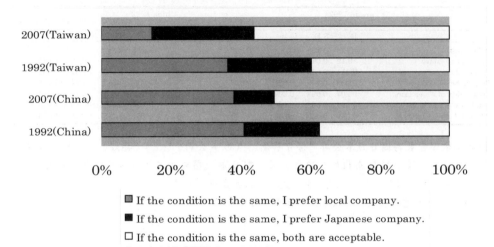

If the condition is the same, I prefer local company.

If the condition is the same, I prefer Japanese company.

If the condition is the same, both are acceptable.

圖十一：比較對日系企業與歐美企業的喜好

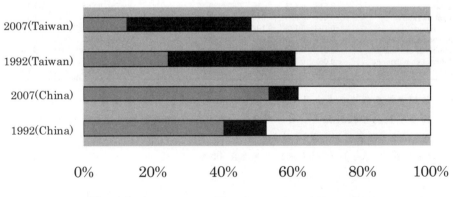

If the condition is the same, I prefer Euro-American company.

If the condition is the same, I prefer Japanese company.

If the condition is the same, both are acceptable.

表二：偏好日本企業的決定因素：迴歸分析（1992年）

	Taiwan 1992			R^2=.210; F=12.621**		China 1992				$R2$=.075; F=1.168
	B	S.D.	Beta	t	Sig.	B	S.D.	Beta	t	Sig.
(Constant)	3.14	0.185		16.938	**	2.985	0.388		7.703	**
Amount of salary	-0.19	0.077	-0.179	-2.471	*	-0.209	0.185	-0.186	-1.129	
Paid holidays	-0.211	0.075	-0.193	-2.817	**	-0.094	0.176	-0.084	-0.532	
Fringe benefits	0.039	0.073	0.038	0.526		-0.028	0.157	-0.024	-0.176	
Possibility of promotion	-0.207	0.064	-0.204	-3.216	**	-0.047	0.15	-0.039	-0.314	
Stability of employment	-0.034	0.063	-0.036	-0.544		-0.184	0.178	-0.119	-1.029	
Peaceful labour relations	-0.049	0.069	-0.05	-0.719		0.165	0.153	0.141	1.074	

說明：依賴變數為偏好日本公司，得分不是1　（歐美公司），2　（都好），或3　（日本公司）。獨立變數為相較於歐美公司，對日本公司六項工作條件的評價，得分不是1（日本公司），2　（沒差別），或3　（歐美公司）。

** 表示統計有意性在.01，*代表統計有意性在.05。

表三：偏好日本企業的決定因素：迴歸分析（2007年）

	Taiwan 2007			$R2$=.151; F=2.193*		China 2007				$R2$=.060; F=.557
	B	S.D.	Beta	t	Sig.	B	S.D.	Beta	t	Sig.
(Constant)	3.518	0.462		7.608936	**	0.878	0.788		1.114	
Amount od salary	-0.024	0.056	-0.046	-0.42404		0.104	0.083	0.176	1.254	
Paid holidays	-0.103	0.125	-0.102	-0.821185		0.093	0.239	0.057	0.391	
Fringe benefits	0.058	0.119	0.061	0.489861		0.043	0.214	0.029	0.199	
Possibility of promotion	-0.273	0.132	-0.253	-2.073636	*	0.027	0.146	0.027	0.187	
Stability of employment	0.062	0.177	0.045	0.349913		0.018	0.119	0.024	0.152	
Peaceful labor relations	-0.302	0.135	-0.288	-2.242833	*	-0.152	0.159	-0.152	-0.96	

說明：依賴變數為偏好日本公司，得分不是1（歐美公司），2（都好），或3（日本公司）。獨立變數為相較於歐美公司，對日本公司六項工作條件的評價，得分不是1（日本公司），2（沒差別），或3（歐美公司）。

** 表示統計有意性在.01，*代表統計有意性在.05。

　　大陸的案例中，日系公司中層管理人，在工作條件的比較評價，與他們對日本公司的偏好並沒有太大的關聯，但是在台灣，1992年與2007年對公司偏好的標準卻改變了。雖然「升遷機會」是個重要的指標，但他們重視平和的員工關係，這點對他們偏好日系公司具有正面影響力。

肆、總結與討論

　　雖然在大陸與台灣，日系公司的中層管理人對於企業的教育功能，例如在職訓練、品管小組活動等，持續抱持高度評價，但在台灣，無可諱言的，許多日式管理方式卻遭遇到日益嚴重的考驗。同時，兩地的企業中層管理人對於工作條件的比較性評價，除了「工作穩定」一項外，其餘均呈現下降趨勢。儘管如此，台灣的中層管理人還是比較偏好日本企業；但相對於台灣，大陸中層管理人對歐美企業工作條件的評價反而較高，與其相比，對日本企業喜愛程度較十五年前下降許多。造成這些差異的其中一個原因，在於台灣的中層管理人改變了工作喜好的標準，更明白的說，他們重視的是平和的員工關係。

　　在這十五年間，亞洲盛行菁英領導制度，這使得在日商公司服務的中層管理人認為資深制在他們的國家並不實用，雖然他們大多數人還是認定這制度對國家會是有幫助的。所以接受調研的五個國家對日本公司工作條件的比較評價也不高。但對於歷經1997年經濟危機與2000年經濟不景氣的泰國、印尼、台灣等國家而言，受訪者即使對日本公司工作條件觀感不佳，但仍對其情有獨鍾。[18]針對上述三個國家，我們發現有兩個共通點，那就是(1)中層管理人服務年資較久，年紀較長；(2)重視工作穩定與員工管理關係。另一方面，反觀馬來西亞與大陸，中層管理人比較年輕，也比較重視菁英領導制度。今天倘若大陸經濟遭逢打擊，「穩定員工管理關係」將是最需要考量的項目，在大陸的日商中層管理人或許就會喜歡在日本公司工作。當然，沒有人能預測這種事會不會或何時會發生。

---

[18] 在所有國家裡，相較於當地企業，中層管理人皆偏愛在日本企業工作。

　　無論如何，針對這個議題，我們尚處於初步的數據分析階段，許多資料還需要解釋。而針對那些對國際管理學有興趣的日本學者而言，當地員工對日資企業評價的比較性分析研究將會是個極大的挑戰。

參考書目

一、英文專書

Sakai, J, *The Clash of Economic Cultures: Japanese Bankers in the City of London*, (London: Transaction Publishers, 2000).

Sonoda, S., "Japanese Management in the Asian Context: Middle Managers' Evaluations of Japanese-affiliated Companies in Indonesia, Malaysia, Taiwan, and Thailand", Hwang K-K. ed., *Easternization: Socio-cultural Impact on Productivity*, (Tokyo: Asian Productivity Organization, 1995).

Sonoda, S., "The Attainment of *Nengli-zhuyi* （Meritocracy）: Changing Value System and Political-Economic Transformation in China" in Nakagane, K. and T. Kojima eds., *Restructuring China*, (Tokyo: Toyo Bunko, 2006c).

Wong, D.H.W., *Japanese Bosses, Chinese Workers: Power and Control in a Hong Kong Megastore*, (London: Curzon Press & Hawaii: The University of Hawaii Press, 1999).

Yamashita, S., ed., *Transfer of Japanese Technology and Management to the ASEAN Countries*, (Tokyo: University of Tokyo Press, 1991).

二、英文期刊

Sonoda, S., "The Taiwanization of China?: The Rise of Joint Ventures and its Impact on 'State Capacity' in Contemporary China," *Journal of the Faculty of Literature, Department of Sociology*, no. 7 (1997), pp.107-130.

Sonoda, S., 2006b, "Changing Taiwanese Business Environment and Japanese Enterprises: A Socio-historical Approach to Taiwan-Japan Relation through the Reanalysis of Survey Data of Local Employees Working for Japanese Companies in Taiwan" paper presented for workshop of International Joint Research Project: "Japan-Taiwan Relationship: History, Current State and the Future Prospect".

三、日文專書

今田高俊・園田茂人編，**アジアからの視線**（Japan in the Eyes of Asians）（東京：東京大学出版会，1995）。

市村真一編，**アジアにおける日本的経営**（Japanese-style Management in Asia）（東京：東洋経済新報社，1988）。

石田英夫，**国際経営とホワイトカラー**（International Management and White-collar）（東京：中央経済社，1999）。

板垣博編，**日本的経営・生産システムと東アジア**（Japanese Management-Production System and East Asia）（京都：ミネルヴァ書房，1997）。

郝燕書，**中国の経済発展と日本的生産システム**（Economic Development in China and Japanese Production System）（京都：ミネルヴァ書房，1999）。

園田茂人編，**証言・日中合弁**（Testimony to Sino-Japan Joint Ventures）（東京：大修館書店，1998）。

園田茂人，**日本企業アジアへ**（Asiabound Japanese Companies）（東京：有斐閣，2001）。

園田茂人，**現地日系企業における文化摩擦**（Cultural Conflict in Japanese Companies in Asia）青木保他編『**アジアの新世紀**（Asia's New Century）**第5巻　市場**（Market）』（東京：岩波書店，2003）。

四、日文期刊

園田茂人，『**東アジアの越境ビジネスマン**（Cross-border Businessmen in East Asia）』：Report for Grant-in-Aid for Scientific Research, Japan Society for the Promotion of Science（2002）

園田茂人，「**日本企業に好意的なインド人ミドルクラス**（Indian Middle Class Favoring Japanese Companies）」，**エコノミスト**（Economist），10号 4月，(2006a) pp.81-83.

日資企業中國投資：策略調整與趨勢

張紀尋

（日本城西大學教授）

摘要

　　經濟全球化與區域經濟整合是當今世界經濟發展的兩大潮流。通過區域合作，可以實現資源優化配置，優勢互補，從而提高整體競爭力，實現合作共贏。作為亞洲地區最大的兩個經濟體，中日兩國近年來廣泛地開展經貿合作與技術交流，實現共同發展。中國加入WTO以後，日本對中國投資迅速增長，帶動日本產業向中國轉移，推動中日貿易和產業合作。日本對華投資已成為推動中國經濟發展不可缺少的部分。本文通過分析日本企業在中國投資戰略，經營戰略的特點，以及存在的問題，探討日本企業在中國投資的新動向。

關鍵詞：日本企業、中國投資戰略、中國市場戰略、投資項目系統化、
　　　　　總體經濟

The Adjustment of Japanese Enterprises' Investment Strategies to China and its New Trends

Zhang Jixun

(Professor, Josai University)

Abstract

Globalization and regional economic integration are two significant trends in today's world economy. Through regional economic cooperation, optimization of resource allocation and complementary advantage can be achieved, thereby enhancing overall competitiveness and leading to win-win development. Japan and China are two of the largest economies in northeast Asia. Their economic relationships are of immense importance to the region and to the world. As the largest economic entities in northeast Asia, China and Japan have exemplified these mutual economic developments in recent years by conducting extensive economic and trade cooperation and technological exchanges. After joining WTO, the direct investment from Japan to China have increased quickly, pushing industry transfer from Japan to China and also promoting mutual trade development and industrial cooperation. Foreign investment from Japan to China has become an indispensable part for China's economic development. In this paper, I will first analyze the characteristics and problems through looking at investment strategies and business maneuverings of Japanese enterprises, and in conclusion discuss the trends of Japanese enterprises' investment to China.

Keywords: Japanese enterprises, investment strategy to China, marketing Strategy to China, the systematization of investment , projects, headquarter-controlled economy

壹、問題的提出

本文的目的是為了研究中國加入世界貿易組織（以下簡稱「WTO」）後，日本企業在中國投資的新動向。其中包括分析日本企業在中國的投資戰略、經營戰略、佈局的變化、特點以及存在的問題。選擇這一主題的原因主要有以下三點：

第一，二次大戰後日本經濟雖然出現過若干次不景氣，但都沒有泡沫經濟崩潰後蕭條持續的時間長，慢性蕭條從1992年至2002年，長達十年之久。[1] 難怪人們都說，二十世紀九〇年代是日本「失去的十年」。雖然日本經濟不景氣，但日本企業在這十年當中，通過國內的企業改革增強企業的競爭力；另一方面，通過直接投資把大量生產資源轉移到海外使其實力大增。直接投資所帶動的出口外需已成為支撐日本經濟復甦、發展的主要原因。1980－2003年，日本已經超過美國成為在亞洲投資最多的投資大國，在中國吸引外資中，日資佔有著舉足輕重的地位。因此準確把握日本對華投資動向，無疑會對保持和提高中國吸引日資有所裨益。

第二，和「失去十年」的日本相反，1992年後的十年是中國經濟「高度成長的十年」。在1992年以後，中國確立「社會主義市場經濟」。市場經濟推動中國的改革、開放，使中國在1992年開始進入了高度發展時期。中國經濟發展，對日本經濟發展起了很大的推動作用。[2] 中國已成為日本

---

1 張季鳳，掙脫蕭條：1990-2006年的日本經濟（北京：社會科學文獻出版社，2006年），頁 14-15。

2 根據「中國統計年鑑」「中國海關總署」「日本貿易振興機構」統計資料顯示，中國對日本貿易依存度（中日貿易額／中國對外貿易總額）從1980年的22.41％降低到2004年的15.01％。反之、日本對中國貿易依存度（日中貿易額／日本對外貿易總額）從1980年的3.36％增加到2004年的15.64％。韓國、台灣對中國的貿易依存度更高。根據「韓國銀行」統計顯示、韓國對中國出口、進口貿易依存度分別由1991年的1.4％、4.2％增加到06年的

最大的貿易對象，和日本在亞洲最大的投資對象國。2002年以後，日本經濟在由「長期經濟蕭條」轉入「長期經濟復甦」的過程中，日本經濟對中國經濟的依存程度會越來越大。

第三，2002年以後，日本由經濟蕭條轉向經濟復甦的時間正好與中國加入WTO的時間相重疊。2001年12月11日，中國加入WTO後，為適應WTO的要求全面修訂有關外商投資法律，使包括法律、政策和行政環境在內的投資軟環境得到進一步改善。另一方面，1992年後連續十年的高速發展大幅地改善中國投資的硬環境，進一步促進日本在華投資事業的發展。中國加入WTO以後，投資環境的改善對吸引包括日資在內的外資發揮何種作用，也值得我們重新思考和研究。

總之，中國加入WTO以後，日本企業和世界各國企業一樣，開始重新考慮中國在其公司全球戰略中的定位，調整在中國的企業經營戰略。企業經營一般可分為原料採購、生產製造、銷售、研究開發、管理運營等不同的環節。隨著中國消費能力、生活水準的提高，和包括金融、批發零售等服務業的對外開放，中國也正成為一些日本企業的物流、研究開發中心和管理運營中心。

本文重點研究中國加入WTO以後，日本對華投資的新趨勢。由於統計資料的侷限性，2001年前的資料也作為參考資料使用。

21.3％、15.7％、2007年估計中國將超過日本成為韓國最大的進口對象國。現在日本對中國貿易依存度和台灣90年代後期對中國貿易依存度相似。詳細請看張紀潯「從經濟依存度看日中經濟關係的變化」日本領導者協會編，勞政月刊，2006年7月25日，2006年8月，頁18-27。

貳、日本對華投資戰略的轉移

一、日本在亞洲的投資地位

在研究日本對華投資戰略前，我們有必要瞭解日本在亞洲的投資地位和對亞洲投資戰略的變化情況。

如上所述，儘管日本經濟從1992年起進入長期蕭條期，但作為僅次於美國的第二大經濟國，日本在亞洲投資中一直處於領先地位。

表一：主要發達國家對亞洲投資的變化（1980-2003年）

（單位：百萬美元）

	1980年-2003年	1980年-1989年	1990年-1999年	2000年-2003年	2003年
1	日本 103,658	日本 19,684	日本 65,426	美國 35,368	美國 7,432
2	美國 85,444	美國 4,821	美國 45,255	日本 18,248	日本 5,351
3	英國 23,288	英國 3,055	英國 14,133	比利時 8,112	比利時 5,049
4	德國 15,234	德國 684	瑞士 10,643	德國 6,722	英國 2,280
5	法國 12,083	法國 561	德國 7,950	英國 6,100	韓國 1,684

說明：1. 亞洲是中國、印度尼西亞、馬來西亞、菲律賓、新加坡、泰國及印度的總和。

2. 2000-03年比利時對亞洲投資中包括盧森堡。

3. 由於統計方式變更，表中2002-03年比利時投資額是指2000-01年兩年的投資累積金額。

資料來源：日本經濟研究中心，「檢證：日本對東亞的經濟貢獻」（2005年）製作。

從上表可以看出，1980-2003年中，日本對亞洲投資金額累積為1,036億美元，遠遠超過佔第二位的美國（854億美元），是第三位英國（233億美元）的4.4倍。按投資時間區分，1990-1999年是日本對亞洲投資的高峰期，投資金額累積高達654億美元，佔1980-2003年主要發達國家對亞洲投資總額的63.3%。1990-1999年也正好是日本「泡沫經濟」破滅，開始進入經濟蕭條的時期。1990年以前，日本企業投資的重點是歐美等發達工業

國家。為緩和日美貿易摩擦，1980年以後，加速對美國汽車產業投資，至1990年，日本企業在美國開設了一千多家工廠，日本在美國設廠生產的汽車佔美國全國汽車產量的21％。同時1985年以後，日本開始對美國的商業、金融、保險等服務領域進行投資，有人甚至提出要「購買美國」。[3]為什麼九〇年以後，日本企業會將海外投資重點從歐美轉向亞洲？其原因可分為國內、國外兩方面。就日本外部因素而言，八〇年代末九〇年代初，東歐和蘇聯政局巨變，世界政治、經濟格局的變化是造成日本投資重點轉移的主要原因。冷戰過後，各國以經濟實力為基礎的綜合國力的競爭加劇。經濟全球化和區域經濟整合也不斷加強，東亞地區整合異軍突起。包括東盟、四小龍（亞洲NIEs，以下簡稱「四小龍」）在內的整個東亞地區連年高速增長，成為「世界經濟的增長中心」。東亞經濟的發展以及東亞地區在世界GDP比重的增多，也同樣是造成日本投資重點轉移的重要原因。

　　按世界銀行等國際機構的預測，中國GDP在世界GDP的比重將由2005年的6.3％上升到2015年的8.5％，「四小龍」和東盟分別由4.0％、1.9％上升到4.8％、2.2％，整個東亞地區的GDP在2015年將達到29.4％，成為僅次於美國、EU的第三大經濟體。由於東亞地區的高速增長，北美和西歐發達國家紛紛加強與東亞地區的經濟合作。作為亞洲唯一的發達國家，日本面對北美、西歐經濟合作重點向東亞轉移的新趨勢，必然要調整自己的發展戰略。

---

[3] 在夏威夷80％的酒店和70％的高爾夫球場歸日本人所有。資料來源同註1，頁11-13。

二、日本對外直接投資地區分佈的變化

表二：日本對外直接投資地區分佈的變化

（單位：億美元）

年度 數額	1989		2001		2005		2006	
	數額	%	數額	%	數額	%	數額	%
中　　國	4.38	0.6	26.22	6.8	65.75	14.5	61.64	12.3
四 小 龍	49.00	7.3	30.01	7.7	38.93	8.5	-6.86	-1.3
東　　盟	27.82	4.1	21.66	5.6	60.38	13.3	16.84	3.3
美　　國	325.40	48.2	74.41	19.3	121.26	26.6	92.8	18.5
歐　　洲	148.08	21.9	182.80	47.5	82.30	18.1	183.96	36.6
其他地區	120.72	17.9	49.85	13.1	85.99	19.0	154.53	30.6
合　　計	672.40	100.0	384.95	100.0	454.61	100.0	502.91	100.0

說明：1.東盟從1998年包括老撾、緬甸，1999年包括柬埔寨。

　　　2.歐洲包括西歐和東歐、俄國。

　　　3.2005年和2006年的數據根據日本貿易振興機構最新發表的數據有所調整。

資料來源：根據日本貿易振興機構「貿易、投資、國際收支統計」，2007年2月27日「國際貿易」等資料製作。

　　1990年之前，中國在日本對外投資比重微不足道，1989年只有4.3億美元，還不到日本對外投資總額的百分之一。1989年，日本對外投資總額為675.4億美元，其中70％流向歐美地區，12％流向包括「四小龍」、東盟和中國在內的東亞國家和地區。到了2005年，流向歐美國家的比例降為44.7％，而流向東亞國家的投資比例增加到36.3％，對東亞地區的投資比例僅次於歐美國家。值得注意的是2000年後，中國已成為僅次於美國的投資對象國。1989年日本流向美國的投資比例高達48％，2006年此一比例降為18.5％，而流向中國的投資比例則從1989年的0.6％增加到2006年的

12.3％。2006年日本對華投資金額高達61.64億美元，僅次於美國（92.8億美元），英國（72.38億美元）居第三位。[4]這個趨勢顯示，日本海外投資的重點開始從北美逐漸向東亞，特別是向中國轉移。

三、日本對華投資戰略的調整

我們從日本海外投資重點的轉移，分析日本對亞洲投資佈局的變化。以下我們從1.投資力度強化、2.投資項目系統化、3.投資地點集中化、4.投資方式多樣化和5.投資管理一體化等五個方面來具體分析中國加入WTO後，日本對華投資戰略調整的新動向。

(一)投資力度強化－日本在華新一輪投資熱

日本對華投資的歷史進程分為五個階段。在過去二十多年裡，雖然日本對華投資有起有落，但總體上一直呈現增長趨勢。特別是2001年中國加入WTO以來，日本對華投資出現新一輪投資熱。根據「中國對外經濟貿易年鑑」顯示：截至2005年底，日本在華投資累積設立日資企業35,006家，合同投資總金額787.45億美元，實際投入金額535.31億美元，分別佔全國累積批准設立外商企業數、合同金額和使用金額總量的6.36％、6.12％和8.5％。其中，通過部分自由港（威爾京群島、百慕大群島、薩摩亞）投資設立企業59家，合同金額1.77億美元，實際使用金額0.7億美元。另據商務部「2006年中國外商投資報告」顯示，以實際使用累積金額計算，2005年底日本實際使用金額為534.45美元，位居第4位，僅次於香港（2889.48億美元），台灣（621.19億美元），美國（534.85億美元）。[5] 2006年，日本對華投資設立日資企業2,590家，使用金額45.98億美元，

---

[4] 日本國際貿易促進協會編，國際貿易（日本：日本國際貿易促進協會出版，2007年2月27日）。

分別比2005年減少20.8％，29.6％，位居香港、威爾京群島之後，佔第三位。[6]

表三：日本對華投資的五個階段

階　段	年　　度	件數（件）	與上一年比增長率（%）	合同總額（億美元）	與上年比增長率（%）	使用總額（億美元）	與上年比增長率（%）
第一、二階段	1979-1990	1,404		32.84		29.1	
第三階段	1991	599	75.9	8.1	77.7	5.3	6.0
	1992	1,805	201.3	21.7	167.9	7.1	34.0
	1993	3,488	93.2	29.6	36.4	13.2	85.9
	1994	3,108	-13.5	44.4	50.0	20.8	57.6
	1995	2,946	-2.4	75.9	170.9	31.1	149.5
第四階段	1996	1,742	-40.9	51.31	-32.4	36.79	18.3
	1997	1,402	-19.5	34.0	-33.7	43.3	17.7
	1998	1,198	-14.5	27.5	-19.1	34.0	-20.7
	1999	1,167	-2.6	25.9	-5.8	29.1	-12.6
第五階段	2000	1,614	＋38.3	36.8	＋42.0	29.2	-1.7
	2001	2,019	＋25.1	54.2	＋54.2	43.48	＋49.1
	2002	2,745	＋35.9	52.98	-2.4	41.9	-3.7
	2003	3,254	＋18.5	79.55	＋50.1	50.54	＋20.6
	2004	3,454	＋6.1	91.62	＋15.2	54.51	＋7.8
	2005	3,269	＋5.4	119.19	＋30.1	65.29	＋19.8
合　　計		35,006		781.45		535.31	

資料來源：中國對外貿易經濟年鑑編，中國對外經濟貿易年鑑各年版。

5　中國商務部，2006年中國外商投資報告（北京：中國商務部出版，2007年）。

6　日本國際貿易促進協會編，國際貿易（東京：日本國際貿易促進協會，2007年1月23日）。

　　在中國加入WTO之前，日本企業，特別是日本跨國公司並沒有一個具體的中國市場戰略，而它擁有的是「中國事業戰略」。所謂中國事業戰略是把中國作為生產製造基地，為日本企業的日本市場戰略或美國市場戰略服務的。日本的企業專家也指出，日本跨國公司的「中國事業戰略」的特點，是利用中國廉價的勞動力加工組裝，然後把完成品帶到日本國內市場或中國以外的市場銷售。一部分日本學者及輿論則抱怨說，這種「帶回來」、「從中國進口」的事業戰略，是導致日本國內通貨緊縮的原因之一。[7]由於只有「中國事業戰略」而沒有「中國市場戰略」，日本家電產品在中國市場敗下陣來就不足為奇。中國加入WTO前後，以本田、豐田等日本汽車行業的巨頭為先鋒，索尼、松下等資訊家電企業緊跟其後，開始實行新的「中國市場戰略」，這些戰略的實施效果在近幾年內有所進展。

　　另一方面，近幾年由中國外商投資協會評選表彰的「十家高營業額外資企業」中，幾乎都是歐美的企業，而日本企業很少出現。其原因十分簡單，歐美企業有明確的中國市場戰略，對華投資的目的是為了搶佔中國市場，並為達到此目的，在中國建立和完善中國國內的營銷服務體系。而日本企業沒有「中國市場戰略」，也沒有下功夫建立以中國市場為目的的營銷服務體系。中國加入WTO及服務市場的開放，為日本企業啟動「中國市場戰略」帶來新的轉機。加強中國地區總部的戰略企劃、市場營銷等機能，構築營銷及技術服務網絡，加強針對中國市場的調查、研發功能，尋找與強勢中國企業的策略聯盟機會等，已成為日本企業在中國加入WTO後的主要工作內容。

---

[7] 關志雄，中國經濟崛起：對日本是機遇還是威嚇，野村資本市場研究所（日本）（2006年8月）。

日本企業的努力還是很有成效的。以2007年9月為例，三菱重工業和中國最大的重電機集團哈爾濱電力集團（原哈爾濱三大動力，哈爾濱電機、哈爾濱鍋爐、哈爾濱汽輪機廠）聯手，參與中國的核電站建設，並於2007年9月28日成功得標，準備在浙江三門建設二座核電站。三菱重工業向哈爾濱電力集團轉讓核電站生產先進技術，並幫助中國實現核電站國產化計劃。與中國強勢企業策略聯盟和技術轉讓是三菱重工得標的主要原因。[8] 2007年9月29日日本航空利用東京羽田機場同上海虹橋機場開通直飛航線的大好時機，與蘇州市物流公司聯手，成立新的物流公司專門負責建立日航在中國國內陸地航空貨物聯運一條龍服務系統。[9]

(二)從未改變的海外投資首選地區

日本各研究機構經常以日本企業為對象，實施有關海外投資的問卷調查。在各類的問卷調查中，日本國際協力銀行開發金融研究所實施的「有關我國製造企業開展海外事業的調查報告」最具權威性。該調查報告的特點是有一定的連貫性。按以上目的的調查已持續實施了二十多年，在日本各類調查中，持續時間最長。

根據2005年實施的問卷調查結果顯示：從2002年至2005年，中國一直是日本製造企業生產基地海外轉移的首選地區。列在二至五位的投資對象國每年都有所變化，唯獨中國無論是在近期、中期，或是遠期，始終是日本製造企業認為是「今後有希望投資開展事業的國家」。值得注意的是，印度和越南也已成為僅次於中國的投資首選地。從中期投資角度看，印度和越南作為「今後有希望投資開展事業的國家」的位置，由2003年的第五位和第四位，分別上升到2005年的第二位和第四位；從遠期投資目標看，

---

[8]　日本經濟新聞，2007年9月28日。

[9]　日本經濟新聞，2007年9月30日。

印度和越南從2002年的第三位、第四位上升到了2005年度的第二位、第三位。日本企業看好印度、越南、俄國、泰國，一方面是因為這些國家和中國一樣具有豐富的勞動力資源，同時也是潛在的市場，另一方面和日本企業海外投資戰略及中國突發事件變化有關。例如，2003年由於中國SARS（非典）的影響，一部分日本企業開始考慮為避開向中國投資過分集中的問題，2005年4月中國發生了反日遊行，反日遊行也增強日本企業的「中國風險」意識。於是在日本出現了所謂「中國＋1」的假說。

　　所謂「中國＋1」的假說即指除了向中國投資之外，再加上另外一個國家，例如「中國＋越南」、「中國＋泰國」或者「中國＋印度」、「中國＋俄國」更為保險。

表四：日本製造企業考慮「今後有希望成為投資開展事業的國家」（前五位）

中期　　　　　　　　　　　　　　　　　　　遠期

名次	2002年度	2003年度	2004年度	2005年度	名次	2002年度	2003年度	2004年度	2005年度
1	中國	中國	中國	中國	1	中國	中國	中國	中國
2	泰國	泰國	泰國	印度	2	美國	印度	印度	印度
3	美國	美國	印度	泰國	3	印度	美國	泰國	越南
4	印尼	越南	越南	越南	4	越南	泰國	越南	俄國
5	越南	印度	美國	美國	5	泰國	越南	美國	泰國

資料來源：根據日本國際協力銀行開發金融研究所「有關我國製造業開展海外事業的調查報告－2005年度海外直接投資問卷調查結果」作表。

　　但是，「中國＋1」的假說並沒有完全得到日本企業的支持。以2006年為例，雖然日本對印度投資金額由2005年的2.66億美元增加到2006年的5.13億美元，和2005年相比2006年增加1.9倍，但只佔日本對華投資的

8％。即對華投資金額是對印度投資金額的12倍。對越南投資更是少得無法公佈。2006年，日本對香港、台灣投資分別減少了16.1％（17.82億美元→14.95億美元）和41.0％（8.28億美元→4.88億美元）。[10]

(三)投資項目系統化－調整投資領域

中國加入WTO為日本投資中國製造業創造更廣闊的空間。日本企業為適應經濟全球化和資訊化潮流，為增強自身的競爭力，一方面調整在華投資領域，加強對現代化服務業領域的投資，例如金融、保險、物流等領域，另一方面加強對製造鏈中的營銷、物流、研究開發、售後服務等服務環節的投資，把一般製造業或者製造、組裝環節轉移到中國。投資項目系統化是2001年後出現的新動向。這一動向可以從三個方面考證。

(四)繼續投資製造業－使中國成為「世界工廠」

一、日本企業繼續加強對中國製造業領域的投資，使中國成為「世界工廠」

表五：日本對華投資行業狀況

（單位：億日元）

年度	合　計		製　造　業		非製造業		其　他	
	金額	比重(%)	金額	比重(%)	金額	比重(%)	金額	比重(%)
1989	587	100.0	276	47.0	310	52.8	1.2	0.2
1999	838	100.0	603	72.0	198	23.6	37	4.4
累積	19,689	100.0	14,187	72.1	4,965	25.2	537	2.7

資料來源：日本大藏省（現「財務省」）（日本的統計口徑與中國的不盡相同）。

---

[10] 日本貿易振興機構，「日本對外、對內投資投機、速報值」，國際貿易，2007年2月27日。

　　按照財務省（原大藏省）的統計數據，日本對華投資在1989年內為587億日元，到1999年猛增到1,954億日元，投資行業中製造業比重也由1989年的47%上升到1993年空前的81.2%，此後一直穩定在72%以上（參見表五）。最新資料顯示，2003年日本在華製造、採掘領域實際使用投資金額為41.71億美元，佔當年實際使用總額的82.53%，而非製造業的比重總體上則是下降的。

　　日本在華投資的製造業企業中有一半左右集中在電氣、機械設備類製造業，主因是它在這個領域有相對於中國企業和其他外資企業的比較優勢。根據日本財務省公佈的「海外投資申報實績」中提供的數據分析，1993－2000年，日本對華製造業投資合同總件數為3,588件，合同金額達1兆5,567億日元。按行業區分，投資件數最多的是「纖維業（包括服裝製造業）」，共1,352件，佔投資總件數的37.7%。若不考慮「其他製造業」則遙遙領先佔第2位的「機械業」（12.3%）。

　　必須指出的是，日本在中國一直有明顯的比較優勢的「服裝及纖維製品」企業，正日益受到韓國等外資製造業企業及中國企業的挑戰，比較優勢正在逐漸消失。然而，日本在機械設備等領域的比較優勢仍然很明顯，比如儀器儀表和辦公機械等日本企業有很強的競爭力，這就決定了投向製造領域的日資多集中在此領域。

　　日本電氣機械業中，例如松下、索尼、東芝、三洋、富士通等跨國公司在中國已經投資建立十幾家，甚至幾十家製造企業。對於這些企業事實上還存在一個調整、整合問題。對於有前景的項目需要加大投資，需要增資，而對於沒有發展前景的企業則需要停止經營或者轉產經營，有的索性關掉或者出售給別的公司。例如2000年12月，日本五十鈴自動車株式會社和伊藤忠商事株式會社共同將所持有的北京旅行車股份公司，4,002萬股法人股和對該公司的1733.49萬元人民幣債權，以200萬人民幣的價格轉讓給長峰科技工業集團。三洋電機公司、三洋電機（中國）有限公司和日商

岩井公司分別將各自所持46％、5％、5％的三洋科龍公司的股權，以1元價格轉讓給科龍發展有限公司。[11] 對投資項目進行調整，繼續加強佔比較優勢製造業投資，已成為日本對華投資的新趨勢。

(五)加強研究開發投資－使中國成為地區研發中心

1995年，三洋電機與深圳華強集團合資建立三家生產企業，又合資成立了一家深圳華強三洋技術設計有限公司。三洋電機和華強的技術人員共同針對中國市場需要和特點設計電器產品，並一起開發高清晰度彩電等新產品。華強的主要技術人員都派往日本研修，接受三洋的培訓和日本技術人員共同設計開發新產品。截至2006年12月，松下電器公司在華投資成立59家企業，其中獨資研發公司「松下電器研究開發（中國）有限公司」已初具規模。該研究開發中心隸屬松下（中國）有限公司，成立於1996年11月，註冊地為北京。此外，還成立「天津松下汽車電子開發」、「松下電器軟件開發（大連）」、「松下電器研究開發（蘇州）」等五家研究開發機構，負責松下各製造公司的研究開發事業。[12]

三洋、松下具有實力的跨國公司在中國建立規模很大的研發中心，但大多數日本中小企業沒法落實。在這種情況下，很多日本中型企業開始加強與中國研究機構、大學的合作，利用中國研究機構、大學的師資力量和研發能力開發本公司的產品。像清華大學自動化系就有十幾家和外資合資建立的小型研發中心。

中國加入WTO後，外國企業特別是跨國公司在中國研究開發投資出現一些引人注意的變化。按照「商務部」外資司胡景岩司長的研究，跨

---

11 毛蘊詩，跨國公司在華投資撤資－行為過程、動因與案例（北京：中國財政經濟出版社，2006年），頁206。

12 史同偉編，世界500強及其在中國的投資分佈（山東：山東人民出版社，2002年），頁105-106。

國公司在華技術轉移新變化有六大特點。即1.從逐步進入到大幅度轉讓技術；2.由被動技術轉讓到自覺的技術投入；3.由單純技術轉讓向技術開發經營戰略轉變；4.產業結構升級與技術投入同步進行；5.技術投入與發展配套相結合；6.對技術控制加強。[13] 這六大特點同樣也可適用於日本企業對華研發投資行為的分析。日本在海外設立研究開發機構的模式有二種，第一種是開發導向型模式，以開發為目的，即應對本地市場進行產品開發而設立研發機構，「松下電器研究開發（中國）有限公司」等大多數日本企業的研發機構均屬於這種模式；第二種是研究導向型模式，以研究為目的，基於總部的國際研究開發戰略，利用海外研究資源，進行最前沿技術研究。以IT、醫藥行業為典型，日本從事前沿技術研發機構多設立在歐美國家。和歐美企業不同的是，日本企業在中國的技術開發當地化事業才剛開始，對於多數日本企業來說，這方面還須做許多努力。

(六)投資生產服務業－使中國成為亞太地區總部

隨著中國加入WTO承諾的兌現，日本企業開始進入包括銀行、保險和證券在內的金融業服務行業，也涵蓋批發、零售、物流在內的流通業，也包括電信在內的電信服務業。與此同時法律、會計、管理、公關等業務在內的專業諮詢業務，今後都將成為日資企業進入的熱點。

日本在生產服務業（或統稱「第三產業」）的總體優勢並不明顯，與歐洲相比甚至處於劣勢。但是這只是從第三產業的整體水準而論，某些行業，日本還是很有優勢。例如，批發零售、金融、物流等傳統服務業，早已是日本的成熟產業。而且由於東西方文化差異，西方模式並不完全適應中國市場。例如日本百貨商店、超市、便利店的經營模式，比西方模式更

---

[13] 中國國際貿易經濟合作研究院編，2002-03年中國對外經濟貿易藍皮書（北京：中國對外經濟貿易出版社，2003年），頁35。

適應中國市場，容易被中國同業者接受。近年「日中經濟發展中心」[14] 把工作重點放在推廣日本模式，接待六批來自北京燕莎友誼商城有限公司的日本研修團。北京燕莎友誼商城是北京規模較大的中外合資百貨商店，他們十分重視學習日本三越的經營模式。據國務院發展中心預測，2005年日本對華貿易、金融保險的投資比重上升到10.01％和8.41％。[15]

　　然而，實際上，2005年第1季度，日本對中國的金融保險業投資208億日元，佔投資總金額的12.9％，超過「化學、醫藥」（147億日元、9.1％）、「房地產」（138億日元、8.5％）和「一般機械」（121億日元、7.5％），佔第三位，高於國務院發展中心的預測值。可以確定的是，今後日本會強化對中國第三產業的投資，同時會帶動其它服務業企業進入中國，使日資在服務領域的投資比重不斷提高。

圖一：日本對中國投資的比重（2005年第四季度）

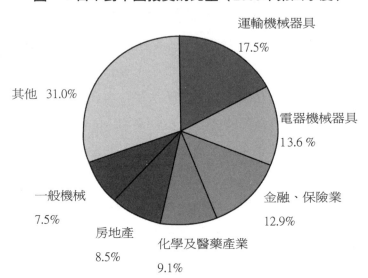

資料來源：根據日本財務省統計製圖。

---

[14] 此中心由本人負責推廣日本經驗。

[15] 同註13，頁38。

　　2002年起，由中國社會科學院趙弘研究員提出「總體經濟理論」得到各地方政府部門的積極響應。北京最早提出發展總體經濟戰略，並把總體經濟寫入「北京政府工作報告」，指出「廣泛吸引跨國公司、國內外金融機構、大企業、大集團來京設立總部、研發中心、營運中心、採購中心，發展總部經濟」。[16] 在中國政府政策誘導下，不少跨國公司將在中國的投資性公司，升格為總公司在中國或者在大中華區總部，有的公司則把中國地區總部作為亞太總部。例如，2002年5月23日，法國電力公司（EDF）在北京舉行儀式，設立法國電力公司亞太總部，IBM也把原設在日本的亞太總部遷往中國。

表六：跨國公司駐京機構數量統計

單位：個

機構性質	數　量	機構性質	數　量
商務部認定的地區總部（04年）	7	辦事處（05.6）	3,016
投資性公司（05.5）	140	代表機構（05.6）	9,677
研發中心（04）	189	總計	13,024

說明：括號內為統計截止日期。
資料來源：趙弘主編，中國總部經濟發展報告2005-06年（北京：社會科學文獻出版社：2005年12月），頁172。

　　跨國公司地區總部多集中在中國北京、上海、廣州。2005年，通過商務部認定的跨國公司地區總部超過三十家。表六顯示：2004年北京已有愛

---

[16] 趙弘主編，中國總部經濟發展報告2005-06年（北京：社會科學文獻出版社，2005年），頁1-5。

普生、佳能、歐姆龍、松下、索尼愛立信、西門子等七家公司通過商務部認定。七家中，日本佔四家。2004年，北京具有跨國公司部分地區總部職能的投資性公司數量達到141家，佔全國投資性公司的60%以上，高居全國首位。[17]

北京以其人才、教育、研發資源優勢吸引越來越多的日本企業在北京設立研發中心。至2004年底，北京的外資研發中心已達189家（參見表六）。與此同時，不少日本跨國公司在中國設立運營中心。他們在地區總部之下，往往還設有採購中心、銷售中心、財務結算中心、政府事務中心、媒體事務中心等。

如果把上述日本企業投資動向歸納起來，顯示日本企業在中國入世前後進行相當深刻和廣泛的投資領域的調整。在加強製造業原有項目投資與經營的同時，他們還加強製造業上游和下游項目的投資，即縱向項目一體化投資；同時也加強與製造業相關的服務業項目投資，即橫向項目一體化投資。通過縱向一體化和橫向一體化投資，一些日本跨國企業初步實現投資項目的系統化。把企業在華投資系統化，必將大大增強日本企業在華的整體競爭力。

(七)投資地點集中化－從環渤海地區轉向長江三角洲地區

日本對中國內地投資主要集中在東部沿海地區。美國、中國香港等國家和地區等對中國投資也表現出同樣的特點。其原因包括：第一、中國從八〇年代開始實施沿海發展戰略，以沿海地區為中心建設十四個對外開放城市。不僅沿海地區投資環境優先於內陸地區，而且各沿海地區還向外資提供了較優惠的政策。第二、大多數日本企業將生產基地轉移到中國。因此，就必須挑選交通方便的沿海港口城市或者製造業中心地區。

---

[17] 北京市社會科學院中國總部經濟發展研究中心，北京總部經濟發展報告，頁172。

　　1995年之前日本企業在環渤海地區的比例最高。除歷史原因外，還有一個重要的原因是距離近，氣候、生活環境相似。例如，2007年8月筆者訪問山東煙台、青島、遼寧大連時，發現煙台、青島居住了十幾萬韓國人。當地酒店等公共場所，除中文外，還附有韓文，在山東的韓國人不懂中文，也能生活的很方便。韓國文化對山東大城市的滲透程度遠遠超出預料，而且同樣的現象在大連也可以發現。中國作為一個大國可以吸收和包容各種不同的文化，或者也可以說中國本身就是世界的縮小版。在訪問大連時，我曾經問過日本企業為什麼選擇大連投資。許多日本企業家表示：「大連離日本近，氣候相似。而且大連政府、大連人對日本人比較友好，懂日語的人也較多，所以願意在大連生活。」以上事例說明地理優勢、文化、習慣、風土人情對吸引外資也是相當重要的。

　　1998年以後，日本企業投資佈局發生了很大的變化。從以前以大連為中心的環渤海灣地區，開始向以上海為中心的長江三角洲地區轉移。據中國對外貿易經濟合作部的統計顯示，1979-2000年，日本在江蘇省的投資總件數、合同金額、使用金額都居全國首位，其次分別是上海、大連、廣東省。中國加入WTO以後，日資新一輪的投資熱進一步集中到長江三角洲地區。據上海市統計局「上海貿易外經統計月報」顯示，日本對上海投資企業數788家，合同額12.73億美元，分別佔上海引進外資企業總數（4321家）的18.2％、合同總金額（110.64億美元）的11.5％，遠遠超過日本對華投資的比率，僅次於香港（864家、20.28億美元）佔第二位，也大大超過美國（468家、851億美元）、台灣（427家、8.27億美元）和韓國（165家、1.08億美元）。2004年，日本仍舊在投資企業數（730家，合同金額15.33億美元），均佔上海引進外國企業總數（4334家）的16.8％和投資合同金額總數（116.9億美元）的13.1％，穩居除香港外的外資第一位。[18]

　　日本對華投資是企業行為，在選擇地點時就要考慮企業收益的最大

化。日本企業選擇長江三角洲地區，主因是中國最大的消費市場，在靠近消費市場的長江三角洲地區建廠，更有利於日本企業分享中國市場。這一點和過去把大連作為生產製造基地的考慮是完全不同。

中國加入WTO後，除長江三角洲地區外，以廣州、深圳為中心的珠江三角洲地區也成為日本企業的首選地區。不同的是電機、服裝、一般機械行業選擇長江三角洲地區，而運輸機械、鋼鐵行業則選擇珠江三角洲地區。其原因可能是日本本田汽車公司的成功和該地區購買力的提高。更主要的是日本已失去在中國最大消費市場中，長江三角洲地區生產汽車的機會。

自本田汽車公司在廣州建廠獲得成功後，日產、豐田汽車公司也都相繼與廣州汽車集團合資建廠，汽車母公司投資帶動各大汽車集團公司，或系列相關汽車零件配件公司向廣州地區或廣州周邊地區大規模轉移，使這個地區成為了日本汽車產業聚集地。[19] 2006年，筆者訪問在佛山豐田合成公司，該公司是豐田汽車集團公司之一，主要向豐田汽車提供汽車用橡膠軟管。[20] 豐田汽車的相關汽車零配件廠家主要分佈在廣州和佛山地區，僅佛山地區就有十幾家。除三大日資汽車零配件廠家外，三井金屬、新日鐵、神戶製剛等日本鋼鐵公司、住友橡膠、普利司通（Bridgestone）等輪胎公司、立邦漆、關西塗料等生產汽車塗料的公司、旭硝子、旭化成等生產汽車用玻璃公司也紛紛聚集到珠江三角洲地區投資建廠，或者積極擴大

---

[18] 日本貿易振興機構北東亞地域事務所共同調研報告「特集　中國北亞ア日系企業面臨的課題」ジ上海発「華東地域因成本上昇投資項目減少16.3％」，（日本），第1、2期，（2005年8月號），頁8-9。

[19] 前引書，廣州事務所，廣州是自動車、福建省で大型發電設備牽引對華投資，頁14-16。

[20] 張紀潯，「連載WTO加盟後外資對中國經濟、勞資關係的影響　第7部　中國家電王國‧順とくと豐田合成的經營戰略」，日本重化學工業通信社編，亞洲市場調研，2005年10月1日，頁32-36。

其在中國廣州以外生產基地的生產規模。據廣州市外經貿聽統計資料顯示：2005年上半年，按國家、地區分，香港佔第一位，合同金額為3.9億美元（比2004年同期減少26％）；日本佔第二位，合同金額為2.5億美元（比04年增加2.2倍）；台灣只有二千萬美元（比上年同期減少65％）[21]。2005年後，對香港、台灣對廣州投資減少的原因，一是因為廣東省把吸引外資的重點轉向汽車業，另一方面，投資地點的集中化使香港、台灣企業把電子行業的生產基地集中轉移到長江三角洲地區；二是因為珠江三角洲地區人工成本的提高所造成的「民工荒」。[22]部分企業為降低生產成本，把生產基地從廣州轉移到人力資源豐富、人工成本相對較低廉於廣州以外的地區或中國中部地區。由此可見，中國地區產業政策的改變和人工成本因素的變化，也是造成投資集中化的重要原因。

(八)投資方式多樣化－投資方式的調整

1. 從新建投資到併購

據聯合國貿發會議的統計，在中國的跨國併購每年大概10-20億美元。2001年後，中國每年引進的外資是500-600億美元（2002年527億美元，2003年535億美元，2004年606.3億美元，2005年為724億美元）。[23]其中約1／50是跨國併購，其他多數是新建項目的投資。影響跨國併購的原因很多，例如中國現行法律的不健全，「條塊分割」的管理體制，資本市場的不規範等都不利於併購，更成問題的是地方政府領導人思想觀念上的誤區。有些人擔心「國有資產流失」、「中國經濟安全」和「民族工

---

[21] 廣州市外經貿廳統計資料。

[22] 有關「民工荒」問題，請參照張紀潯，「連載　WTO加盟後外資對中國經濟、勞資關係的影響第3部　從民工荒看外資系企業勞工問題」，前引書，2005年7月1日號，頁34-37。該論文有詳細分析。

[23] 參照中國商務部、對外經濟貿易年鑑各年版。

業」被衝擊，對於外資的併購往往持消極態度。

表七：朝日啤酒在中國的生產基地

當地企業名稱	地　　點	投資方式	成立年度
北京中 北京啤酒	北　京	參　　股	1995年
煙台中策啤酒	煙　台	參　　股	1995年
朝日啤酒（中國）投資	上　海	獨　　資	1999年
杭州中策啤酒嘉興	嘉　興	合　　資	1994年
杭州中策啤酒	杭　州	參　　股	1994年
泉州中策啤酒	泉　州	參　　股	1994年
深圳青島啤酒朝日	深　圳	合　　資	1994年

資料來源：稻垣清，中國進出企業地圖（東京：蒼蒼社出版，2002年），頁136。

　　雖然日本企業在中國跨國併購的數量不多，但是也有成功的事例。例如朝日啤酒就是利用跨國併購的方式打入和擴大中國市場的。朝日啤酒在日本已超過麒麟啤酒佔第一位。但是進入中國市場的時間比較晚，比早在1984年就在江蘇連雲港成立中日合資公司的中國江蘇三得利食品有限公司晚了十二年。朝日啤酒為了縮短和競爭對手的距離，採用了跨國併購方式。1994年開始向中國投資時，設在上海的「朝日啤酒（中國）投資」併購中國4家啤酒公司（該公司1999年重組進行了獨資改造化），分別在北京、杭州、浙江省嘉興、福建泉州、山東煙台、廣東深圳等六個城市生產啤酒。

　　朝日啤酒對華投資的特點是：第一，除上海獨資之外，均採用合資或參股併購方式；第二，日方合作夥伴都是伊藤忠商事；第三，外國合作夥伴是香港中策啤酒。香港中策啤酒是印尼華人黃鴻年以「中國策略投資有限公司」（簡稱「中策」）的名義在香港註冊的公司。中策於1992年在中國收購一系列的國有企業，其控股合資企業近二百家，涉及水泥、橡膠、

啤酒等多種行業，隨後中策便在境外註冊「中國輪胎」、「中國啤酒控股」公司並成功上市。朝日啤酒則以參股形式經營中國啤酒工廠。

2. 從合資到獨資

獨資化趨勢並不是最近的新動向。從1997年起，中國新批准的外資企業項目中，獨資項目數量就開始超過合資項目數量。2001年以後，新批准獨資企業數量日增。

這個新趨勢在日本企業中十分明顯。過去，日本企業對華投資絕大多數選擇合資經營方式。中國加入WTO及市場開放，為日本對華投資戰略的展開創造有力的環境。例如，大規模的合資企業獨資化改造可以在這一環境下，按母公司的意圖順利實施。母公司可以把獨資化改造後的在華企業，真正納入東京總部主導的「產業內分工」之中，較為放心向那些企業轉移附加價值更高的產品和生產技術，並採取統一的知識產權措施以保護這些技術。合資企業的獨資化改造並不意味著日本企業不再需要中國企業做夥伴。反之，日本企業可以按照自己的意志來自由選擇中國的事業夥伴，並且以更加靈活的方式與中國事業夥伴建立「非束縛性」的夥伴關係。例如，以收買股權的方式與中國事業夥伴建立聯盟，要比共同設立合資企業靈活。前者，日本公司可作為策略投資者，或增加持股比例，遠比後者「捆綁式」聯姻靈活。

3. 從單個項目到產品鏈投資

中國加入WTO以後，日本的大企業更加重視對產業鏈投資，在華投資不是單打獨鬥，而是帶動整個產業鏈投資，進行群體競爭。能夠帶動整個產業鏈一起投資，或者在中國建立健全的配套體系，就能夠取得在華競爭的主動權。

日本豐田汽車公司就是一個非常典型的案例。豐田汽車公司創立於1937年，總部設在日本愛知縣豐田市，其核心業務是生產轎車、商用車及汽車零配件。該公司轎車生產量世界第三位，日本最大的汽車製造商。

據豐田汽車公司網頁顯示，2006年財政年度（2006年4月-2007年3月），其營業收入23兆9480億日元，比2006年增加11.4％，淨利潤1兆6440億日元，比2006年增加了19.8％，在世界汽車市場不景氣的情況下，豐田汽車「獨佔鰲頭」，2006年淨利潤超過1兆日元，已名副其實地成為世界上利潤率最高、競爭力最強的汽車生產廠家。豐田汽車公司僱員人數為67,650人（加上相關公司合計為299,394人），資本額3,970億日元。2006年汽車銷售量高達852.4萬輛。[24]

　　自1990年起，豐田汽車開始向船舶、航空器、資訊通訊、住宅建設、工業自動化相關系統設備等全新領域全面進軍。豐田汽車公司的住宅銷售情況也非常好，僅2006年度就銷售出了5,807棟。截至到2007年為止，豐田汽車公司在26個國家地區設有製造工廠52家。2000年以後，豐田汽車把海外投資建廠重點放在中國、印度、越南、東歐的波蘭、捷克等新興國家。其中亞洲地區，在中國建廠最多，中國已成為豐田汽車在海外最重要的生產基地。

　　中國加入WTO之前，豐田汽車對中國一直採取「不遠不近」、「旁觀」的策略。所謂不遠不近是指為了不放棄中國市場，和中國保持友好的關係，並通過集團旗下的大發等集團公司和零配件公司在中國設廠生產，但母公司不在中國設廠。八〇年代後期，中國政府曾經通過各種渠道和豐田公司接觸希望豐田公司投資，但一直沒有得到滿意的回答。筆者在1998年「天安門事件」後，有機會在豐田本部講演時，曾經問過「為什麼不去中國投資？」，回答是「因為中國還不具備有汽車生產的條件」。事實上，德國的大眾汽車、美國的GM都在豐田汽車公司左右搖擺拿不定主意時，迅速和上海汽車集團、長春一汽集團合作，搶佔中國市場，使日本汽

---

[24]引自「豐田事務所・關連施設」，〈http:www.toyota.co.jp〉。

車廠家失去了在中國最大消費市場於長江三角洲地區生產汽車的機會。豐田汽車公司下不了決心去中國投資的主要原因，還是因為八〇年代豐田汽車對中國出口順利，向中國投資生產汽車，會影響豐田汽車對中國出口。八〇年代豐田皇冠等品牌汽車在北京、上海等大城市銷售量很大，成為政府官員的指定用車。當年在北京機場出口最顯眼的地方，設有「車到山前必有路，有路就有豐田車」的廣告牌，可看出當年豐田在中國的「傲氣」。

　　從表八可以看出，中國加入ＷＴＯ以後，豐田汽車對中國投資的變化特點。

　　第一、豐田汽車完全改變了對中國市場「旁觀」的姿態，全方位開展中國汽車製造事業。第二、根據中國市場的需要，一方面鞏固原有在天津的生產基地，同時在長春、廣州兩地增建發動機、轎車生產線，投入的力度大、生產規模遠超過天津老生產基地。第三、和2001年前完全不同的是，豐田汽車的投資並不是單個項目的投資，而是帶動汽車產業鏈投資。除發動機外，零配件、組裝生產線外，過去作為上游產業的原材料、模具及研發事業也轉移到中國。僅以2002年新成立的天津一汽豐田汽車有限公司為例，位於天津濱海新區的該合資公司的第三工廠，2007年5月28日正式投產，生產最新型的卡羅拉轎車。工廠面積四十萬平方米，建設投資36億元（1元＝15日元），年產量20萬輛。天津一汽豐田從2002年成立後，短短四年時間，建立了三家工廠，投入五個車種，年生產量達42萬輛。四年累計投資金額77億元，生產和銷售量都超過五十四萬輛，營業額達800億元，納稅額超過100億。中日雙方的出資率為50%，天津一汽豐田汽車有限公司職工人數超過一萬人。[25]

---

[25] 中國新華社（天津），2007年5月28日。

表八：日本豐田汽車公司在華投資一覽表

公司名稱	合作方式	產品或服務範圍	設立時間	註冊地	備註
豐田汽車國產化技術支援中心		汽車國產化技術支持	1995.04	天津	
天津豐田汽車傳動部件有限公司	合資	轎車用CVJ等速萬箱節機械加工，組裝，15萬台／年	1995.12 1997	天津	天津汽車集團5.3％，天津市汽車底盤部件總廠4.7％
天津一汽豐田汽車鍛造部件有限公司	合資	生產夏利車等速萬向節鍛造毛胚，40萬個／年	1997.02 1999	天津	
天津豐田汽車底盤部件有限公司	獨資	生產夏利車轉向裝置24萬個／年，華利車傳送軸11萬個／年	1997.07	天津	天津汽車集團25.8％，天津市汽車底盤部件總廠44.2％
豐田汽車技術中心（中國有限公司）	合資	汽車技術開發	1998.02	天津	
四川一汽豐田汽車有限公司	合資	生產考斯特中巴車1萬輛／年，底盤3000台／年	1998.11 2000	四川	豐田通商參股5％，豐田汽車45％，四川旅行車製造廠50％
天津豐田汽車有限公司	合資	年產轎車3萬輛	2000.6	天津	天津汽車夏利股份公司50％
金杯客車製造有限公司	合資	生產輕型客車	1992	瀋陽	
豐田金杯技術培訓中心	合資	汽車技術培訓	1990.09	天津	
天津豐田沖壓部件有限公司	合資	生產沖壓部件	2001.02	天津	
天津豐田樹脂部件有限公司	合資	生產樹脂部件	2001.02	天津	

豐田汽車（中國）投資有限公司	獨資	投資管理，服務，培訓	2001.07	天津	
天津一汽豐田汽車有限公司	合資	生產新型卡羅拉轎車	2002	天津	資本金4080萬美元，一汽20％，一汽夏利30％，豐田40％，豐田（中國）投資10％
一汽豐田（長春）發動機有限公司	合資	生產汽車發動機	2004	長春	
豐田一汽（天津）模具有限公司	合資	生產汽車零配件模具	2005	天津	
廣汽豐田汽車發動機有限公司	合資	生產汽車發動機	2005	廣州	
廣州豐田汽車有限公司	合資	生產轎車	2006	廣州	
國方環球（天津）物流有限公司	合資	導入物流管理系統，負責三家公司物流業務	2007.7	天津	資本金500萬美元，豐田40％，一汽35％，廣汽25％

說明：1. *號表示在豐田汽車網站所登錄的公司。
　　　2. 設立時間的下列時間表示重組後的時間。
資料來源：豐田汽車網站及各種新聞報導。

　　第四、豐田汽車以卡羅拉等名牌產品為龍頭，以中國市場為驅動，以關聯產品為紐帶，開創產業鏈條環節企業相互合作共同投資的新模式。另外，為了縮短流程、摒棄庫存、降低成本的目標，豐田在2007年7月和一汽、廣汽合資成立同方環球（天津）物流公司，負責三家公司的車輛物流業務。[26]

---

[26] 豐田汽車公司網頁，2007年10月1日。該物流中心設在天津市經濟技術開發區、董事長金毅（一汽）、總經理斎藤延仁（豐田）。07年7月16日開業，合同期限20年。員工約40名、運送物品為整車（進口車和當地生產車）、零部件等。

參、松下電器產業的案例分析：日本企業的當地化戰略

通過具體案例來討論日本企業經營策略的變化，重點分析松下電器集團（以下簡稱「松下」）的當地化戰略。這幾年本人訪問過北京松下彩色顯像管、上海松下等離子顯示器和珠海松下馬達等三家松下公司，對松下當地化戰略有所瞭解。

一、松下電器產業的中國事業

松下電器產業公司創立於1918年，是世界上首屈一指的家用電器製造商，總部設在大阪。松下主要業務領域有：AV、資訊通訊、系統工程設計、家用電器、住宅設備、空調設備、環保・健康、產業設備、元器件和網絡軟件等十大領域。僱員45,028人。

目前，松下已在四十多個國家開展業務活動，280多個關聯公司遍佈全世界。松下的創始人，松下幸之助先生是中國企業家最尊敬的日本經營者。1978年鄧小平副總理為締結中日友好條約來日時，專門到大阪訪問松下電視機事業部，作為鄧小平先生的陪同有幸見到松下先生。1979年松下在北京設立事務所，1979年松下先生訪問北京時，曾預言「21世紀時亞洲的時代，同樣也是中國的時代」。正如日本經營之神松下先生所預言，中國在加入WTO後飛速發展。松下在中國投資經營的歷史可分為以下三個階段：

(一)第一階段1978-1986年對華出口、技術合作的初級階段

1979年，雖然松下在北京有事務所，但沒有直接對華投資。1979年松下向國營上海顯像機廠出口黑白電視的生產設備，向中國提供電視的製造技術。1982年在香港成立松下精工香港國際製造和松下電器國際物流，把香港作為松下的製造中心和國際物流中心。

(二)第二階段1987-1992年以合資企業為中心對華投資

松下真正意義上的對華投資是在1987年後，1987年松下和中方合資成立松下第一家製造公司—北京松下彩色顯像管廠。這家公司在中國獲得了極大成功。1988年後，北京松下連續多年被評為「十大先進外資企業」

表九：松下電器中國事業的發展歷史

第一階段	1978-1986年
1978年	鄧小平先生參觀松下電器的電視事業部。
1979年	松下幸之助先生訪問中國。松下在北京設立事務所
1980年	在北京、上海、廣州設立服務中心。
1982年	在上海設立事務所。 在香港成立「松下精工香港國際製造」等2家公司。
1983年	在廣州設立事務所。
1984年	在北京成立松下北京技術中心
第二階　段1987-1993年	
1987年	設立「北京松下彩色顯像管廠」，製造彩色顯像管。
1989-1992年	設立深圳事務所（1989年）、廈門事務所（1991年），大連事務所（1992年）
1992年	設立松下通訊設備，杭州松下家用電器等3家公司。
1993年	設立松下、萬寶（廣州）壓縮機、珠海松下馬達、青島松下電子零件、上海松下電池、廈門松下音響等8家公司。
第三階段	1994年至今
1994年	在北京成立中國地區總部—松下電器（中國）。
1995年	在北京、上海、廣州設立服務技術中心。
2001年	設立無錫松下冷機、北京松下精密電容、山東松下映射產業等13家公司。
2004年	設立上海松下PDP、北京松下電器研究開發（中國）。 目前共有61家當地法人公司。

資料來源：根據松下HP「中國的松下」及各種資料、筆者製表。

之一。該公司的成功促進了松下的中國事業。1992-1993年，松下連續在廣州、上海成立了八家公司，1994-1995年又在唐山、無錫成立了二十一家公司。在第二階段，松下主要把中國作為生產基地，中國投資戰略模式和其他日資企業一樣：「日本是研發中心，香港是物流中心，中國是製造中心」。在中國所成立的各生產據點分別轄屬於母公司各事業部之下，並在大阪本社設有統一的中國事業本部。

(三)第三階段1994年至今以獨資為主的鞏固發展期

第三階段，松下開始調整在華管理體制。1994年9月成立中國地區總部—松下電器（中國），負責管理在中國各地的松下子公司。但松下電器（中國）本身也是一家合資公司。由於當時中國國內投資法制所限，松下不可能成立投資性管理公司。2001年，中國加入WTO以後，放寬對外商的各種限制。松下重新對松下電器（中國）獨資化改造。獨資化改造後的松下電器（中國）資本金由3000萬美元增資到1億3692美元，僱員由1992年的100人增加到800人。以松下電器（中國）為龍頭，領導松下的中國事業。

二、松下電器的當地化戰略

我們可以從下面幾個方面分析松下電器的當地化戰略。

(一)投資管理體制一體化和當地化

如上所述，早在1994年松下電器就建立松下電器（中國）有限公司。這是一家投資性公司。公司成立後，參與了十二家企業的投資。同時還承擔一部分松下在華企業產品的代銷業務，年銷售額達30多億人民幣。公司還為松下在華企業提供人員培訓，公共服務等業務。為加強中國用戶和松下企業集團的關係，它在「科學、工業、貿易」三個領域開發綜合性業務。

另一方面，松下集團為了實現投資、管理、經營的當地化，形成松下

集團稱之為「現地自我完結的經營」體制，即在中國形成一種當地決策，當地研發、設計、製造、銷售和售後服務全過程的一體化體制。2000年10月，松下把中國事業本部由大阪遷移到北京。中國本部長到中國「前線」加強松下在中國的經營管理。

2002年8月，松下電器（中國）有限公司實現了獨資化改造。在此之前，松下各中國分公司已經把在華企業股權全部轉讓給松下（中國）有限公司。松下（中國）有限公司已經掌握了松下在全部6.3億美元的股權。松下（中國）的獨資化改造重組在中國是一個成功典型。獨資化改造實現後，松下（中國）可以為各個分公司在華經營提供一個統一的平台，為各公司提供法律、人才、宣傳、物流、財務、保險等共同服務，有利於松下在華整體競爭力的加強。

(二)零配件生產當地化

日本企業進入中國，首先面臨零配件生產當地化的挑戰。如果不能解決這個問題，實現零配件生產當地化，就必須從日本進口零配件，成本居高不下，因而缺乏在中國市場的競爭力。為此，松下進入中國之後，積極推動零配件生產的當地化。零配件生產當地化表現為投資項目的縱向一體化。日本企業在華投資建廠後，往往繼續投資這個企業的上游項目，生產原材料或零配件；或者繼續投資這個企業的下游項目，有的乾脆動員和推動自己的關聯企業來華投資。

松下公司在華共有45家製造公司，相當多的企業屬於縱向一體化產物。以北京松下彩色顯像管為例，該公司主要生產彩電用顯像管。1995年松下又和山東一家電視機廠合資建立山東電子資訊，生產電視機。後者由北京提供顯像管，這是典型的「後向一體化」，即向下游產品投資。1993年10月，松下與上海電池廠合資成立上海松下電池有限公司，生產無水銀電池。1995年9月又在河南安陽投資建立安陽松下碳素，生產電池專用碳精棒，這是典型的「前向一體化」，即向上游產品投資。1993年6月，松

下與廣州萬寶集團合資同時成立了二家合資企業，一家是廣州松下空調器有限公司，另一家是松下・萬寶（廣州）壓縮機有限公司，後者生產的空調器用壓縮機，作為空調器的關鍵零部件為前者配套。1994年8月在浦東成立的上海松下電子應用機器有限公司和上海松下微波爐有限公司也同樣如此。前者生產的微波爐磁控管為後者生產的微波爐配套。十幾年來，松下就是通過上述縱向一體化的投資方式，實現產品關鍵零配件的當地化。與此同時，松下在華投資從點到線，進而成片成網，實現在華投資的系統化。

　　但是，由於中國零配件生產廠家的技術水準落後，原材料、零配件等上游產品質量不佳等問題，很多主要零配件，原材料還必須從日本進口。上海松下等離子顯示器所需要的玻璃、半導體零配件大都需要從日本進口。從日本到上海，需要三天時間，通關需要二天，大約五到六天才能到上海。在中國當地採購的零配件（即零配件當地化）按金額算大概只佔有零配件總額的60%左右。[27] 不只是松下，2005-2007「無錫索尼電子」生產電池所用的原材料、[28]「廣東佛山豐田合成公司」生產汽車用橡膠軟管的橡膠原材料、「大連歐姆龍」、「珠海佳能」產品的主要零配件還需要從日本進口。如何在中國當地解決原材料質量問題，如何培養中國當地的零配件配套廠家，也許是日商企業需要認真對待和解決的難題。

---

[27] 張紀潯，「連載　WTO加盟後外資對中國經濟、勞資關係的影響　第9部　建造世界第一的PDP工場をSPDP」日本重化學工業通信社編，「前引書」，2005年11月1日載，頁36-39。本文詳細地介紹了松下的中國事業和上海松下等離子顯示器公司的情況。

[28] 張紀潯，「連載　WTO加盟後外資對中國經濟、勞資關係的影響WTO加盟後　第8部　無錫「日資高地」の形成的原因　索尼電子的故事」日本重化學工業通信社編，「前引書」，2005年10月15日載，頁36-39。本文詳細地介紹了索尼在中國事業和無錫索尼電子公司的情況。

(三)技術開發當地化

　　松下已經開始認識到，要想在中國奠定基礎，必須在當地開發技術。松下（中國）有限公司成立後，首先建立松下電器研究開發（中國）。該中心宗旨之一是：從利用全球最佳研究環境和最佳資源配置出發，進行滿足當地市場所需要的新產品開發及開拓新的事業。該中心主要研究開發的領域是：計算機信息處理及多媒體技術、數字移動通訊等領域，以及面向中國市場的產品，和滿足松下集團需求的軟件開發。中心成立一年後，進行面向中國市場盲文翻譯系統中文字典等技術和產品的開發。但是，和歐美企業相比，日本企業在向中國轉讓技術方面還十分保守，大多數企業的研發部分仍留在日本，這方面還需要日本企業長時間的努力。

(四)人才當地化

　　在人才當地化方面，松下也做了不少工作。例如，1995年松下（中國）成立松下電器（中國）人才培訓中心，專門負責幫助各分公司培養中層管理幹部；另一方面為培養技術工人，還成立唐山電焊學校，專門培養電焊工等專業人才，但在高級管理層中，松下各分公司主要領導基本由松下本社派遣的日本人擔當，中國僱員中當上部長級幹部的人並不多。當然，這不只是松下一家的問題，其他日本在華企業也和松下一樣，不願大膽錄用中國當地人才。如何儘快地升遷各公司自己培養的中國僱員，真正實現人才當地化的目標，對松下來說是需要盡快解決的重要課題。日本企業應向歐美企業學習，大膽錄用中國當地人才。

肆、結論與展望

　　我們分析日商對華投資戰略及經營策略的變化，透過分析基本瞭解日商在中國投資新動向。總體而言，日商在華企業的事業基本是成功的，否則日本企業不可能持續長期對華投資。但是隨著日本企業的增多，也出現

許多問題。在華日本企業到底面臨什麼樣的問題？這一點可以通過日中投資促進機構的問卷調查有所瞭解。日中投資促進機構在2006年12月所進行的第九次問卷調查的結果顯示：日本在華企業中感到最難解決的「經營課題」是「人事、勞務問題」，佔調查對象企業的90.1％，其次是「和政府機關的關係」（86.1％）、「法律、政策方面的問題」（80.5％）、「國內資材購買問題」（65.8％）。[29] 在中國加入WTO之前，以上所指出的問題就已經存在，例如，該機構第五次（1997年12月）在同樣的問卷調查所指出的問題排第一位的是「產品銷售問題」（43.2％），其次是「外資政策的變更」（35.7％）、「人事、勞務管理」（34.5％）、「資材購買」（30.7％）等問題。和1997年比較顯示，2006年「產品銷售」、「外資政策變更」等問題已得到解決，反之在1997年排第三位的「人事、勞務管理問題」，已成為影響日商企業經營最重要的問題。這個問題的解決，關鍵還在於日商企業自身的努力。既然在中國經營企業，就要按照中國的特點全面實施以「成果主義」為中心的工資制度，或者大膽錄用中國當地人才，給他們一定的權力，否則很難留住中國技術和管理人才。

　　以2005年7月7日，中國最大的人材網「中華英才網」所進行的抽樣調查為例，「中國大學生眼中的最佳顧主」排前十位的沒有一家日本企業。前十位是「IBM、寶潔、微軟、LG電子、西門子、通用電氣、三星、英特爾、諾基亞、摩托羅拉」。[30] 前十位除歐美企業外，韓國LG電子、三星榜上有名，不能不引起日本企業的深思。而在日本最受歡迎的索尼排第十四位，松下排第二十五位。不可否認，2005年的小泉前首相訪問靖國神社、「反日遊行」會對問卷調查結果有所影響，但是在日本企業實行的

---

[29] 日中投資促進機構「『第九次日商企業問卷調查』集計結果（概要）」，2007年。

[30] 「中華英才網進行的抽樣調查」，新浪財經，2005年7月7日。

「終身僱用與論資排輩的人事、勞務制度」等日本式經營管理方式，有同「改革・開放」前的中國國有企業，並不完全適應現在競爭激烈的中國社會。以「年功序列制」為主的工資制度也不受中國大學生歡迎。也正因為以上原因，日資企業中「專門技術人員」、「主任及高級技師」、「中間管理層」的離職率分別為31.2%、11.8%、8.1%，遠遠高於歐美企業的8.2%、3.0%、3.7%。[31] 透過離職率的比較也可以看出日資企業在中國僱員中的地位。「當地管理人員欠乏提昇機會」、「高管薪酬遠遜於歐美企業」也是日本企業留不住中國人才的主要原因。如何留住有能力的中層管理幹部、技術人員，是日商在華企業需要儘快解決的重要課題。

　　「國內資材購買問題」，即零配件生產當地化的問題和「人才當地化的問題」，同樣也是必須解決的問題。如上所述，日商對華投資，日益傾向產業鏈配套投資，形成產業、企業集群化。解決這個問題還需要中方的協助。中國在積極引進日資的同時，還應根據日資的需要，提高本地企業的配套能力。引進與日資相配套的上下游企業，促進產業供應鏈和集群效應的形成。中國各地方政府還應重視與大型製造業相關聯的產品研發、技術支持、銷售網絡、售後服務，以及金融、資訊、保險等項目的引進，使之形成產業集群，協同發展的產業體系。

---

[31] 蘭紅雲，「通過調查數據看日商在華企業的優勢與課題」，人材教育，（日本）2006年。

參考書目

一、中文專書

中國國際貿易經濟合作研究院編，**2002-03年中國對外經濟貿易藍皮書**（北京：中國對外經濟貿易出版社，2003年）。

日本經濟產業省編，**通商白書2006年爭取持續成長力**（東京：行政出版，2006年）。

毛蘊詩主編，**跨國公司在華投資撤資－行為過程、動因與案例**（北京：中國財政經濟出版社，2006年）。

王志樂，**跨國公司在華發展新趨勢**（北京：新華出版社，2003年）。

王洛林主編，**中國外商投資報告**（北京：經濟管理出版社，1997年）。

史同偉主編，**世界500強及其在中國的投資分佈**（山東：山東人民出版社，2002年）。

何智蘊、姚利民等編著，**大型跨國公司在華投資結構分析**（北京：科學出版社，2005年）。

張季鳳，**掙脫蕭條：1990-2006年的日本經濟**（北京：社會科學文獻出版社，2006年）。

楊魯慧等編，**亞太發展研究**（第3卷）（山東：山東大學出版社，2005年）。

趙弘主編，**中國總部經濟發展報告2005-06年**（北京：社會科學文獻出版社，2005年）。

稻垣清，**中國進出企業地圖**（東京：蒼蒼社，2002年）。

二、日文參考資料

日中投資促進機構，第9次日商企業問券調查集計結果（概要），2007年。

張紀濤，「連載　WTO加盟後外資對中國經濟、勞資關係的影響　第9部　建造世界第一的PDP工場SPDP」，日本重化學工業通信社編，亞洲市場調研，2005年11月1日載。

張紀濤「連載　WTO加盟後外資對中國經濟、勞資關係的影響WTO加盟後　第8部　無錫『日資高地』的形成的原因　索尼電子的故事」，日本重化學工業通信社編，亞洲市場調研，2005年10月。

張紀濤，「連載　WTO加盟後外資對中國經濟、勞資關係的影響　第7部　中國家電王國・順德豐田合成的經營戰略」，日本重化學工業通信社編，亞洲市場調研（日本）2005年10

月1日。

張紀潯，連載　WTO加盟後外資對中國經濟、勞資關係的影響　第3部　民工荒看外資企業勞工問題（前引書，2005年7月1日）。

日本貿易振興機構北東亞地域事務所共同調研報告，特集中國北亞ア日系企業面臨的課題（日本），第1、2期，（2005年8月號）。

張紀潯，「日本對中國投資對中國產業構造的影響」，楊棟梁主編，東亞地域經濟合日本國際協力銀行開發金融研究所，有關我國製造業開展海外事業的調查報告－2005年度海外直接投資問卷調查結果，（日本）2006年。

張紀潯，「從經濟依存度看日中經濟關係的變化」，日本領導者協會編，勞政月刊（日本），2006年8月。

三、網路及其他

豐田汽車網，〈http:www.toyota.co.jp〉。

廣州市外經貿廳統計資料。

大陸韓資企業經營績效與產業空洞化

鄭常恩

（韓國三星經濟研究所首席研究員）

摘要

1992年韓中建交，兩國經濟交流迅速發展。特別自從中國加入WTO後，隨著韓國經濟的恢復，2002年兩國經濟合作開始快速發展。1992-2006年間，韓國對中國出口貿易額由27億美元增長到695億美元，佔總出口額的比重也由3.5％增加到21.3％，中國成為韓國最大的貿易出口國。但是隨著中國經濟的增長，韓國對中國投資的結構也逐步發生變化。特別是三星、LG等以當地市場為對象從事生產的大企業投資取得成功，與過去相比，大部分企業更加重視當地市場。隨著韓國企業投資結構的變化，國內的議論紛紛圍繞著對中國投資議題，而議論的重點是對中國投資會不會導致國內產業的空洞化。

本論文說明中國的快速崛起，不但對韓國產業空洞化影響深遠，而且為競爭力逐漸減弱的韓國企業，提供生存與發展的機會。部分人士認為：因勞動力成本高，而造成競爭力逐漸下降的韓國中小企業，選擇對中國投資來取得新的生存機會，而大企業更是建立分工體制增強企業競爭力。本論文分析在中國的韓國企業的經營成果，探討中國投資引起韓國國內產業的空洞化問題，最後提出韓國的政策對應方案。

關鍵詞：韓國企業，中國投資，產業空洞化，大企業

An Analysis of Korean Investment in China and Industrial "Hollowing out" of Korea

Sang-Eun Chung

(Research Fellow , Samsung Economic Research Institute)

Abstract

Since Korea and China established diplomatic relations in 1992, bilateral economic relations saw remarkable progress, especially after China officially joined the World Trade Organization (WTO). Korea's exports to China expanded from US$2.7 billion in 1992 to US$69.5 billion in 2006. China has emerged as Korea's biggest export market with its proportion in Korea's total exports rising from 3.5% to 21.3% over the same time period. However, China's growth is changing the nature of Korean investment in China. Conglomerates such as Samsung and LG that targeted the Chinese market have seen success with their investments, and most companies are placing more emphasis on the local market than in the past. The changing nature of Korean investment in China has sparked increasing debate and discussion, which is in turn causing the issue of an industrial "hollowing out" of Korea.

The purpose of this paper is to find that a majority did not experience the effects of "hollowing out." Rather, they experienced industrial upgrade, meaning that their level of sophistication has risen.

Keywords: Korean company, investment in China , industrial "hollowing out", large corporation

壹、前言

　　自1988年韓國企業開始對華投資以來，經過二十多年的時間，中國已經成為韓國最重要的投資對象國。至2006年末，對華投資累計達到15,909項，金額達170億美元以上，分別佔據韓國在全世界範圍內投資33,346項和695億美元的47.7%和24.4%。對華投資如此急速增長的原因在於：韓國製造行業的積極投資。實際上，截至2006年末韓國對華投資的84.2%是對製造行業的投資。

　　韓國製造業的海外投資始於二十世紀八〇年代中期，為利用東南亞地區低廉的生產要素，而產生的勞動集約型輕工企業投資。隨著國內生產費用的上升，競爭力日益下降的製鞋、纖維、電子等企業大量轉移到東南亞。當時韓國對東南亞的投資，採取從韓國向當地出口原輔材料，向第三國出口製成品的方式，藉以擴大對投資國及宗主國的貿易，這與Kojima（1978）指稱為日本式直接投資的日本對亞細亞的投資具有類似的形態。

　　韓國企業初創階段的對華投資，也是從在韓國競爭力下降的勞動集約型輕工業轉移開始，而且在開創中國出口上表現出和對東南亞投資類似的特點。為利用中國低廉的勞動力，纖維、縫製、服裝企業成為初期主要的投資者，投資企業將產品出口到美國等第三國市場。

　　但是隨著中國經濟的增長，韓國對華投資的結構也在逐步發生變化。特別是三星、LG等以當地市場為對象，從事生產的大企業的投資取得成功，與過去相比，大部分企業更加重視當地市場。隨著這種韓國企業投資結構的變化，國內對華投資的議論。而議論的重點是對華投資會不會導致國內產業空洞化。

　　本論文的目的是從多重角度分析韓國企業對華投資的現狀與特性，並考察它對韓國經濟產生的影響。透過韓國對華投資的統計，分析韓國企業對華投資的現狀和特徵，並解讀韓國製造行業大企業的雇傭與銷售的發展趨勢。最後，探討對華製造業的投資和空洞化之間關係。

貳、韓國企業的經營成果

一、進入中國的目的

　　對韓國企業對進入中國市場之動機的分析可以分為兩種。一種是申報投資時調查其動機，另一種是調查正在從事生產活動企業的動機。屬於前一種情況的有進出口銀行對2003～2004年期間的情況進行調查後發表的資料。[1]按照投資目的，對2003年有關對華投資的1,701項申請進行分類的結果，利用低工資有634項，佔37.3％；促進出口有545項，佔32％。2004年2,233家申報的企業中，616家公司的目的是促進出口，佔27.6％；以利用低廉工資為目的的企業有840家，佔37.6％，促進出口的目的較大。

　　其次，進出口銀行以正在從事經營活動的企業為對象進行調查。據2004會計年度，以投資金額在100萬美元以上的463個企業為對象，調查結果顯示：在允許多次回答的條件下，回覆針對市場的投資最多，佔39.4％，其次是針對勞動等要素的投資，佔31.0％。調查結果顯示，選擇針對市場的企業中51.6％指向當地內需市場，27.5％指向第三國市場，20.6％是把對韓出口作為目標進行對華投資。要素動機中最多的是節約生產費用。[2]

　　據以中小企業為成員的中小企業協同組合中央會，於2003年12月實施的調查結果顯示，進入中國的動機中，節約費用佔43.7％，開拓海外市場及策略合作佔33.9％，國內招工難佔12.5％等。中小企業協同組合中央會的調查僅以中小企業為對象，問卷調查企業只有63家，但是同進出口銀行

---

[1]　韓國進出口銀行，我國對華投資駐海外法人經營現狀分析：以2002會計年度為基準，2004年2月，頁9；我國對華投資駐海外法人經營現狀分析：以2003會計年度為基準，頁9。

[2]　韓國進出口銀行，我國駐中國及美國海外法人經營現狀比較分析：以2004會計年度為基準，頁83。

的調查結果相比，節約費用的一面表現得更為強烈，這意味著中小企業對
費用問題相對更加重視與強調。

　　隨著時間的推移，進入目的和動機還有可能發生變化，但是目前還
沒有完善資料。不過，中小企業中央會的調查，區分外匯危機以前和以
後，對進入目的做問卷調查，調查結果顯示節約費用同危機前相比增加
1.3％，而開拓海外市場及策略合作則增加12％。這顯示，隨著時間的推
移，對華投資並非只是單純地節約費用，而是以開拓海外市場，即針對當
地市場的資源在增加。[3]

表一：進入中國企業進入目標調查結果

調　　查	企業規模	費用因素	市場因素	備　　註
產業資源部 （2003）	全體	低工資等 節約費用35.7%	開拓當地市場 （36.6％）	製造業投資 959件
	大企業	13.6%	63.6%	
	中小企業	37.0%	34.5%	
KOTRA （2004）	全體	利用低工資勞動力 （25.8％）	開拓當地市場 （26.8％）	529個企業 複數答應
	大企業	16.3%	34.9%	
	中小企業	28.2%	24.7%	
KIEP（2004）	全體	利用低工資勞動力 （36.2％）	開拓當地市場 （25.6％）	298個企業 複數答應
	大企業	26.6%	45.3%	34個大企業

資料來源：產業資源部，「海外製造業投資實像與實況調查結果」（2003年9月），頁4-5。
　　　　　KIEP，「進入中國韓國企業的經營實況與啟事點」政策研究04-14。
　　　　　Kotra，「進入中國韓國企業的經營情況」（2004年8月）。

---

[3]　中小企業協同組合中央會，進入中國企業的經營環境及投資滿意度調查，（2004年1月），頁8。

二、盈利性和成長性

　　關於進入中國企業的盈利性，據KOTRA & SER1 2006的資料顯示，這些企業的經營狀況大體良好。共有506家公司回答問卷調查，其中的40.3％回答略有盈餘，29.8％的企業回答保持「平衡狀態」。另有23.3％的企業回答發生「少量虧損」，3.4％回答發生"大量虧損"，還有3.2％的企業回答取得「大規模盈利」。據進出口銀行的統計資料，所調查的598家企業中，在2005會計年度取得本期淨利潤的企業有289家，其餘309家企業發生虧損。從中大體上可以看出，進入中國的韓國企業中，約有一半處於虧損狀態。

　　由進出口銀行進行統計的2005會計年度盈利法人，本期淨利潤合計金額為11.1億美元，虧損法人淨虧損合計金額為6.1億美元，整體上取得5.1億美元的本期純利潤。[4]如果按企業劃分，現代汽車駐北京法人的本期淨利潤以1.7億美元佔首位，三星電子的九個駐華法人的利潤也比較大。發生最大淨損失的企業是製造TFT-LCD的BOE Hydis公司，虧損達到5,008萬美元。POSCO的駐江蘇省冷軋產品生產法人，和駐山東省冷軋產品生產法人的虧損也分達到4,366萬美元和2,058萬美元。POSCO子公司發生虧損的原因，可能是因為大規模投資的法人尚處於生產的初期階段。

　　從企業規模上看，它們的經營成果可按個人及私人企業家、大企業、中小企業的順序排列。個人及私人企業家中只有7家公司成為調查對象，因而不具有多大意義（其中一個公司的利潤較多，所以整體上評價過高）。中小企業的銷售總利潤率達到7.5％，營業利潤率達0.2％，經常利潤率為0.2％，這比大企業的10.9％、1.7％、1.7％低得多。

---

[4]　韓國進出口銀行，我國駐中國及美國海外法人經營現狀比較分析：以2005會計年度為基準（2006年12月），頁21。

　　另一方面，進出口銀行以連續三年報告經營資料的企業，整理提供經營分析結果。調查對象企業共有52家，不算多，但是在對象企業相同這一點上顯示，與時間同步的成長性和盈利性。它們的銷售額2003年達到897,400萬美元，2004年為1,205,400萬美元，2005會計年度為1,537,400萬美元，其增加率2004年為34.3％，2005年為27.5％，狀況良好。纖維、皮革及皮包等產品的銷售增加率較低，但通信設備及汽車企業的成長性較高。

　　從盈利性上看，2005年銷售總利潤達到205,000萬美元，增加率為13.3％。營業利潤為46,400萬美元，減少了16.8％。如果按年度劃分，從2003年的17％減少到2004年的13.7％，此外2005會計年度的11.8％。營業利潤率也從2003年的7.7％減少到2005年的3.0％。投資收益率（**以整個產業為基準**）從2003年的31.2％到2005年的22.0％，儘管處於相當高的水準，但也在減少。在中國國內活動的大企業盈利性逐漸惡化的原因，在於中國國內的競爭壓力。

　　儘管盈利性在惡化，但是和對美投資相比，對華投資的盈利性仍然較高。進入中國的製造企業銷售額利潤率、營業利潤率比進入美國的製造企業（**以12家企業為對象的調整**）高出很多，投資收益率也比美國高。

圖一：韓國製造企業對中、美投資盈虧比

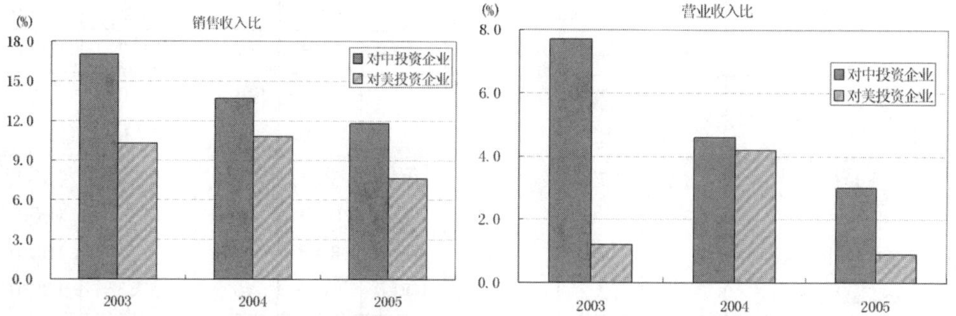

資料來源：韓國進出口銀行，2005年會計年度對中、美投資企業經營分析（2006年12月）。

三、銷售市場

　　由進出口銀行進行統計的投資餘額在100萬美元以上企業，在中國市場的銷售比率，在2005會計年度達到51.0％，第三國市場的銷售比率為36.3％。製造業的中國國內銷售比率佔54.4％，出口第三國佔30.7％，中國國內銷售率最高。2004年製造業的中國國內銷售率為48％，出口第三國佔37.1％，這說明中國市場的銷售在增加。

　　據進出口銀行調查，大企業的當地銷售比率為49.7％，中小企業的當地銷售比率為61.6％，其他企業（個人及私人企業家）為88.5％。另外，在出口第三國方面，大企業駐海外法人為39.2％，比中小企業的13.5％高出很多。與中小企業以中國國內市場銷售為主相反，可以看出，大企業是把出口第三國和中國市場同時作為銷售市場的。這個現象顯示，大部分中小企業，是向韓國大企業供給零部件或中間產品而進入中國。

表二：進入中國當地法人銷售的地區佈局

（單位：％）

項目＼年別	2004 會計年度				2005 會計年度			
國別	中國	韓國	第三國	合計	中國	韓國	第三國	合計
全產業	49.4	14.5	36.2	100.0	51.0	12.6	36.3	100.0
-大企業					49.7	11.1	39.2	100.0
-中小企業					61.5	25.0	13.5	100.0
-個人企業					88.5	9.0	2.5	100.0
製造業	48.0	14.9	37.1	100.0	54.4	14.8	30.7	100.0
-聯屬公司	25.4	92.7	71.5		26.4	90.2	63.0	
-非聯屬公司	74.6	7.3	28.5		73.6	9.8	37.0	
-電子通信	31.8	17.6	50.6	100.0	30.1	19.1	50.8	100.0
-汽車	93.2	2.6	4.2	100.0	96.3	1.1	2.6	100.0
-初級金屬	88.5	5.4	6.1	100.0	89.8	6.7	3.5	100.0
-纖維服裝製鞋	35.3	12.2	52.5	100.0	16.0	46.5	37.5	100.0

資料來源：韓國進出口銀行。

　　創造最大的銷售記錄的電子通信產業，對於第三國的出口佔50.8％，而中國國內的銷售比率只有30.1％。但汽車及初級金屬的中國當地銷售比率，則佔壓倒性地位，可以說這些都是原材料型產業或比較性質較強的行業。而纖維、服裝及製鞋則屬於勞動密集輕工業的典型領域，第三國和韓國發揮相對重要的市場作用。而這些領域屬於在韓國喪失競爭力的領域。

四、原材料的供給

　　據進出口銀行的合計資料，進入中國的韓國企業於2005年在中國購買40.8％的原材料，從韓國進口稍多，為42.9％，從第三國進口16.3％。和2004會計年度相比，從韓國進口的比率有所減少，從第三國採購的比率提高。從製造業分析，在中國國內籌集44.5％，顯示最高的比率，比2004年的38.9％有較大的提高。

表三：韓商大陸投資原材料取得來源

（單位：％）

年別 項目	2004會計年度				2005會計年度			
國別	中國	韓國	第三國	合計	中國	韓國	第三國	合計
全產業	40.8	48.8	10.4	100.0	40.8	42.9	16.3	100.0
-大企業					40.1	42.3	17.6	100.0
-中小企業					46.3	49.0	4.7	100.0
-個人企業					96.6	3.4	0.0	100.0
製造業	38.9	51.3	9.9	100.0	44.5	39.9	15.6	100.0
-聯屬公司	22.6	89.5	34.6		19.6	90.6	47.4	
-非聯屬公司	77.4	10.5	65.4		80.4	9.4	52.6	
-電子通信	34.4	55.6	9.0	100.0	28.4	51.0	20.6	100.0
-汽車	54.2	44.8	1.0	100.0	71.4	28.0	0.6	100.0
-初級金屬	29.1	70.9	0.0	100.0	36.2	62.3	1.5	100.0
-纖維服裝製鞋	25.7	52.2	22.1	100.0	26.4	54.9	18.7	100.0

資料來源：韓國進出口銀行。

從製造業與產業分析，籌措金額最多的電子通信產業，2005年從韓國進口供應比率達到51%，中國國內籌集比率為28.4%，從第三國購入20.6%。第三國採購比率高於2004年，這種情況顯示以電子產業為中心，東亞內部產業分工的一個側面。與此相比，汽車零部件中71.4%在中國本地採購，這比2004年的54.2%有大幅度的增加，意味著零部件的當地化趨勢在快速發展。初級金屬和輕工業方面，從韓國進口情況居多，顯示從韓國進口原料後進行加工的趨勢。

五、生產及技術管理

據2006 KOTRA & SER1調查，韓國對華投資企業生產成長期和成熟期產品的比率分別是37.4%和40.5%。進入衰退期產品的生產也佔有14.9%，但是引入期產品的生產也達到37.2%左右。生產引入期產品和成長期產品的事實說明，母公司生產的產品和中國子公司生產的產品間不存在差異。在生產設備方面，從韓國引進新設備的比率為37.1%，安裝中國生產設備的比率為36.3%。另外，遷移韓國二手設備的企業比率為18.1%。第三國設備的企業佔3.5%，其他設備佔5.1%。KOTRA的2005年調查中，回答從韓國引進二手設備的佔25.6%，但正在急劇減少。在勞動力費用比韓國低廉的中國，引進新設備佔37.1%，意味著正在進入中國的韓國企業，技術能夠很容易地轉移到中國。[5]

據464家企業的回答，在中國擁有研發組織的企業達45.4%，沒有研發組織的佔54.6%。關於開發組織的運營計畫，35.7%的企業回答正在運營，13.7%的企業表示擬在一年之內運營，表示在2～3年之內運營的企業也達到20.3%，但有27.1%的企業回答尚無計畫。

---

[5] 產業技術的相當一部分處在滯貨（embodied）於機械裝置的情況較多。因此，如果把新設備引進子公司，並開展生產活動，其技術會自然而然地得到轉移。

　　進入中國的企業主要從韓國的母公司引進技術。據393家企業的回答，從韓國的母公司引進技術的佔68.0％，在中國國內研究開發的佔17.8％等。回答轉移到中國的技術會提高中國同行業的競爭力，打擊韓國企業的可能性大的佔24.4％，認為這種可能性小的佔39.9％。回答有發生回飛鏢（boomerang）現象可能性的也有18.7％。作出回答的465家公司中，回答說自己對於中國企業的競爭力今後也將保持優勢的公司只有13.3％，而回答三年之內將達到對等水準的佔66％，顯示大陸本土產業與外資競爭日益激烈。

六、總公司的銷售和雇傭的變化

　　對華投資必將對韓國的雇傭及生產活動產生影響。通過韓國企業的對華投資，可以提高國內各部門的效率，實現更多的生產和雇傭，但是如果說中國國內的生產和韓國國內的生產之間，存在替代關係，韓國國內的生產和雇傭存在著減少的可能性，韓國製造業大企業的對華投資是否對雇傭和生產產生的影響為何？

　　一般情況下，境外出口型企業，即為節約費用而進入中國的企業轉移設備以後，會縮小國內生產，雇傭也會隨之減少。與此相比，以開闢當地市場為目的進行投資的大企業，根據在中國當地生產與國內有差別的產品，或是生產相同的產品，其效果也會有一些差異。如果生產差別化產品，即如果在國內生產高檔產品，在中國生產標準化產品，那麼國內的生產反而有增加的可能性。但是，越是高檔的產品，越會選擇勞動節約型生產方法，因此雇傭彈性將會減弱。如果僅為了關稅，生產與國內相同的產品，將會出現國內生產及雇傭減少的現象。為向中國的裝配企業供給零部件而進入中國的中小企業，可根據情況完全遷移國內的生產設備。儘管不至於達到那種程度，但國內生產和雇傭大體上都有可能減少。

　　2006 KOTRA & SERI的調查顯示對華投資和國內生產及雇傭方面有

趣的結果。首先，認為在中國國內的生產開始以來，儘管總公司的銷售額
沒有大的變動，但是生產規模比以前縮小的看法略佔上風。360家公司的
回答中，銷售額「大幅減少」的佔14.7%，「減少」的佔12.2%。但是回
答說「大幅增加」及「增加」的比率也分別達到8.1%和19.4%，高於減少
的比率。

關於生產規模的變化，共有351家公司作出回答，其中回答「大幅減
少」及「減少」的比率分別是19.1%和15.1%，加起來佔34.2%；「大幅
增長」的有6.6%，「增加」的有18.8%，加起來佔25.4%。此資料顯示，
生產規模的減少大於生產的增加。儘管這同銷售額的差異不大，但銷售額
增加27.5%，與減少26.9%略高的情況成對比。

圖二：對中國投資企業的銷售額與生產規模的變化

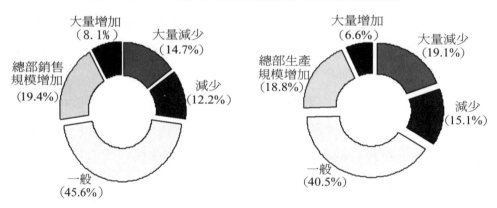

資料來源：鄭常恩，在華韓國企業的經營現狀及啟示──以問卷調查為主（首爾：三星經濟研究所，
2006年10月）。

從雇傭的角度觀察產業空洞化趨勢，可以發現一些不同的情況。
據對351家公司的調查結果顯示，總公司的雇傭「大幅減少」的比率佔
19.4%，「減少」的佔16%，總體上有35.4%的企業回答雇傭減少。與此
相反，回答總公司的雇傭「大幅增加」的佔4.8%，「增加」的14.8%，總

體上有19.6％的企業回答說雇傭增加，從雇傭減少企業的比率，高於增加
企業的比率中顯示，對華投資的雇傭產生負面影響。

　　另外，回答研發人員「大幅減少」的佔11.3％，「減少」的佔
11.6％，總體上減少的比率達到22.9％；「大幅增加」4.1％，「增加」
16.8％等，20.9％的企業回答研發人員比以前增加。儘管沒有大的差異，
但這些資料暗示，對華投資企業的總公司研發活動，反而存在著已經被減
弱的可能性。

七、評價及結論

　　根據以上的討論，將韓國企業對華投資的特性歸納如下：

　　第一，韓國企業投資動機在發生變化。起初勞動密集型企業為利用中
國低廉的勞動力而投資，但是以充分利用中國市場為目的的投資在逐漸增
加。特別是隨著大企業投資的增加，對準內需市場的投資同時在增加。

　　第二，正在推進當地化。當地化表現在零部件的本地採購和本地市場
比率的增加。汽車、初級金屬等耐久消費材料和原材料行業的中國內需比
率增加。隨著為向裝配企業供給零部件而進入中國企業的增加和相關資訊
的擴散，中小企業的主導市場也向中國轉移。在零部件和中間材料的購入
方面，中國本地的採購率也在不斷增加。

　　第三，中國國內的經營環境呈現惡化。和美國等國家相比，韓國製造
企業的投資收益率仍然比較高，銷售額利潤率和營業利潤率也相當高，但
是近來盈利性在鈍化。這與中國國內競爭壓力的增加不無關係。

　　第四，韓國企業的對華投資有助於中國的技術發展。投資企業生產引
入期、成長期產品的比率達到44.6％，實際上引進新設備的比率遠高於二
手機械。

　　第五，儘管在對華投資企業總公司的生產方面，「增加」的比率低於
「減少」的比率，但是在銷售方面，增加與減少的比率不相上下。這種情

況暗示，這些企業通過對華投資正在推進高附加價值化。與此相反，人力雇用方面，回答「減少」的比率遠高於「增加」的比率，甚至在研發人員方面，減少的比率高於增加的比率。這種情況顯示對華投資對雇傭的負面效果相對更大。

參、製造業大企業的對華投資和空洞化評估

一、分析方法和資料

　　以下透過個別企業的實例考察韓國企業的對華投資，和實際銷售及雇傭的變化間，是否存在著互動關係。其目的在於，考察對華投資企業的銷售額及雇傭的增加，是否不同於未投資的企業及多元化投資的企業。截至2006年末，在韓國證券市場上市的1,572家製造企業中，將銷售額前300位的大企業作為分析對象。1,572家企業的銷售額為728兆韓元，職工人數為107萬名左右。

　　分析對象企業大體上區分為「海外投資企業」和「非海外投資企業」；海外投資企業又區分為「以中國為中心的投資企業」（對華投資佔總投資50%以上的企業）和「多元化投資企業」（對華投資比率50%以下的企業）。採用了對以上3組企業2000～2003年，2003～2006年期間的銷售與雇傭（區分生產崗位和非生產崗位）增加率進行比較的簡單方法。分析方法採用「企業組之間的平均差異」及「通過T－test」[6]檢驗企業組之間平均差異的方法。採用T－test的理由是假定該300家（企業是從韓國全部的製造企業中作為樣本採樣。但從實際情況看，這些前300位企業本身具有母集團性質的一面。因此，T－test只是作為一種參考予以提供。）

---

[6]　T－test是不瞭解母集團的分散情況時，檢驗獨立的2集團之間平均差異的分析方法。

　　而且，在對各企業組進行比較分析的基礎上，區分個別企業所屬的產業，把製造業分成OECD所分類的高技術產業、中高技術產業、中低技術產業及低技術產業，分析各產業出來什麼樣的結果。即推測各個產業中各個企業所顯示的銷售及雇傭的差異不會相同。

　　這裡所需要的資料是各觀測年度的銷售與雇傭，以及各個企業對各個地區的海外投資金額。個別企業的銷售資料來自韓國信用評價（Korea Investors Service Inc），雇傭資料來自個別企業提交證券監督當局的事業報告書。關於個別企業的海外投資金額及其分佈，利用進出口銀行分年度編制的《海外投資駐外法人現狀》中的資料。300家企業中，除統計上存在問題的1家企業之外，其餘299家企業的2006年現狀如下。[7]

　　299家企業中非海外投資企業有89家，海外投資企業有210家，從中可以看出韓國製造業大企業的海外投資已經達到普遍化狀態。海外投資企業中，對華投資比重佔50％以上的對華集中投資企業有94家公司，對華投資比重不足50％的多元化投資企業有116家。2006年的銷售總額為424兆韓元，其中海外投資企業的銷售額為329兆韓元，佔77.7％。對華集中投資企業的銷售額為57億美元，多元化投資企業的銷售額為273億美元，說明對華集中投資企業的比重仍然較低。

　　雇傭方面，2006年達到總雇傭人數64萬人的水準，其中從業於海外投資企業的約有54萬人，從業於非投資企業的有10萬人。從業於對華投資50％以上企業的有11萬人，從業於對華投資50％以下企業的有43萬人左右。

---

[7]　300家分析對象企業中，作為16家企業2000年雇傭相關資料的輔助資料，以2001年基準資料。

表五：韓資企業的現況（2006年基準，299個企業）

（單位：十億，百名）

	全體企業	非海外投資企業	海外投資企業	以中國為中心的投資企業	多元化投資企業
企業數（A）	299	89	210	94	116
銷售（兆圓）（B）	424	95	329	57	272
雇傭（千名）（C）	639	101	537	109	428
企業的平均銷售（B/A）（十億）	1,417	1,062	1,568	604	2,349
企業的平均雇傭（C/A）（千名）	2.14	1.14	2.56	1.16	3.69
勞動生產率（B/C）（百萬圓）	663	933	613	520	636

　　考察各企業組的企業規模（以銷售額及雇傭人數為基準）及勞動生產率，可以發現一些有趣的現象。第一是海外投資的規模比非投資企業大。海外投資企業的平均銷售額為1兆5680萬韓元，而非海外投資企業則停留在略微超過1兆韓元的水準上。海外投資企業的平均職工人數為2560名，而非海外投資企業則只有1140名，連前者的一半都不到。第二是對華集中投資企業和多元化投資企業的平均規模存在著巨大差異。對華集中投資企業的平均銷售額及平均雇傭人數，只有多元化投資企業的1/3。可以認為企業規模大的企業，動員資源的能力也大，因而推進投資多角化。第三是非海外投資企業的勞動生產率遠遠高於投資企業，人均勞動生產率達到9.3億韓元，但投資企業只不過維持6.1億韓元的水準。不過，對華集中投資企業和多元化投資企業的勞動生產率沒有顯示多大差異。

　　另一方面，再按照時間的推移，考察分析企業的銷售與雇傭情況。2000、2003、2006年銷售與雇傭統計資料齊全的企業有260家。資料顯示，它們的銷售額2000年為250，三年期間減少3.8％，2003～2006年期間又增加12.2％。如果區分為生產崗位和非生產崗位，2006年的生產崗位為

31.3萬人，非生產崗位29.6萬人，差異並不大。2000～2003年期間，生產崗位減少7.9%，這與非生產崗位增加1.5%形成鮮明對比。2003～2006年期間，生產崗位和非生產崗位的雇傭均有增加，但對華集中投資企業的增加幅度不大，而且2003～2006年期間生產崗位的雇傭仍有減少。

表六：260個案企業每年的銷售與雇傭變化趨勢（2000-2006）

年別\項目	投　　資	2000	2003	2006	增加率（%）	
					2000～03	2003～06
銷售額（兆圓）	全體	250	302	406	20.7	34.5
	海外投資企業	2030	2423	3166	19.36	30.64
	非海外投資企業	472	596	895	26.35	50.12
	以中國為中心的投資企業	302	367	488	21.67	32.75
	多元化投資企業	1728	2055	2677	18.95	30.26
雇傭（千名）	全體	564	543	609	-3.8	12.2
	海外投資企業	4840	4615	5132	-4.63	11.20
	非海外投資企業	798	810	954	1.49	17.82
	以中國為中心的投資企業	962	920	950	-4.32	3.27
	多元化投資企業	3878	3695	4182	-4.71	13.18
生產崗位	全體	315	290	313	-7.9	8.0
	海外投資企業	2699	2432	2604	-9.88	7.05
	非海外投資企業	446	463	524	3.86	13.19
	以中國為中心的投資企業	535	496	495	-7.28	-0.27
	多元化投資企業	2163	1936	2109	-10.52	8.93
非生產崗位	全體	249	253	296	1.5	16.9
	海外投資企業	2140	2183	2528	1.98	15.82
	非海外投資企業	352	347	430	-1.53	24.00
	以中國為中心的投資企業	426	423	455	-0.61	7.43
	多元化投資企業	1714	1759	2073	2.63	17.85

二、銷售雇傭增加率平均的比較分析

　　為進行這項分析，在整個300家企業中去除哪怕是一部分時間序列資料有問題的公司以後，共有294家企業的觀測值，其中，非海外投資企業有85家，海外投資企業有209家；其中，多元化投資企業有117家，對華集中投資企業有92家。如果按照技術水準劃分，屬於高技術產業的企業有50家，屬於中高技術產業的企業有103家，屬於中低技術產業的企業有76家，還有屬於低技術產業的企業65家。

表七：技術水準來區分的分析物件企業群（294個企業）

企業＼技術	全體（294）	高技術（50）	中高技術（103）	中低技術（76）	低技術（65）
海外投資企業	209	40	76	51	42
以中國為中心的投資企業	92	19	33	21	19
多元化投資企業	117	21	43	30	23
非海外投資企業	85	10	27	25	23

　　首先從產業總體上分析，海外投資企業和非海外投資企業的銷售和雇傭增加率是：2000～2003年期間，海外投資企業的增加率，比非海外投資企業高出113.2％，2003～2006年期間也高出12.7％。雇傭方面，2000～2003年期間，雖然海外投資企業雇傭，比非海外投資企業的雇傭增長率低2.6％，但2003～2006年已經高出8％。如果按照非生產崗位和生產崗位區分雇傭人數，2000～2003年期間，海外投資企業的生產崗位雇傭增長率低18.95％，但是在2003～2006年期間，海外投資企業的生產崗位雇傭增加率高於非海外投資企業。非生產崗位的雇傭人數，無論是前期還是後期，海外投資企業的增加率均高於非海外投資企業。

　　海外投資企業的銷售增加率，比非海外投資企業更高的趨勢顯示，海

外投資並沒有對國內產業空洞化產生影響，反而因效率的提高促進增長。在雇傭方面，生產崗位人員在前期雖然受到負面影響，海外投資和國內投資之間曾存在替代關係，但是在2003～2006年期間，隨著國內銷售的增加，雇傭率也反而得到快速增長，轉變為互補關係。特別是海外投資企業非生產崗位（管理崗位及研究崗位）的雇用，在2003～2006年期間比非海外投資企業高出23.35%，統計也顯示類似的結果。

　　在對華集中投資企業和非海外投資企業之間的比較中發現，對華集中投資企業的銷售和雇傭人數的增長，比非海外投資企業更快。銷售額方面，前期曾經有過24.8%的差異，後期也仍然存在10.17%的差異。雇傭方面，生產崗位人員在2000～2003年期間，對華投資企業的雇傭增加率，比非對華投資企業低1.81%，但是到2003～2006年期間，反而高出2.64%。非生產崗位人員的雇傭，後期比前期大幅增加，也很難說對華投資與產業空洞化有關聯。

表八：各企業群的銷售額與雇用差距（294個企業）

		2000-2003	2003-2006
海外投資企業 vs. 非海外投資企業	銷售額	113.20	12.69
	雇用	-2.58	8.03
	（非生產崗位）	0.19	23.35*
	（生產崗位）	-18.95	7.49
以中國為中心的投資企業 vs. 非海外投資企業	銷售額	24.82	10.17
	雇用	4.23	3.51
	（非生產崗位）	2.46	31.07
	（生產崗位）	-1.81	2.64
以中國為中心的投資企業 vs. 多元化投資企業	銷售額	-156.77	-4.51
	雇用	11.87*	-8.06
	（非生產崗位）	3.96	13.78
	（生產崗位）	29.71*	-8.71

　　對華集中投資企業和多元化投資企業間，銷售額及雇傭增加率的比較顯示，對華集中投資企業的銷售及雇傭增加率明顯低於多元化投資企業。銷售額在兩個期間分別出現約156.8％及4.5％左右的差異，銷售額增加率的差異逐步縮小，但是對華集中投資企業的銷售額增加率更低。雇傭方面，前期對華集中投資企業和多元化投資企業之間的比較，對華集中投資企業的雇傭增加得更多，但是到後期便出現逆轉現象。與此相反，非生產崗位人員的雇傭方面，對華集中投資企業的增加率更高。如果僅從結果分析，集中於中國的投資和非集中投資相比，可以說對銷售額及雇傭產生負面影響。

三、各技術水準產業的銷售雇傭增加率比較

　　以下將製造企業按照技術水準分為四個範疇進行分析。首先海外投資企業和非海外投資企業的各個產業群間存在何種差異。高技術產業及中高技術產業的銷售增加率方面，海外投資企業的銷售增加率高於非海外投資企業。尤其是高技術產業的海外投資企業銷售額增加率，遠高於非海外投資企業，這是因為通過海外投資實現企業內生產產品及工序的高技術化，藉以增加銷售的結果。雇傭方面，高技術產業的海外投資企業人員雇傭增加率高於非海外投資企業，但是在中高技術產業中，海外投資企業顯示負增長（2000～2003），或者幾乎不存在差異（2003～2006），海外投資企業的生產崗位雇傭增加率低於非海外投資企業。

　　中低技術產業和低技術產業中，海外投資企業的銷售增加率，比非海外投資企業低或略高一些（2003～2006年，低技術產業），雇傭方面也是海外投資企業的雇傭增加率比非海外投資企業低或短期內稍高（中低技術產業，2003～2006）。尤其是2000～2003年期間，海外投資企業的銷售和雇傭增加率全面低於非海外投資企業。由此可知，技術水準越低，海外投資企業的國內銷售和雇傭高於非海外投資企業的速度進行結構調整可能性

大。即技術水準越低，通過海外投資相對減少國內生產及雇傭的效果越大。

表九：海外投資企業與非海外投資企業的差距（技術水準）

年別 產業別		2000-2003年	2003-2006年
高技術產業	銷售額	596.00	38.19
	雇用	8.91	12.06
	（非生產崗位）	-1.01	22.35*
	（生產崗位）	69.99	31.09
中高技術產業	銷售額	17.89	5.42
	雇用	-7.75	0.94
	（非生產崗位）	6.67	38.63
	（生產崗位）	-98.11*	-4.39
中低技術產業	銷售額	-13.29	-1.95
	雇用	-7.39	10.85
	（非生產崗位）	-14.45	4.97
	（生產崗位）	-7.66	10.15
低技術產業	銷售額	-37.44	2.63
	雇用	-2.88	-0.43
	（非生產崗位）	6.98	15.87*
	（生產崗位）	2.51	-3.06

　　對華集中投資企業和海外投資企業之間，高技術產業和中高技術產業雙雙都是對華集中投資企業的銷售增加率，高於非海外投資企業。對華集中投資企業在雇傭方面，高技術產業的生產崗位及非生產崗位雇傭都顯示更高的增加率，而在中高技術產業中，生產崗位的雇傭顯示較低的增加率。中低技術產業和低技術產業中，對華投資企業的銷售增加率，低於或暫時略高於非對華投資企業（低技術產業2003～2006）。雇傭方面的情況也沒有大的差異。歸根到底，可以推論，高技術產業及中高技術產業的海

外投資，反而通過國內企業效率的提高，對銷售和雇傭產生正面作用，但是中低技術及低技術產業的場合，海外投資帶來的結構調節同國內生產活動的減弱具相關性。

表十：以中國為中心的投資企業和非海外投資企業差距（技術水準）

年別 產業別		2000-2003	2003-2006
高技術產業	銷售額	65.56	36.53
	雇用	27.88	3.03
	（非生產崗位）	22.17	14.61
	（生產崗位）	128.40	9.41
中高技術產業	銷售額	51.51	8.50
	雇用	-8.95	4.98
	（非生產崗位）	2.34	66.27
	（生產崗位）	-100.61	-6.38
中低技術產業	銷售額	-13.50	-19.23
	雇用	3.77	-3.50
	（非生產崗位）	3.04	3.41
	（生產崗位）	2.41	-0.71
低技術產業	銷售額	-23.52	3.40
	雇用	-0.35	-6.03
	（非生產崗位）	-14.80	15.18
	（生產崗位）	15.11	5.21

　　對華集中投資企業和多元化投資企業的差異如表十一所示，首先，高技術產業的對華集中投資企業銷售增加率遠低於多元化投資企業的銷售增加率。隨著時間的推移，其差異大幅度減少，但是其趨勢依舊。這種情況顯示，對華投資企業轉移相對更多的生產設備，從而縮小國內生產規模的可能性大。中高技術產業和低技術產業中，對華投資企業的銷售顯示出更高的增加率，且還顯示出和前期相比，進入後期之後其差異大幅縮小的特

點。與此相反，中低技術產業領域對華投資企業的銷售增加率更為不振，這種情況意味對華投資企業，在國內的結構調整壓力比非對華投資企業更大。

雇傭方面，高技術產業和中低技術產業中，對華投資企業2003～2006年期間的雇傭增加率，低於多元化投資企業，而且高技術產業的雇傭增加率，比前期大幅下降，中低技術產業也有同樣的情況。這兩個產業的生產崗位及非生產崗位的雇傭增加率，均顯示對華投資企業的增加率後期遠低於前期的特點。生產崗位的雇傭增加率方面，如果剔除低技術產業，對華投資企業的雇傭顯示出更低的增加率。

表十一：以中國為中心的投資企業和多元化投資企業的差距（技術水準）

產業別 ＼ 年別		2000-2003	2003-2006
高技術產業	銷售額	-1010.40	-3.17
	雇用	36.68	-17.11
	（非生產崗位）	44.82	-14.67
	（生產崗位）	113.00	-43.36*
中高技術產業	銷售額	58.43	5.44
	雇用	-2.04	7.02
	（非生產崗位）	-7.37	48.04
	（生產崗位）	-4.25	-3.46
中低技術產業	銷售額	-0.36	-29.36
	雇用	18.34*	-25.11
	（非生產崗位）	28.73*	-2.72
	（生產崗位）	16.53*	-19.02
低技術產業	銷售額	24.81*	1.41
	雇用	4.61	-10.18
	（非生產崗位）	-39.60	-1.26
	（生產崗位）	22.35*	14.96

四、評價及結論

　　關於對華投資是否正在導致韓國製造業的空洞化問題，國內有很多議論，但是明確認定空洞化的研究結果還很難找到。因此，通過略顯簡單的方法，考察對華投資與製造業的空洞化有沒有關係。採用的方法是，以韓國證券市場上市的製造業大企業為主，把它們區分為海外投資企業、非海外投資企業和對華集中投資企業等，按照企業組對2000年以後的銷售和雇傭增加率做比較。

　　分析結果顯示，如果把分析企業看作從整個製造業中抽取的樣本，從總體上看，因為結果的統計有意性不高，海外投資和國內的雇傭及銷售的相互連帶關係不很清楚，但是如果把製造業前300位大企業看作它們本身的一個母集團，可以得到以下看法。

　　第一，不能說海外投資者導致產業空洞化，考察海外投資企業和非海外投資企業之間的銷售額及雇傭增加率的差異，可以發現海外投資企業顯示出更高的增長率。在對華集中投資企業和非投資企業之間的比較中，同樣也是對華集中投資企業，顯示出更高的銷售增長率。這種情況說明，製造業的大企業透過海外投資實現本公司產品的升級，以及零部件的出口，提供更快增長的概然性。雇傭方面，特別是生產崗位的雇傭方面，雖然2000～2003年期間的增加率低於非海外投資企業，但是2003～2006年期間實現逆轉，海外投資企業的增加率超過非海外投資企業。

　　第二，對華集中投資企業的銷售增加率，遠低於多元化投資企業。特別是在雇傭方面，2003～2006年期間，對華集中投資企業的生產崗位雇傭增加率，低於多元化投資企業。顯示多元化投資企業的經營條件，比對華集中投資企業更加良好。換句話說，對華集中投資企業更加迫切需要國內的結構調整。

　　第三，技術水準越高的產業，海外投資企業的銷售及雇傭增加率，越高於非海外投資企業，這種現象在對華集中投資企業和非海外投資企業中

也同樣出現。即技術水準高的企業進行海外投資時，國內的銷售和雇傭也同時增長，產生綜效（synergy）。但是在技術水準低的產業，企業的海外投資對國內銷售和雇傭產生負面影響。這種情況說明，技術水準低的產業進行海外投資時，國內生產和雇傭需要進行更多的調整。

第四，海外投資企業非生產崗位的雇傭，比非海外投資企業更快增長。其中顯示，儘管生產崗位的雇傭通過海外投資可能會受到負面影響，但是因為對海外子公司的管理，研究開發領域的擴大等原因，投資企業非生產崗位的雇傭會有相當大的增加。必須指出的是，對華集中投資企業的非生產崗位雇傭增加率，不僅快於非海外投資企業，而且比多元化投資企業還要快速增長。

但是這樣的分析還有很多的限制。正如前面指出，分析之企業都是相對比較大的企業，因此不能說明韓國製造業的總體情況。此外，對投資的起始時間未做區分。因為尚處於沒有反映海外投資企業進行投資，並在海外開始生產的起始時間的狀態，在說明銷售額及雇傭的變化，與投資之間的因果關係方面，顯得有些脆弱。

肆、政策對應

一、保持技術差異方面的努力

目前韓國企業的對華投資中存在的問題之一，就是國內和中國之間生產製品的差別化不明顯。面對中國本地企業的激烈競爭，為保持競爭力和確保市場，也很可能需要轉移適當水準以上技術。此一背景下，需要生產和韓國國內母企業的生產製品沒有差異的高檔產品。為了競爭，甚至會把國內的零部件生產也轉移到中國本地，或在本地供給零部件。隨著零部件企業結伴進入中國，零部件產業的技術也將轉移到中國。例如，進入中國的現代汽車，在本地購入零部件和中間材料的比率已經達到70.3%，只有

28.9%從韓國進口。為提高本地生產零部件的質量，進入本地的裝配企業只好在現場轉移技術。

今後如何保持對於中國製造業的競爭力問題，將成為韓國經濟所面臨的最重要的課題。因此，需要保持裝配產業的差異，放慢裝配企業擴大對華投資的速度。也就是說，即使是裝配企業進入中國，仍然需要保持母公司和子公司之間生產製品的差別化。另外，對華投資也應當以漸進式的投資，取代現在的大規模投資。中國雖然處於高速增長的階段，但是考慮中國的人口，中國的比較優勢在於勞動集約性產業。因此，大企業的對華投資應當有策略規劃，藉以充分保持國內和中國之間比較優勢的差異。此外，要調節核心零部件產業的對華投資速度，技術密集型高附加價值零部件及中間材料，應當儘可能在國內保有生產設備。

二、擴大出口方面的努力

隨著對華投資的增加，投資企業所需的相當一部分原材料，由母公司或韓國供應，從而推動韓國對華出口的急速增長。但是這種韓國對華出口結構，今後將面臨相當大的變化。因為中國必將推進零部件及原材料的國產化政策。如果中國企業的技術水準提高，新的企業擴大對零部件及原材料行業的投資，中國的零部件和中間材料進口必然會減少。在此過程中，中國為替代零部件的進口，將會誘導跨國零部件企業的投資，韓國企業也將成為其對象。隨著跨國企業大量進入中國，面臨強大的本地競爭壓力的韓國投資企業，將會擴大零部件的本地供應。這意味著將會誘導合作企業結伴進入中國，或者進一步擴大從本地企業採購零部件的規模。

無論屬於那一種情況，韓國的對華零部件及原材料的投資都會增加，這將對今後出口的增加產生負面影響。因此，中國進口需求的擴大對韓國經濟做出貢獻的正面因素將逐漸減少，反而有可能帶來負面效果。

韓國不應當失去持續增加對華出口的動能，為實現這一點必須採行幾

種方案。第一,正如前述,應當調節零部件產業投資速度,如有可能,應當掀起國內零部件產業投資熱潮;第二,需要提高產成品領域的產品多元化和高檔化;第三,中國在推進和諧社會建設的過程中必然要開發落後地區,因此必須要努力開展、開發與該需求有關產品的市場營銷。

三、新產業開發

　　韓國企業的對華投資從2002年以後開始迅速增加,從過去為實現迂迴出口而進行的輕工業投資,轉換為面向內需市場的大企業投資。這種投資的增加存在著引發產業空洞化的可能性。這是因為在國內的投資環境持續惡化的情況下,投資增加速度出現遠高於日本及臺灣,大企業的投資不斷增加。對華投資帶來的產業空洞化,在服務行業等附屬行業的替代產業尚未完全確立的情況下,有可能減少服務行業的雇傭機會,進而對國民的生活水準產生負面影響。

　　當前韓國面臨如何善於利用中國經濟增長的有利機會的同時,且防止國內產業空洞化的雙重課題。為防止產業空洞化,首先需要克服伴隨中國經濟的增長與日俱增的裝配產業悲觀論。與其認為造船、汽車、鋼鐵、電子等雇傭效果好的裝配產業屬於總有一天要放棄的產業,倒不如認識到這些產業通過產品升級和高附加價值化,可以延長生存壽命。吾應當通過產品的差別化,開發出更加多樣化的商品。從實際情況而論,通過技術開發和中小企業及零部件產業的培育,延長裝配產業的生存壽命是可能的。

　　有關部門應當進一步提高對零部件和中間材料產業的重視程度。隨著時間的推移,在裝配產業保持同中國的差異將日益困難。應當通過零部件及原材料、中間材料產業的培育,保持同中國企業的垂直分工。在產品的垂直系列化中,擔當關鍵部分的生產,像目前的韓日之間的分工那樣,至少要形成韓中之間的分工。此外,同時也有必要擴大對能夠利用中國工業化的服務行業的投資。政府也應當按照政府的職責,通過社會間接資本的

支援，加強R＆D活動等，幫助企業改善外部環境。

四、中國投資環境惡化的應對措施

　　對以降低生產成本為目的而進入中國的企業來說，中國正在發生的投資政策的變化，會成為相當大的問題。進入中國的韓國中小企業，已經面臨相當嚴重的經營環境惡化。各種調查所顯示，即便是在進入中國的企業中規模相對較大的大企業，和條件優越的企業所應答的調查結果中，保持盈利的企業比率也只有一半左右。因此，早期進入中國的勞動密集型中小企業，由於中國勞動費用的上升，和以產業結構升級為目標的中國投資激勵要素縮小，正面臨著生存挑戰。如果這些企業立即中斷生產活動，必然會導致資源的浪費。對印度、越南、中南半島等能夠成為投資替代地區的地域，應當搜集系統的資訊並宣導。也就是說，要做到必要時能夠有秩序地向第三國撤退。

　　更為重要的是改善國內的投資環境。國內勞動力費用及地價的急劇上升，正在迫使國內企業向海外投資，因此在國內必須抑制生產要素費用的上升。在這一點上，通過國內落後地區投資環境的改善，使企業可以不向中國投資，而且還要吸引海外企業向韓國投資。

五、韓一中FTA推進

　　另一方面，作為防止對華投資的激增局面，提高企業出口競爭力的重要方法，需要推進韓中FTA。韓中FTA可以通過縮小交易費用，發揮放慢韓國企業對華投資的作用。如能通過FTA降低中國的進口關稅，那麼在一定程度上可以減少以進入中國市場為目標的大企業投資的必要性。如能做到這一點，即可以減少對於對華投資企業生產及雇傭的負面影響。

　　韓中FTA對既有對華投資，又有新進投資的企業來說，也可以提高政策的透明性，減少不確定性。對華投資企業當前所面臨的問題之一就是中

國的政策缺少一貫性。儘管加入了WTO，對中國的政策的評價仍然是缺
少穩定性。通過韓中FTA，應該可以提出在投資制度、知識產權、服務行
業等領域，強化韓國企業權利的要求。

參考書目

一、中文部分

三星經濟研究所，「06進入中國韓國企業Grand Survey」，**KOTRA**（首爾），2006年7月10
號－8月10號。

中小企業協同組合中央會，「進入中國企業的經營環境及投資滿意度調查」，**中小企業協同
組合**（首爾），2004年1月。

產業資源部，**海外製造業投資實像與實況調查結果**（首爾：產業資源部，2003年），頁4-5。

韓國貿易協會貿易研究所，**對中國投資企業的經營狀況調查**（首爾：貿易協會出版部，2003
年）。

韓國進出口銀行，「我國對華投資駐海外法人經營現狀分析：以2002會計年度為基準」，**韓
國進出口銀行Issu Report**（首爾），2004年2月。

韓國進出口銀行，「我國對華投資駐海外法人經營現狀分析：以2003會計年度為基準」，**韓
國進出口銀行Issu Report**（首爾），2005年4月。

韓國進出口銀行，「我國駐中國及美國海外法人經營現狀比較分析：以2004會計年度為基
準」，**韓國進出口銀行Issu Report**（首爾），2006年8月。

二、英文部分

------, "Macroeconomic Versus International Business Approach to Direct Foreign Investment,"
Hitotsubashi Journal of Economics, vol. 23 (1982), pp. 1-19.

Ando, Mitsuyo, "Fragmentation and Vertical Intra-industry Trade in East Asia", *The North American
Journal of Economics and Finance,* vol. 17, no. 3 (2006), pp. 257-281.

Dunning, John H., "The Investment Development Cycle and Third World Multinationals," in
Dunning, John H. ed., *Explaining International Production* (London: Unwin Hyman, 1988), pp.
140-168.

Greenaway, David, Robert C. Hine and Chris Milner, "Vertical and Horizontal Intra-industry trade:

A Cross Industry Analysis for the United Kingdom", *The Economic Journal,* vol. 105, no. 433 (November 1995), pp. 1505-1518.

Hummels, David, Dana Rapoport and Kei-Mu Yi, "Vertical Specialization and the Changing Nature of World Trade", *FRBNY Economic Policy Review* (1998), pp. 79-99.

Kojima, Kiyoshi, *Direct Foreign Investment: A Japanese Model of Multinational Business Operations* (London: Croom Helm, 1978).

Ng, Francis and Alexander Yeats, "Major Trade Trends in East Asia: What are their Implications for Regional Cooperation and Growth?" *World Bank Policy Research Working Paper,* no. 3084 (June 2003).

Ng, Francis and Alexander Yeats, "Production Sharing in East Asia: Who Does What for Whom and Why?" *World Bank Policy Research Working Paper,* no. 2197 (October 1999).

Wakasugi, Ryuhei, "Vertical Intra-Industry Trade and Economic Integration in East Asia," *Asian Economic,* vol. 6, no. 1 (February 2007), pp. 26-39.

大陸韓商當地化策略與挑戰
—以LG電子爲例

金珍鎬

（韓國檀國大學助理教授）

摘要

　　經過十多年發展，韓資企業對中國大陸投資，不僅投資總額有很大增長，投資領域也在不斷拓寬。投資範圍涉及中國各地，中韓經濟合作的成績有目共睹。但是韓資企業對中國大陸投資仍存在一些難題，主要是韓資企業在中國大陸推行當地化策略的問題。例如公司人事管理方面，由於韓方職員語言或生活習慣上的差異，時常與企業內中方人員，在溝通問題上發生誤解及困擾；韓資企業職員不知不覺地發洩不信任當地中方職員的心態。

　　目前，在中國大陸市場上，被人們認可當地化策略成功的韓資企業爲：LG電子、E-Mart（易買得）、三星、農心、Orion等。他們各都擁有在中國大陸市場，以自己失敗經驗而取得的寶貴當地化策略與經驗。

關鍵詞：當地化策略、中國大陸市場、韓資企業、跨國企業、LG電子

Study on the Localization Strategies and Challenges of Korean Companies in China: The Case of LG

Kim Jin Ho

(Assistant Professor, Dan Kook University)

Abstract

During the past ten years, the investments of Korean companies into mainland China have been increasing in amount and widening in scope, which leads to the fact that cooperation between Korean and Chinese in the business level has become vitally significant in the Asian Pacific regional economy. But Korean companies are faced with difficulties, especially in the strategy of localization.

Because there are some different systems of promotion at Korean companies in China, Chinese employees easily become upset when assigned tough jobs. Moreover, the Korean staff in China, who cannot speak and understand Chinese culture in spite of receiving higher salaries, bring about misunderstanding and trouble in the company. Sometimes, if there is some collision between them, it seems that Korean managers do not trust Chinese local staff. This has become a vicious cycle for Korean companies in mainland China. If Korean companies do not solve this kind of problem, Chinese local employees will resign one by one.

Korean companies which cannot solve this kind of problem will be faced with the dilemma, the key of which is the strategy of localization. It means effective communication with local staff and enhanced negotiation with them for the goal of solving personnel conflicts. The essence of localization is successful cross-culture management.

Keywords: localization strategy, local market in China, Korean enterprises, multi-national enterprise, LG electronics

壹、前言

　　目前韓資企業在中國大陸尋找各自紮根及發展的方法。韓國大企業是以跨國企業的身份進入中國大陸市場，而韓國中小企業是為了生存及尋找新市場。但是，目前兩者在中國大陸的立場不同。擁有大資本的韓國大企業，以跨國企業的身份進行了當地化策略，半數以上都得到成功，而韓國中小企業因資本不足及當地化策略失敗，在中國大陸市場競爭力衰退。

　　目前在中國大陸，三星、LG、SK、現代、浦項鋼鐵等公司都在尋找適合中國市場的當地化策略。但是，至今為止沒有找到最合適在中國的當地化策略，他們的當地化策略，應面對中國大陸市場環境及其企業內部機制的變化調整。我認為韓商企業在當地化策略中的文化層面，應向在中國大陸投資的華商企業取長補短，在中國大陸裡的市場管理方面應向中國的新興企業學習，在公司裡當地人員的管理應向歐美的先進企業學習。

　　事實上，由於海外華商本身的文化與中國大陸的一脈相傳的關係，在中國大陸的華商和台商企業，對中國大陸市場環境的掌握度比外國公司要強得多；新興的中國企業（包括中國國營企業）對中國消費層和中國公司內部文化的瞭解很深；歐美的先進跨國企業對人事管理及廣告和形象宣傳方面佔優勢。因此，韓國大企業的內部機制和企業文化，雖然與海外華商企業、中國的本土企業和歐美跨國企業不同。況且，在中國大陸韓資企業的機制，多是從韓國國內的機制搬到中國大陸實行的。其實，韓國的很多企業體制是混合美國企業文化和日本企業文化、韓國軍營文化和韓國「快快文化（成果為主的迅速文化）」的混合體。因此，我們在分析中國大陸的韓資企業時，應該以地區、規模的大小、企業性質及企業的先進化程度等分類，有標準化的當地化理論來分析其企業在中國大陸的當地化程度。例如，韓國大企業和中小企業，由於投資中國大陸的原因及其在當地發展模式不同，因此我們不應該用同一個評價當地化標準，來評量不同類群的

企業。加之，我們不應該以不同文化背景的企業，來作當地化策略比較的模範。例如，因韓資企業和華商和台商企業的風格不同，我們不應該以一個當地化策略評價成為唯一標準。當比較華商企業之中國當地化策略，吾人很容易發現台商企業和港商企業存在差異。

貳、韓中經貿關係

　　韓中兩國1992年建交以來，經貿關係迅速發展。這些年來，韓資企業對中國大陸投資快速增長，使得韓國在中國大陸引進外資國家名單中的地位不斷上升。韓中雙邊貿易從二十世紀八〇年代末期開始，1992年兩國建交以後進入快速增長階段。建交以來，兩國貿易規模以年均20％以上的速度增長。

　　韓資企業對中國大陸投資的發展可以分為三個階段：即1985年至1992年的起步階段、1993年至1997年的迅速發展階段和1998年之後的穩定增長階段。與其他國家和地區相比，韓資企業對中國大陸的投資起步較晚。從1985年開始才有韓資企業對中國大陸投資，而且最初幾年均是經由香港或日本的間接投資。自1988年開始才有直接投資。1985年至1992年韓資企業對中國大陸投資專案只有943項，合同金額為6.2億美元，實際使用金額僅1.6億美元。1992年建交後到1997年亞洲金融危機之前，韓資企業對中國大陸直接投資增長較快。從1997年開始，由於亞洲金融危機的影響，1998年、1999年連續兩年出現下滑趨勢，但從2000年開始，韓資企業對中國大陸直接投資出現較為快速的增長態勢，特別是投資專案增幅最快。截至2002年末，韓資企業對中國大陸直接投資中的實際使用金額達到149.2億美元，成為僅次於美國、日本和新加坡之後對中國的第四大投資國。

　　據中國大陸統計，2006年全年韓中雙邊進出口總額達1343.1億美元，同比增長20％，其中中國出口445.3億美元，進口897.8億美元，同比分別

增長26.8%和16.9%。韓國是中國第六大貿易夥伴、第六大出口市場和第三大進口來源地。據韓方統計，中國繼續保持韓國第一大貿易夥伴、第一大出口市場和第二大進口國地位。照此速度，2012年雙邊年貿易額2000億美元的目標可以如期甚至提前實現。2006年韓中新簽勞務和工程承包合同金額3.3億美元，完成營業額5.7億美元，派出人數1.5萬人。

　　2007年是韓中建交十五周年，雙方舉行一系列慶祝活動，經貿領域的主要活動包括：舉行韓中經貿聯委會、韓中投資合作委員會、韓國派採購團來中國大陸進行採購洽談、中國企業參加韓國進口商品展、赴韓舉辦第五屆韓中技術展示及洽談會等，進一步促進雙邊經貿關係的深化發展，預計2007年雙邊貿易規模有望超過1500億美元。[1]

參、韓資企業在中國大陸投資的基本特徵

　　2004年，大韓貿易投資振興公社（KOTRA）對在中國大陸投資的529家韓資企業進行了調查，其中包括在中國大陸投資不同地區和不同行業的韓國中小企業402家和大型企業127家。從其公佈的調查結果，反映韓資企業在中國大陸投資的基本特徵。[2]

一、韓資企業在中國大陸投資的行業分佈和地域分佈

　　從行業結構來看，韓國在中國大陸投資中製造業比重佔多數。一般製造業如紡織、服裝、玩具、皮革加工、電子電器、機械製造是韓國中小企業和大企業在中國大陸投資較為集中的行業。近年來，韓國的資訊技術、

---

[1]　中國大陸商務部網站，2007年01月16日，〈HTTP://WWW.SINA.COM.CN〉。
[2]　2004年大韓貿易投資振興公社（KOTRA）報告書。

機電、化工等技術密集型和資本密集型企業在中國大陸市場的競爭優勢較為明顯。總的來看，韓資企業在中國大陸的發展有三方面的優勢：第一，韓中兩國在地理位置上比較接近，文化上也有一定的認同感。韓資企業在中國大陸投資的「心理距離」相對歐美企業具有明顯優勢。韓中兩國同屬儒家文化圈，首先在心理上二者就有接近感，提高了韓資企業在中國大陸的成功率。第二，韓中兩國在產業結構上有很大的互補性，雙方互相合作的空間非常巨大。從韓中兩國的貿易結構上，韓國對中國大陸的出口產品主要包括電子產品及其零部件、石化產品、鋼鐵、機械等。中國大陸對韓國的出口產品主要包括電子產品及其零部件、鋼鐵、纖維、燃料等。第三，韓國在一些行業如電子、機械、石化等行業的技術水準明顯高於中國大陸的同行。對於中國大陸而言，韓國資訊技術和通信技術與歐美技術相比更具有實用性。但是，中國有些產業的技術發展漸漸地威脅韓資企業，例如汽車組裝業、家電業、造船業就明顯地威脅韓資企業。況且，中國大陸紡織業、鞋子產業、服裝業等傳統產業的發展早已超越韓資企業。

從韓資企業在中國大陸投資的地域分佈看，山東、遼寧、上海、北京、廣東是韓資企業較為集中的前五大地區。以前，韓國對中國大陸投資主要集中在環渤海灣地區的東北和山東等地。隨著韓資企業在中國大陸投資重心從原來的「成本導向型」投資，轉向面對中國大陸市場的「產業鏈條型」投資，中國大陸東部地區經濟的持續高速增長、市場潛力巨大，對韓國投資者的吸引力自然增加。近年來，韓中貿易和投資重點已向中國大陸東邊轉移。以上海為龍頭的「長三角」地區已成為韓國在中國大陸最大的投資區域，經貿與人員往來更加密切。這種韓資企業在中國大陸投資地區的擴大及集中化，與海外華商在中國投資地區的變化相似。

根據韓國貿易投資振興公社（KOTRA）提供的資料，2003年下半年韓國在中國大陸投資中，有35％在中國大陸東部地區，2004年上半年這個數字已經達到40％，韓資企業在中國大陸東部地區已經達到570家左右，

總投資額為15.5億美元。韓國資訊技術、服務、物流企業表現出投資中國大陸的強烈意向。蘇州、無錫、寧波、昆山等地受到中型韓資企業歡迎的一個主要原因，是該地相對低廉的人力資源成本，以及比較成熟的製造業產業環境和非常便捷的交通環境。

二、韓資企業投資中國大陸的目的和方式

　　韓國貿易投資振興公社（KOTRA）的調查資料顯示，韓資企業投資中國大陸的目的依企業規模有所不同。對於投資額低於一百萬美元的中小企業而言，投資中國大陸主要目的是：(1)打開中國大陸內需市場（26.8％）；(2)取得廉價勞動力（25.8％）；(3)原材料採購（13.1％）。此外，韓國國內經營環境的惡化（10.0％）和其他中國大陸出口環境（9.5％）的變化也是促使中小企業向中國大陸發展的推動因素。而對於投資額超過一百萬美元的大企業而言，投資中國大陸主要目的是：(1)內需市場（34.9％）；(2)原材料（18.5％）；(3)廉價勞動力（16.3％）。

　　韓資企業在中國大陸投資大致經歷了兩個階段：二十世紀九〇年代中期以前，大多數韓資企業在中國大陸投資主要是考慮到中國大陸相對較低的生產成本。三星、LG等集團基本採用這樣一個模式：在韓國搞研發，把研發成果拿到中國大陸生產，然後將大部分產品出口到其他國家，小部分在中國市場銷售。1998年後，韓資企業看中國大陸的角度發生改變，他們重新審視中國大陸作為市場的巨大潛力，但這並不意味著韓資企業將放棄製造業。反之，他們在不斷延長製造業鏈條。韓國大企業目前正把中國大陸作為「第二個產業前沿基地」。為了達到這個目標，三星、LG集團正在加大在中國大陸的投資規模，加強製造業鏈條中的行銷、物流、研發、售後服務等環節，使得整個投資專案系統化。中國大陸加入世界貿易組織（WTO）以後，服務業加速對外開放的步伐，韓資企業在中國大陸服務業投資出現突破性進展。韓資企業已經開始進入保險、傳媒、證券、

旅遊、公共服務等領域。三星集團在中國大陸投資的金融業務已經佔到其
投資的3%左右。

　　此外，韓國貿易投資振興公社調查結果顯示，韓國中小企業和大企
業在中國大陸投資方式，也表現出不同的偏好。韓國振興公社調查資料
顯示，選擇獨資方式的企業佔被調查總數的61.2%（295家），選擇合資
（合作）方式的企業佔被調查總數32.0%（154家）。中小企業的獨資家
數（64.4%）明顯高於韓中合資、合作的數量（29.1%），但對大企業
來說，二者並無太大差異，合資（合作）的企業佔41.4%，獨資企業佔
50.5%。另外，有一部分韓資企業由原來的合資、合作轉為獨資企業。造
成投資方式由合資轉變為獨資的理由主要有三：一是對中國大陸的投資環
境和市場產生信心；二是與中國大陸合作者發生矛盾和摩擦；三是中國大
陸合作方在合資企業中的作用降低。

三、韓資企業在中國大陸投資的經營

　　韓資企業在中國大陸投資的盈利比較令人滿意。在被調查的491家企
業中，有86.8%的企業回答「正在盈利或即將扭虧為盈」，只有13.2%的
企業認為在中國大陸的投資「正在虧損或難以擺脫虧損」。韓國大企業在
中國大陸投資的成功率（92.6%），高於中小企業（86.8%）。從投資到
開始盈利所需要的時間看，60%的韓資企業在投資二到三年內開始盈利，
33%的韓資企業則需要五年以上的時間才能盈利。但是，實際上，韓資企
業在中國大陸保持盈利的主要原因，是韓資企業在中國大陸生產的大部分
產品向海外出口，在中國大陸以內銷為主的韓國產品，則被夾在中國大陸
當地的、外國品牌的高品質產品，和中國大陸牌子的廉價產品中間。

　　在分析韓資企業在中國大陸投資成功的因素時，KOTRA的調查結果
顯示：首要因素是「確保產品的競爭力（46.2%）」，次要因素是「選擇
合適的投資區域（20.3%）」。另外，「積極利用中國大陸的本地人力」

和「選擇好投資方」也是促使韓資企業在中國大陸經營成功的重要影響因素。現在，韓資企業都瞭解如何才能在中國大陸市場成功，但是在中國大陸市場仍有許多不確定因素。

　　近年來，以三星、LG、SK為代表的韓資企業，在中國大陸的投資取得了令人矚目的業績。自1992年4月，三星電子在中國大陸廣東惠州成立了第一家合資公司以後，三星電子的中國大陸業務迅速發展。目前，三星電子在中國大陸有12個生產法人、6個銷售法人，累計投資26億美元，主要生產手機、電視機、顯示器、筆記本電腦、印表機、白色家電、半導體等產品。2004年三星電子在中國大陸的銷售額達到一百億美元以上，其中出口約佔30％。最近五年，三星電子在中國大陸的事業發展規模取得年平均增長40％的高增長率，並進入中國大陸一流企業的行列。目前，三星電子正籌畫著進一步轉變對中國大陸的投資方向，主要轉變將發生在下面三大領域：(1)以製造為中心的投資轉變為包括研發、生產、行銷的全方位投資；(2)提高投資專案的技術含量和檔次，擴大背投電視、PDP、DVC、AMLCD、筆記本電腦、印表機的事業規模；(3)加強品牌經營，確立數位品牌形象，提高品牌價值。

　　LG電子在中國大陸有十七個工廠，投資額達到二十億美元。還將對中國大陸追加五億美元的投資。為實現「一等LG」的目標，LG電子還確立了到2005年實現銷售一百億美元，主要產品群實現市場份額第一，躋身中國大陸同類產品三強的中期事業目標。

　　從韓資企業對中國投資觀察，韓資企業只依靠中國的市場潛力盲目地投資，或像過去那樣利用廉價勞動力、低成本、生產國內過剩生產設備向中國投資將會遇到更多的限制。因此，韓資企業擴大知識技術密集型和服務行業對中國大陸的投資，提高大企業集團投資的積極性，促進投資規模的大型化，加強在中國大陸中西部地區開發中的合作。從而使韓資企業對中國大陸的投資呈現全方位、多層次的發展格局。這種韓資企業對中國大

陸的市場策略角度來看，當地化策略是韓資企業要在中國大陸長期發展前提下，不可忽略的因素。

肆、韓資企業在中國大陸的當地化策略─LG電子為例

一、LG電子公司進入中國大陸市場及其當地化策略

　　LG電子是資訊家電和移動解決方案領域的世界一流企業，成功地將數碼時代的核心技術集於一體並使之商用化。LG電子通過領先推出數碼電視、互聯網家電、下一代移動通信等數碼產品，不斷鞏固其在全球數碼領域的領導地位。LG電子以數碼顯示器與媒體、資訊通信、數碼家電等三大事業為中心，擁有遍佈世界各地的76個生產企業。

　　LG電子1993年在惠州成立了第一家合資企業。之後，通過推進選擇和集中的策略，不斷擴大投資，傾力打造在中國各地投資企業，努力把他們發展成為擁有世界性規模和生產能力的生產基地。自2000年起，中國成為LG電子全球化的生產基地。從核心零件一直到數碼家電和移動終端，LG電子已經在中國構築全部產品生產體系。

　　從1993年至今，LG電子在大陸共投資建立十九個生產企業，其中LG電子（惠州）有限公司是世界最大的光記憶體生產企業，LG電子（天津）電器有限公司是世界最大的空調器生產企業。2003年，LG電子先後在青島、南京、昆山和杭州成立的GSM終端、等離子體、筆記本電腦和光碟等生產企業，進一步強化LG電子在華移動通信和數碼產品的生產力量。上述企業通過不斷的革新活動，確保了生產能力、產品品質和生產成本的競爭力。從2002年起，除了新成立的生產企業外，所有企業均實現了盈利。

表一：LG電子在華投資企業情況

企業名稱	成立時間	地點	主要產品或經營範圍
LG電子（惠州）有限公司	1993.10	惠州	音響、CD-ROM
LG曙光電子有限公司	1994.8	長沙	彩色顯像管、彩色顯示管、電子槍
LG伊特（惠州）有限公司	1994.10	惠州	Motor、Tuner、HIC
LG電子（瀋陽）有限公司	1994.12	瀋陽	彩色電視機
北京LG電子部品有限公司	1995.8	北京	FBT/DY
LG電子（天津）電器有限公司	1995.8	天津	微波爐、空調、吸塵器、馬達、空調壓縮機
上海樂金廣電電子有限公司	1995.8	上海	錄影機、VCD、DVD
南京LG熊貓電器有限公司	1995.12	南京	洗衣機
LG電子（秦皇島）有限公司	1995.12	秦皇島	鑄件
泰州LG春蘭家用電器有限公司	1995.12	泰州	冰箱、冰箱壓縮機
LG同創彩色顯示器有限公司	1997.9	南京	顯示器
廣州LG普仕通信科技有限公司	1999.3	廣州	ADSL設備
樂金飛利浦液晶顯示（南京）有限公司	2002.7	南京	TFT-LCDModule
LG麥可龍（福建）電子有限公司	2002.1	福州	ShadowMask
浪潮LG數位移動通信有限公司	2002.2	煙台	CDMA手機
LG電子青島有限公司	2003.3	青島	GSM终端
昆山微永電腦有限公司	2003.4	昆山	筆記型電腦
LG電子（南京）等	2003.5	南京	PDP、PJT、LCD
LG電子杭州有限公司	2003.9	杭州	光碟

　　LG電子憑藉積極的營業和差別化的行銷，成功地推動其在中國的事業發展。通過不斷提高品牌知名度和積極開展行銷活動，LG電子的銷售額和收益每年都保持穩步增長。2000年，LG電子在華銷售額21億美元，2003年達到50億美元，年均增長33.5％，2004年預計銷售額70億美元，同比增長40％。目前，LG電子的光記憶體和投影電視的市場佔有率名列第一名，PDP、LCD電視、微波爐的市場佔有率名列第二名，CDMA終端、洗衣機的市場佔有率名列第三名。在進入中國市場的外國企業中，LG電子被譽為市場策略最為周全、緻密且能保持一貫性，並取得最令人矚目成果的企業。

　　LG電子通過在北京、上海、廣州、成都、瀋陽、武漢、濟南、南京和杭州九個主要基地成立的分公司，鞏固在中國市場基礎的同時，LG電子徹底實現營業人員和組織的當地化，成功地開展了以當地為中心的行銷活動。LG電子通過發起人制度的運用、當地化行銷與貴族行銷的開展、文化與體育行銷的推廣和「井岡山特攻隊」、「數碼大長征」等銷售隊伍的組建，開展更為積極的行銷活動。同時，LG電子還通過「愛在中國（I LOVE CHINA）」的系列活動和春節行銷活動等，不失時機地開展符合特別活動和各種商機的行銷活動，成果豐碩。

　　與此同時，LG電子還以在中國提供一流服務為目標，致力於構築完善的服務制度，運營分佈中國各地的服務中心、家電特約服務店、零件簡易供應站、終端修理特約店等服務網路。目前，LG電子向顧客提供的服務有：引入LG彩虹服務品牌而實施的24小時處理制度、加入PLI保險、空調巡迴服務、800免費電話服務等各種形式的服務。LG電子通過擴大PREMIUM產品的銷售，強化流通能力，積極開展革新活動，躋身中國市場前三強。同時，LG電子還將以「中國行銷最好的企業」為目標，開展積極的行銷活動。

表二：LG電子主要產品在中國市場地位

產　　品	市場地位	市場份額
光存儲器	第一	25%
PDP、LCD電視	第一	17.6%
微波爐	第二	34%
CDMA終端	第三	13.4%
洗衣機	第三	11%
MNT	第三	17%
空調	第三	7%

表三：LG電子在華營業／服務組織情況

行銷總部	北　　京
分公司	9個
行銷部	34個
SVC直營店	10個
家電特約店	650個
移動通信特約店	270個

反映中國人情緒和文化的中國式HR制度。為了確保和培養當地的優秀人才，LG電子重點實施與中國著名大學開展產學合作、招聘資深員工、確立成果主義文化等計畫。同時，LG電子為了以相互信賴為基礎，確立面向未來的勞資關係，傾注多方面的努力。特別是為了確保優秀人才，從2002年起，LG電子面向清華、北大等三十多所中國名牌大學的博士生、碩士生和大學生，開展了獎學事業，並在中國首屈一指的名牌大學清華大學開設「China MBA」課程，致力於培養下一代當地經營領導。

LG電子通過開展各種公益活動，參與中國地區社會的發展，成長為深受消費者喜愛的中國企業。一直以來，LG電子本著「與中國人民一起分享喜悅和分擔痛苦」的想法，以LG電子中國有限公司和各生產企業為單位，蓬勃開展社會貢獻活動。2003年中國發生非典時，LG電子開展了

全國性的「愛在中國（I LOVE CHINA）」運動。LG電子向市民分發了印有「愛在中國（I LOVE CHINA）」標語和記有非典預防方法的消毒棉，向北京市衛生局贈送了滅菌微波爐、抗菌洗衣機、吸塵器等價值相當於一百萬美元的家電產品等。

　　為培養人才開展獎學金事業。自1999年起，LG電子在瀋陽先後成立LG希望小學、LG希望中學和LG彩電村，設立了獎學金，支援教育器材等；從2003年起，LG電子在南京面向當地大學生開展獎學事業，還與三個當地的中學學生締結兄弟關係，資助他們獎學金，並向學校提供顯示器和運動器材；從1999年起，LG電子在惠州持續開展修理校舍、捐贈電腦和印表機、支援獎學金等活動；LG電子在煙臺也開展向附近小學捐贈電腦等活動。

　　在公益活動方面，LG電子中國有限公司以HR部門為中心，將員工的工資零頭積累，建立LG獻愛心基金，用於幫助陷入困境的員工和地區市民。惠州企業從1999年起開始向殘疾兒童和先天性心臟病兒童支援醫療費用和手術費用；南京分公司從2003年起與南京東南大學附屬中大醫院聯合開展LG獻愛心微笑活動，向八十名上唇裂隙兒童提供免費矯正手術。天津企業於2003年紀念中國殘疾人日舉行盛大的音樂會，並向天津市殘疾人協會贈送捐款和全體員工的禮物。

　　營造文化氣息，提高人民的生活水準方面，LG電子曾於2001年與中國北京電視臺聯合推出「螢屏連著你和我」的電視節目，贏得中國電視觀眾的積極回應。從2003年起，LG電子開始贊助中央電視臺的「LG移動電話金蘋果」節目，該節目是以中國的主要大學為單位，選拔二百餘名學生參加智力、體力、應變能力競賽的綜合娛樂節目。

　　支援體育事業，豐富休閒和保健活動。LG電子通過贊助中國的大型體育活動，迄今為止，LG電子贊助LG盃足球大會，支持北京申辦奧運會、世界大學生運動會和釜山亞運會等大型體育活動。LG電子還於2003年贊助四國女子足球邀請賽、四大洲花樣滑冰大會、第47屆世界乒乓球錦

標賽等。同時，LG電子還從2003年起開始贊助中國國球乒乓球國家代表隊（為期一年）。

　　LG電子在人才、產品、生產、設計、研發等所有領域進一步強化當地化，憑藉高端數碼產品的開發，擴大高附加值Premium產品的銷售，躋身中國乃至世界一流電子資訊通信企業行列。中國大陸實行改革開放政策二十多年以來，外國企業來中國大陸投資的數量日益增長。實際上，外資企業在中國大陸實施的當地化策略還涉及公共關係當地化、人才當地化、產品當地化、市場當地化和研發當地化等領域。其中，公共關係當地化保障外資公司在中國大陸投資策略的成功，並在很大程度上幫助他們贏得了中國大陸政府和民眾的信任。比如外資企業向中國大陸人民拜年就是公共關係當地化的一種具體表現。

　　「當地化」是任何一家跨國公司在中國大陸市場都不可迴避的問題。韓資LG電子集團在中國大陸市場認真地實行「加強有競爭力的策略」，全面實施「當地化」策略。從惠州的工廠，逐步進入中國大陸市場。LG公司於八〇年代開始推行從「韓國的領導型企業」到「全球領導型企業」的轉變。

　　LG當初來中國大陸是把中國大陸市場作為出口加工基地，現在情況發生根本性的變化。近十年來，整個LG電子幾乎是在傾盡全力開拓在中國大陸的當地化事業，其實在中國大陸的成功與否，將直接決定著LG電子海外擴張策略的成敗。

　　當地化和高端策略是LG中國大陸公司的基本原則，做到四個方面的當地化：產品當地化、生產當地化、研發當地化，以及人才的當地化。產品當地化，是指產品的設計與開發適合中國大陸的要求，按照中國大陸的思維方式和消費習慣來進行，最大限度地滿足中國大陸消費者的要求；生產當地化，是指零部件的當地化。LG目前在中國大陸生產的產品當地化率已超過90％，在不久後將實現完全當地化。而在研發當地化方面，為了確保中國大陸優秀研究人員能夠到研發中心工作，LG在中國大陸的生產

法人都設立了研究所；資訊通信、數位顯示器、數位家電這三個領域的研發中心。

　　人才當地化，是指培養中國大陸的本地管理人才，向企業注入中國大陸的文化。目前LG在中國大陸公司員工多達35,000多人，其中98%以上是中國大陸人，表現優秀的中國大陸員工晉升到管理高層的位置。提供中國大陸員工的培訓，包括針對個人和集體的培訓，管理層，包括管理層的潛在接班人，派到韓國總部去進行革新的培訓；公司提供資金與中國大陸大學合作，讓優秀員工進修MBA；也有派赴美國；在韓國本部也有長期和短期的培訓，施行六個月在韓國上班，並進行某個課題研究。LG電子是一家跨國公司，在全世界設有四十到五十家工廠，設有五十多個銷售法人，希望中國大陸的優秀人才成為全球供應的人才，中國大陸的優秀員工亦可以到美國、英國工作。

圖一：LG電子在亞洲及中國大陸的公司

(二)LG公司在中國大陸的經營方針及政策[3]

　　LG的「經營理念」是指「為顧客創造價值」與「以人為本的經營」，涵蓋企業活動的目的和公司運營原則。LG的「正派經營」是LG人特有的行動方式，意味著憑藉倫理經營，不斷培養實力，開展堂堂正正的公平競爭。

圖二：LG集團的經營理念

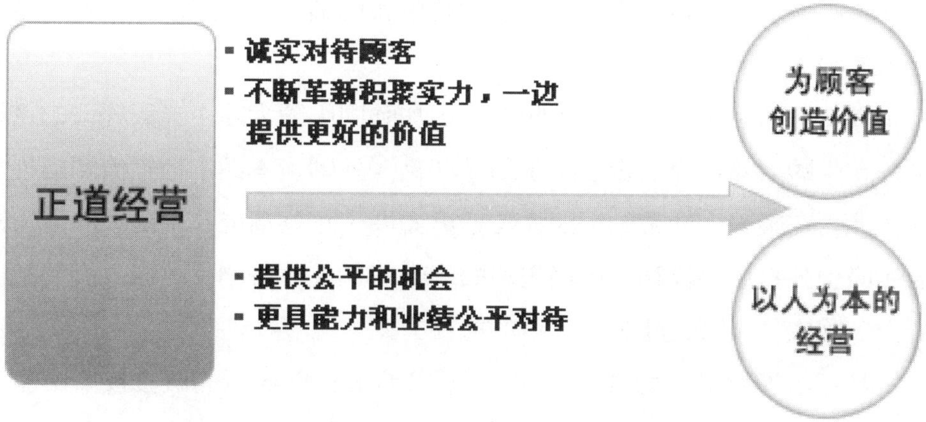

　　LG電子公司在中國大陸的經營方針為：LG電子公司所說的「LG方式（LGWay）」，是LG職工思考及行動的基礎，努力實踐正派經營，最終實現「一等LG」的意思。正派經營既是LG追求的根本價值，也是實踐LG經營理念的LG特有的行動方式。正派經營不是單純的倫理經營，而真正的正派經營意味著，培養能夠在競爭中獲得勝利的實力，創造出實質性的成果。

---

[3]　LG網站，〈http://www.lg.com.cn/jsp/experience/company/globalLGWay.jsp?hrefId=301〉。

　　更加深入的當地化，是LG中國大陸策略的基本方向。在這方面，有四個問題必須高度注意：

　　其一，在更高層次上，更大範圍內實現人才當地化。不僅要注重吸引和聘用中國大陸現有的高層次人才，而且應當重視招募從海外學成歸國的留學人員，包括大批從韓國留學畢業的中國大陸學生；對於市場運作人員，不僅要聘用科技、行銷類青年才俊，而且應當有意識地選拔深諳中國大陸政治、文學、歷史、哲學和社會的人員，這對於實施當地化策略至關重要；不僅要注重對於高科技人才的聘用和培訓，而且應當重視對於技術工人的培訓。

　　其二，通過「合資」與「配套」，加強同中國大陸企業與經濟的密切關係。中國大陸招商引資思路正逐步深化。外國資本與本地經濟關聯性多大，能否在縱深方向帶動中國大陸經濟發展，正逐漸成為中國大陸地方政府，吸引外資重要標準。市場主導的「合資」、「併購」，以及發展配套能力，將成為中國大陸吸引外資的重要方式。

　　其三，增強品牌影響力和競爭力。LG擁有世界級的研發技術與生產水準。但進入中國大陸市場之初採取低價位策略，為LG的品牌管理帶來困難和障礙。在人們的印象中，好像什麼都有，可什麼都不是最專業、最出色的，品牌形象比較模糊，似乎是國際品牌中的二流品牌。分析LG的傳播策略不難發現，儘管提出過諸如「數位創導」的概念，卻很少真正圍繞主題進行持久有效的宣傳推廣，各類產品廣告各自為戰，幾乎看不到「數位創導」這個核心的影子。後來，LG在中國消費者的心中就成了缺乏鮮明個性的品牌。作為一個在中國大陸真正當地化的跨國企業，LG的品牌現狀顯然是缺乏長遠競爭力的。LG的眾多產品若不能統一在一個品牌核心下形成品牌合力，就難免在市場中被它的競爭對手各個擊破。

　　其四，不可放棄大眾市場。這個策略是與中國國情相呼應的。在渡過了「策略性虧損」之後，LG開始提高品牌策略、注重研發的策略轉移。

但是應當注意的是：中國大陸是一個發展中的大陸，地區經濟發展和居民收入差距、消費水準差別很大。單純的「高端產品」和「高價策略」，必定會失去很大市場。中國大陸有十三億人口，約3億2千萬戶家庭，LG應當「兩條腿走路」：針對曾經有使用LG電子產品經驗，約四千多萬消費者、東部沿海經濟發達地區，以及中心大城市，可以主推高端產品；而針對新開發的農村等普及型產品的消費群，LG則應當主推價廉物美的產品，從而提高市場佔有率和產品覆蓋面。片面的高端路線會妨礙當地化。[4]

這個「高端-低端」的兩極化策略，可以說是針對中國居民收入差距大而特別制定的當地化策略，但是一旦執行又會面臨品牌定位模糊的風險。解決的辦法，莫過於與中國本地公司合作設立新的品牌。南京熊貓電器就是一個例子。「南京LG熊貓」品牌生產的產品較為低端，目的是以低廉價格獲得大眾認可。LG可以通過中國本土企業，在二線城市甚至城鄉結合地區的廣闊行銷網路，推銷產品。既通過LG的替身（LG熊貓）在群眾心中種下希望的種子，又可以保有LG高端品牌的形象。當中國二線城市居民的消費能力提高，就是LG通過其高端產品豐收的時候。

伍、結論

2004年，韓國貿易振興公社對韓資在大陸企業的調查中，深入地分析韓資企業失敗的原因。調查顯示，無論對於韓國大企業，還是小企業而言，導致投資失敗的主要原因是：「選擇合作方失誤」和「中國大陸的法律制度不健全」。造成韓資企業在中國大陸經營不善的其他原因還包括：

---

[4] LG仁和院、LG電子培訓中心的資料。

(1)產品競爭力低下；(2)賒銷引起的資金短缺；(3)面臨中國大陸企業的激烈競爭；(4)缺乏流通管道；(5)人際關係失敗等因素。這種問題就證明韓國雖進入中國市場已十五年，但是當地化策略進行得比較慢，失去一些機會。不過，近年韓資企業正在全力推廣當地化策略。

　　雖然對在華投資進行教育，但實際上在公司裡運行的機制是韓式，所以中方員工無法適應。韓國員工和中國員工的待遇相差懸殊，而且升遷制度不明確。這種現象讓中方員工離職，轉向待遇更好的公司。韓國員工不瞭解中國文化、語言能力太差，無法正確指導中方員工。尤其是中間管理層雖比較瞭解中國現況，但總部的韓國幹部不大瞭解。韓中兩國的公司文化及機制不同，不合適的公司機制，無法把好的員工留下，就會損失人才。中國員工的特性是，好的員工一直往更理想型公司流動。

　　筆者從1995年到1998年底，從事LG中國本部當地化策略培訓，但可惜的是當時培養出的優秀人才，目前一個也沒有留在LG公司。當時受培訓過的人才，有的當律師，有的在中國的優良企業工作，有的已經出國留學。造成這樣的結果的主要原因是：第一，在中國大陸人才本身在快速變化的中國社會適時應變；第二，LG公司體制本身容不了優秀人才。有的員工一方面經過培訓，另一方面在崗位上熟練之後，他的職業技能及才華，超越韓國派去的韓籍管理層職工。因此，韓資企業需要一方面實行當地化策略，另一方面要強化制度化跨國公司內部管理。在迅速發展的中國大陸市場上，公司內部人才的流失是不可避免的，但是韓國公司絕不願意公司高科技技術流出。這就是在中國大陸市場上，人才當地化策略上的最大困擾。因為在中國大陸，不少中國國內企業正努力吸引跨國企業培養出的中國籍人才。

　　當地化策略不僅意味著吸收當地人才，也意味必須分析中國人口結構變化所形成的新市場。正如「高端—低端」兩極策略，是基於中國收入差距大這一事實，其他公司本地化策略也應該為中國社會、文化的獨特性量

身訂做。比如：從社會人口結構上說，進入新世紀後，中國人口老齡化速度加快。由於中國「計劃生育」的實施，導致中國人口老齡化速度，明顯快於其他國家。從文化上說，由於儒家學派的影響，贍養老人在中國也具有較為普遍的群眾基礎。LG目前針對中國年輕白領階層的產品銷售，一直處於增長狀態，但是幾年以後，針對中老年階層的產品需求可能會出現「爆發性」增長，這是由中國特殊的社會年齡結構所決定，也是由善待老人的文化特性決定。因此，LG可以考慮在中國投產韓國新型的「可快速聯繫家人，且自動識別心跳、血壓的智慧型手機」，用來進軍中國的中老年市場。

　　LG公司在中國的當地化策略及培訓，是在中國大陸韓資企業裡最早推動。但是，到目前為止，LG公司的當地化策略與十多年前比較，沒有顯著的差異。筆者相信研究LG公司當地化的實際評價，應該採用韓國和中國職員的問卷調查分析與深度訪談，才能比較正確評估。但是，目前掌握資料有困難，期待LG公司與研究機構的積極合作。

參考書目

一、中文資料

何波，「韓國對華直接投資的特點和發展趨勢」，今日科技（2003年第11期）。

李圭澤，「韓資企業對中國投資問題研究」，當代亞太（2002年第12期）。

申東烈，「韓國對華直接投資分析」，財經經濟（2000年第11期）。

國務院新聞辦公室，中國老齡事業的發展白皮書，2006年12月12日。

二、韓文資料

LG集團當地化策略教材（從1995年至1998年）。

三、網路資料

中國大陸投資指南，〈www.fdi.gov.cn〉。

國務院發展研究中心資訊網，〈www.drcnet.com.cn〉。

人民網，〈www.people.com.cn〉。

大韓貿易投資振興公社，〈www.kotra.or.kr〉。

中國大陸LG網站，〈www.LG.com.cn〉。

韓商青島投資：問題、趨勢與挑戰

徐永輝

（青島大學國際商學院副教授）

摘要

　　青島作為東北亞環黃海次區域經濟圈的重要城市，以其獨特的地理位置，顯著的口岸優勢和良好的投資環境，吸引眾多韓商企業。自1989年第一家韓商企業落戶青島以來，韓商在青島的投資逐年增大，特別是2002年以後，韓國大企業的大舉進入，投資規模和結構都發生明顯變化，青島已發展成為大陸韓商最集中的城市。本文首先回顧韓商在青島發展的總體情況，分析韓商青島投資的主要特徵，然後從企業內部條件和外部環境兩個構面，診斷韓商投資經營中存在的主要問題，據此對韓商投資發展趨勢做出總體判斷。最後提出韓商將面臨的挑戰和需要解決的課題。

關鍵詞：韓商、成本導向投資、市場導向投資、投資經營障礙、投資擴張

South Korean Enterprise's FDI in Qingdao: the Problems, Trends and Challenges

Yong hui Xu

(Associate professor, International Business School, Qingdao University)

Abstract

Qingdao is the one of the most important cities in the Northeast Asia and The Yellow Sea sub-regional economic bloc. With its unique geographical location, remarkable port superiority and good investment environment, Qingdao attracts many Korean enterprises. Since the first FDI of the South Korean enterprise entered into Qingdao in 1989, FDIs by Korean enterprises have increased year by year. Especially after 2002, large South Korean enterprises have entered on a large scale, thus leading to a major transformation in the size and structure of Korean FDIs. Qingdao has become the most centralized city for South Korean enterprises in the mainland China.

This article first briefly reviews the overall situation of the South Korean enterprises' FDI in Qingdao, and analyzes their main characteristics. Then, evaluating the enterprises' internal conditions and the external environments, this article diagnoses South Korean enterprise's main problems at issue in their investment and the management.? According to the analyses, it forecasts the next developing trends of the South Korean enterprises' FDI, and finally proposes the challenges and problems faced by South Korean enterprises.

Keywords: Korean enterprise, cost-oriented FDI, market-oriented FDI, investment and management barrier, FDI expansion

壹、緒論

　　青島作為東北亞環黃海次區域經濟圈的重要城市，以其獨特的地理位置、顯著的口岸優勢和良好的投資環境，吸引了眾多韓商企業。截至2006年底，青島市累計批准韓商投資項目9,323件，佔全市批准外商投資項目總數的48.3％；實際利用韓資100.6億美元，佔青島市累計實際利用外資的42.3％；佔全省累計實際利用韓資的53.0％，佔全國累計實際利用韓資的27.0％。2006年青島市工商局年檢資料顯示，目前青島市共有韓商投資企業3,554家，[1] 其中韓國世界500強投資設立的企業達到17家。[2]

　　韓國是青島最大的外資來源國，青島是大陸韓商企業最集中的城市。韓商在青島的集聚發展態勢形成青島獨特的「韓流」景觀。這種集聚現象為學術理論界拓展應用經濟理論研究的空間提供有用的素材，也為政府和企業的管理創新提出極具發展價值的實踐課題。

　　本文首先對韓商企業在青島投資的總體情況進行回顧和總結，並對韓商的投資特徵進行分析。然後，從企業內部條件和外部環境兩個層面，診斷韓商企業投資經營中存在的主要問題。在此基礎上，對韓商投資的趨勢做出總體判斷，最後提出韓商企業面臨的挑戰和需要解決的課題。

---

[1] 包括韓日（日本）共同出資企業25家，韓美（美國）共同出資企業5家，韓台（臺灣）共同出資企業6家，韓港（香港）共同出資企業6家，韓英（英國）共同出資企業2家，韓維(維爾京群島)共同出資企業2家，韓澳(澳門)共同出資企業1家，韓印(印度)共同出資企業1家。

[2] 在山東投資的韓國世界500強企業共有25家，其中青島17家，煙臺4家，濟南1家，淄博1家，濰坊1家，威海1家。

貳、韓商青島投資的總體特點

一、韓商青島投資的成長軌跡（1989～2006年）

從1989年2月青島第一家韓商投資企業——青島三養食品有限公司成立以來，韓商在青島的投資已有近二十年的歷史。從其投資的發展過程來看，大體上可分為以下四個階段。

第一個階段是從1989年初至1992年，是兩國建交前的探索起步時期。這一時期，兩國間沒有直接的交流關係，其投資主要是通過民間渠道實現。在此期間，青島市共批准三養食品、托普頓電器、振亞玻璃製品、茶山人造首飾、韓菊膠帶、交河塑膠、三慶金屬、新新體育用品等71件韓商投資專案，實際利用韓資約6,400萬美元。投資主體主要是中小企業，單項投資規模多在50萬美元至300萬美元之間，投資領域大都是服裝、鞋帽、箱包、食品、體育用品、廚房用具、玻璃製品和金屬製品加工等勞動密集型的邊際產業。

第二階段是1993年至1997年末，韓國金融危機爆發，是兩國建交後的快速增長時期。兩國建交為韓商投資的快速增長提供歷史性機遇，韓商在投資專案、單項投資規模、投資領域等方面都取得較快發展。在此期間，青島市共批准韓商投資項目1,113件，實際利用韓資12.6億美元，年平均增長30.0%。投資領域除紡織、服裝、皮革、玩具、塑膠、橡膠等傳統的勞動密集型產業外，還有機械、電子、汽車配件等技術含量較高的產業。單項投資額在一千萬美元以上的大項目有所增加。例如，在纖維紡織領域，有泰旺物產、大農紡織、高麗合纖、東國貿易、高合、三豐織物、維信纖維、大韓紡織、綿花實業、慶南毛紡等；在製鞋領域，有泰光制鞋、世原鞋業、三湖制鞋、昌新鞋業、重元鞋業等。在皮革加工領域，有大明皮革、信一皮革、信五皮革、永昌因特皮革等；在機電領域，有三瑩電子、東國電子、LG空調、錦湖照明、大宇汽車配件、吉明美機械、現代集裝

箱等。這些大項目的進入，帶動紡織、機電、鞋類、皮革、橡膠等行業的
規模性投資，提高投資項目的資本含量和技術含量的整體水準。

圖一：韓商青島投資成長軌跡

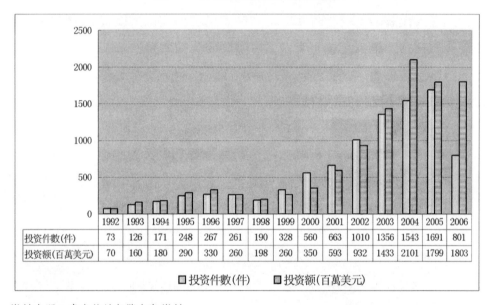

	1992	1993	1994	1995	1996	1997	1998	1999	2000	2001	2002	2003	2004	2005	2006
投資件數(件)	73	126	171	248	267	261	190	328	560	663	1010	1356	1543	1691	801
投資額(百萬美元)	70	160	180	290	330	260	198	260	350	593	932	1433	2101	1799	1803

■ 投资件數(件)　　■ 投資额(百萬美元)

資料來源：青島統計年鑒各年資料。

第三階段是1998年至2000年，是韓商投資的調整恢復時期。由於受
到金融危機的影響，多數企業陷入經營困境，調整對外投資業務，縮減
投資規模。這一時期的年均投資增長率下降到10.4％，與前一時期相比，
下降近20個百分點。如圖一所示，1998年韓商在青島投資專案僅為190
件，同比減少71件，下降27.2％；實際投資額減少6200萬美元，同比下降
23.8％。進入1999年，韓國經濟逐漸復甦，韓商投資恢復。1999年韓商
在青島投資項目為328件，實際投資額為2.6億美元，恢復到金融危機之前
1997年的水準；2000年達到560項，實際投資額達到3.5億美元，比1997年
增長145.6％和34.6％。

　　第四階段是2001年至今，是韓商投資快速全面發展時期。進入新世紀，隨著大陸經濟持續高速增長和加入WTO，韓商發現大陸市場的巨大潛力，審視大陸的角度開始發生改變，投資力度進一步加大。2001年至2006年的五年間，韓商投資的年均增長率高達31.4%，並從2002年起一直是青島最大投資國。這一時期，韓商投資呈現出大企業投資增加較多，單項投資額在一千萬美元以上的大項目增長較快的態勢。

二、青島韓商投資的主要特點

(一)製造業投資居多

近年來，雖然金融、保險、物流、諮詢等服務業投資有所加快，[3] 但

圖二：青島韓商企業投資行業構成

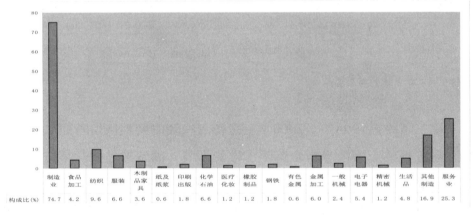

	制造业	食品加工	纺织	服装	木制品家具	纸及纸浆	印刷出版	化学石油	医疗化妆	橡胶制品	钢铁	有色金属	金属加工	一般机械	电子电器	精密机械	生活品	其他制造	服务业
构成比(%)	74.7	4.2	9.6	6.6	3.6	0.6	1.8	6.6	1.2	1.2	1.8	0.6	6.0	2.4	5.4	1.2	4.8	16.9	25.3

說明：有效樣本168家，其中製造業126家，服務業42家（批發零售5家，物流14家，資訊處理及軟體2家，通訊5家，諮詢1家，飲料及住宿2家，其他13家）。

資料來源：2005年「青島韓國投資企業經營實態Grand Survey」問卷調查。

---

[3] 1996年6月韓國（青島）國際銀行設立後，韓國新韓銀行、韓國中小企業銀行、三星（集團）火災保險、韓國生活環境實驗研究院、大韓航空物流以及法律、會計、關稅諮詢等服務機構相繼落戶青島。

製造業投資仍佔有較高比例。如圖二所示，韓商在加工製造業領域的投資佔74.7％，服務業投資佔25.3％。

(二)製造業投資從勞動密集型的一般製造業，逐步向資本和技術相對密集的重化工領域擴大

2001年以前，韓商投資主要集中在紡織、服裝、製鞋、化學、食品加工、金屬加工、電子電器、生活雜品等勞動密集的傳統加工製造業，生產的產品主要是標準化成形產品。近年來，韓商在機電、石油化工、特種鋼、新型材料、汽車配件、化學纖維、機械製造、IT等資本和技術較為密集行業的投資增加。例如，GS（LG屬下的子公司）精油的（麗東）芳香烴、浦項（POSCO）的不銹鋼、高麗的子午輪胎鋼線、曉星的子午輪胎鋼簾線、耐克森的輪胎、現代的造船、培明的金屬；高麗製鋼的新型合金材料、新都理光的辦公自動化設備、LG青島樂金（電子）浪潮的GSM手機、大同體系的汽車配件、二和纖維的化纖漿粕、裕信的汽車配件等項目。

(三)單項投資規模普遍偏小

近幾年，由於韓國大企業投資的帶動，韓商單項投資規模增加幅度較大，但與青島市的其他外商投資企業相比，投資規模仍然較小。如表一所示，按實際投資額口徑計算，2005年韓商企業單項投資規模為343萬美元，比2002年的207萬美元有較大提高，高於山東全省韓商企業的平均投資規模（102萬美元），但低於青島市全部外商的平均投資規模（377萬美元）。從韓商企業與青島市主要外資來源地企業的對比來看，2002年韓商企業單項投資規模為207萬美元，比日商（209萬美元）低2萬美元，比港商（387萬美元）低180萬美元，比台商（244萬美元）低37萬美元。2005年韓商平均單項投資規模為343萬美元，比日商（443萬美元）、港商（625萬美元）和台商（377萬美元）分別低100萬美元、282萬美元和34萬美元。顯示在2002年至2005年兩個時點間，韓商單項投資規模變動與台商

大體持平，但與日商和港商的差距分別拉大了98萬美元和102萬美元。

表一：青島韓商與其他主要外商單項平均投資規模比較

（單位：萬美元／件）

企業類別	2002年	2003年	2004年	2005年
韓商企業	207	188	285	343
日商企業	209	166	259	443
港商企業	387	378	509	625
台商企業	244	258	388	377
青島全部外商平均投資規模	302	235	277	377
山東全省韓商平均投資規模	87	117	125	102
山東全省外商平均投資規模	137	134	148	140

資料來源：根據山東統計年鑑和青島統計年鑑各年資料計算。

(四)投資方式以獨資或控股為主

根據2006年青島韓商企業調查資料，在接受調查的96家有效樣本企業中，獨資企業佔69.8%（67家），合資合作企業佔30.2%（29家）。在合資合作企業中，韓方持股81～99%的企業佔6.3%（6家），持股51～80%的企業佔6.3%（6家），持股50%的企業佔4.2%（4家），持股50%以下的企業佔12.9%（13家）。韓商偏好獨資投資方式的理由主要有三：一是大部分韓商企業的產品銷往海外市場，不大關注大陸市場需求的變化；二是與本土企業合作發生矛盾和分歧；三是本土企業在合作中的作用降低。

(五)投資主體以中小企業為主，大企業所佔比例較小

與中小企業相比，韓國大企業進入青島的時間較短，因而，中小企業構成投資的主流。如圖三所示，投資額在100萬美元以下的小規模企業佔

一半以上（56.0％），投資額在100～1,000萬美元的中規模企業約佔1／3
（35.0％），投資額在1,000萬美元以上的大企業僅佔9.0％。

圖三：青島韓商投資主體構成

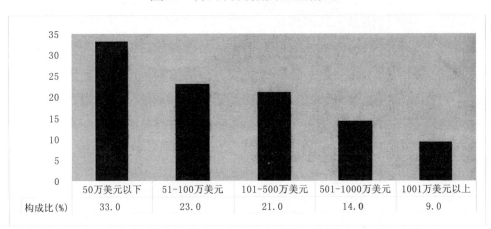

	50万美元以下	51-100万美元	101-500万美元	501-1000万美元	1001万美元以上
构成比(%)	33.0	23.0	21.0	14.0	9.0

資料來源：同圖二。

**(六)投資動機，由單純的成本導向型，逐步向成本導向和市場導向並
重的複合型轉變**

　　成本導向型投資動機，主要表現為獲取廉價而豐富的勞動力資源；成
本導向和市場導向複合型投資動機主要表現為在大陸構築第二個國際生產
加工基地和內需市場銷售網路。[4] 大體而言，2000年以前進入青島的大企
業和多數中小企業的投資動機屬於前一種類型；2000年以後進入的多數大

---

[4] 根據大韓貿易投資振興公社2005年的調查資料，韓國企業對大陸投資的動機依企業規模
　有所不同，對於投資額在1,000萬美元以下的企業而言，居前三位投資動機依次是打開
　大陸市場（26.8％）、獲取廉價勞動力（應答企業比例25.8％，以下同）、獲取原材料
　（13.1％）。而對於投資額1,000萬美元以上的企業而言，居前三位的投資動機依次是進入
　內需市場（34.9％）、獲取原材料（18.5％）、廉價勞動力（16.3％）。

企業和一部分中小企業的投資動機屬於後一種類型。

　　韓商投資動機的這種變化，可透過產品市場結構的變化得到印證。如圖四所示，在兩國建交初期的1993年，青島韓商企業84%的產品市場在海外，其中一半以上在第三國，而大陸內需部分只佔其市場總量的16.0%。2006年，這一結構發生較大變化，大陸內需部分上升到38.1%，約提高22個百分點，而海外出口部分下降到61.9%，特別是對第三國的出口份額下降近20個百分點。從青島與全國韓商的市場結構對比來看，全國韓商的內需市場銷售比例為47.6%，明顯高於青島韓商的38.1%。這顯示在大陸其他地區投資的韓商企業比在青島投資的韓商更看好大陸市場。

圖四：青島韓商企業產品銷售市場構成

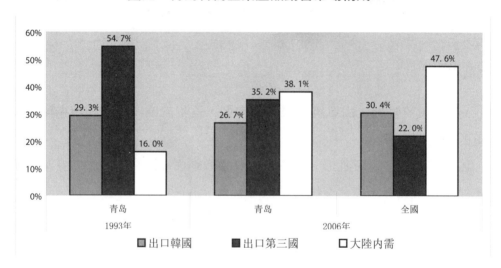

說明：1993年有效樣本企業66家；2006年青島有效樣本企業98家，全國有效樣本企業540

資料來源：(1)2006年「韓國投資企業經營實態Grand Survey」問卷調查資料，其中全國的韓商資料由大韓貿易投資振興公社駐上海貿易館提供；(2)1993年資料引自安鍾石，《韓國企業對大陸投資實態與政策啟示》調查報告1993～2001，韓國對外經濟政策研究院，1993年6月，頁49。

　　為進一步考察韓商在市場結構層面投資動機的特徵，可將1998～2005年的韓商出口份額比例走勢，與青島其他外商企業做簡單對比。如表二所示，2005年韓商的出口額，在其全部銷售額中所佔的比例為75.3％，比1998年的90.7％下降了15.4％，總體趨勢是下降；台商為42.7％，同期上升6.0％，大體保持上升趨勢；港商為27.5％，同期上升8.0％，總體是上升趨勢；日商為59.1％，同期內下降12.6％，總體是下降走勢。市場結構的變化顯示，台商和港商大多在投資初期開始就是為了進入大陸市場；而韓商和日商初期是為尋求廉價的加工生產基地，後期則逐漸轉向攻克內需市場。

表二：韓商與青島其他外商企業的產品出口比例比較

（單位：％）

企業類型	1998年	2001年	2002年	2003年	2004年	2005年
韓商企業	90.7	88.0	87.3	81.6	82.6	75.3
台商企業	36.7	42.9	45.3	37.5	38.2	42.7
港商企業	19.5	23.2	26.2	30.0	30.1	27.5
日商企業	71.7	70.7	72.5	67.2	67.7	59.1

說明：出口比例=出口產品銷售額／全部產品銷售額
資料來源：根據青島統計年鑑各年度資料計算。

(七)投資策略從單個專案投資，逐漸轉向產業鏈投資

　　近年來，韓商投資更加注重配套投資，注重延長企業內產業鏈投資和前後方關聯企業間的一體化投資，使投資專案系統化。隨著韓國企業對大陸市場信心的增強，很多企業，特別是具有一定所有權優勢的大企業的投資，不再侷限於組裝、加工生產的單個項目，而是透過前後方企業間的聯合，配套跟進，在標準化部件和核心部件製造、售後服務、銷售渠道開發、企業物流等層面，形成企業內和企業間緊密型的分工投資格局。

　　案例一：「東和商協」面向大陸市場的鋁合金輪轂，配套跟進投資。韓國東和商協（株）是亞洲規模最大的汽車鋁合金輪轂專門生產企業，年產鋁合金輪轂660萬套，佔韓國市場份額的45％（其中現代汽車40％，起亞汽車60％），並為美國通用和日本鈴木等公司配套。2007年6月，「東和商協」在平度獨資建設青島東和鑄造有限公司。該專案總投資6,500萬美元，2008年投產後，主要為北京現代、江蘇悅達起亞和上海通用等企業配套。

　　案例二：POSCO旗下的子公司POSTEEL面向大陸市場的鋼材加工，後向配套跟進投資。2002年10月，POSTEEL在城陽區獨資興建青島浦鐵鋼材加工有限公司，項目總投資2,280萬美元，具有採購、加工、營銷、配送等功能。生產用原材料、半成品主要來自POSCO在張家港投資設立的企業，和韓國內POSCO母公司，年綜合加工能力為十二萬噸。主要生產高品質、高精度不銹鋼薄板、矽鋼片、鍍鋅板、彩塗板等材料。

參、影響韓商企業投資經營的主要問題

　　韓商投資雖然在投資領域和投資規模方面都取得了較快發展，但也存在許多問題，成為影響韓商投資發展的障礙。

一、韓商企業投資經營的主要障礙因素

　　如圖五所示，影響韓商企業投資經營的主要障礙，一是當地原材料、半成品採購難（24.1％）；二是熟練工、高技能工雇用難（18.6％）；三是生產成本上升過快（16.6％）；四是基礎設施不足（13.2％）；五是當地融資較難（13.0％）。對這些問題可具體分析如下。

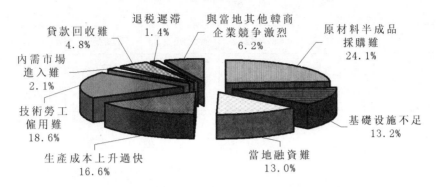

圖五：影響韓商企業投資經營的主要障礙

說明：有效樣本企業145家。

資料來源：2005年青島「韓國企業經營實態Grand Survey」調查資料。

　　第一，導致當地原材料、半成品採購難具有兩方面的原因：一是韓商企業因成本壓力，對當地原材料和半成品的需求量，比過去有較大幅度的增加，出現買方競爭；二是當地的原材料、半成品的配套產業供給能力較差。

　　對於前一個原因，可以通過表三資料得到確認。青島韓商從其母國購買原材料和半成品的比重從1993年的51.3％降至2006年的39.3％，下降12個百分點；而同期內的當地採購比例則由40.6％升至54.1％，提高近14個百分點。由於多數韓商中小企業的上游關聯配套企業，進入大陸市場的時間較短，尚不能滿足需求增量。

　　關於當地的原材料、半成品配套產業供給能力較差，主要表現在四個方面：一是品質難以得到保證（57.6％）；二是供貨期不能按時（19.7％）；三是貨款結算條件苛刻（6.8％）；四是相對於品質，價格偏高（6.1％）。

表三：韓商的原材料、半成品採購市場結構

（單位：％，個）

年　度	樣本範圍	韓國進口	第三國進口	當地採購	合　計
1993年	青　　島	51.3	8.1	40.6	100.0（63）
2006年	青　　島	39.3	6.6	54.1	100.0（86）
	全　　國	37.8	9.5	52.7	100.0（431）

說明：括弧內數值為有效樣本企業數。

資料來源：(1)1993年青島韓商企業資料引自安鍾石(1993)；(2)2006年青島「韓國企業經營實態Grand Survey」調查資料；(3)全國韓商投資企業資料由大韓貿易投資振興公社上海貿易館提供。

　　第二，熟練工、高技能工雇用難的主要原因是：勞動的供給結構不能滿足企業的需求結構所致。近年來，內外資企業大量進入青島，企業集聚度提高，對勞動力資源，特別是對具有一定專門知識的高技能勞動力的需求增長加快。雖然青島市適齡勞動力人口總量充足，但一般體能型勞動力佔絕大多數，勞動力供給結構水準較低。與企業的人才需求結構相比，人才積蓄缺乏和供給能力薄弱的矛盾日顯突出。

　　第三，導致生產成本上升速度過快的原因主要有三：一是勞動力成本上升速度過快。低工資一直是絕大多數韓商企業獲取競爭優勢的主要源泉。在過去的十多年中，青島之所以能夠快而多地吸引韓商投資，其中一個重要原因就是豐富而廉價的勞動力資源。但近年來，隨著各種具有工資性質的基金增加，增大企業生產成本，特別是隨著勞動力需求彈性的不斷提高，對雇員工資水準的控制已經超出企業的管理控制範圍，使多數加工貿易企業陷入經營困境。

　　二是相對於勞動力價格上升幅度，勞動力產出效率出現下降。近幾年，工資的增長明顯快於勞動力素質的提高速度，導致勞動力的工資生產效率（相對於勞動力產出效率的工資水準）處在較低水準。根據青島統計

年鑑資料的計算結果可以發現，青島韓商企業的每名員工年均所創造的利潤水準，從2001年的423元／人下降到2005年的399元／人。顯示青島的勞動力成本質量優勢正在喪失。

　　三是其他生產要素成本快速上升。近年來，青島的主要原材料、電力、燃料、自來水、廠房、住房等要素的購入價格也快速上漲。根據青島統計年鑑資料，2004年和2005年，主要原材料價格分別上漲6.5％和13.6％；金屬材料價格上漲15.1％和32.3％；原料用農產品價格上漲16.4％和18.7％；燃料及動力價格上漲11.6％和13.6％；住房價格上漲14.6％和15.2％。

　　第四，基礎設施不足問題，雖然青島各市區的基礎設施已經基本實現了「七通一平」，能夠滿足韓商企業生產的基本需要，但還是沒有達到韓商企業的滿意程度。基礎設施不足的問題主要表現在基礎設施供給能力不夠大、基礎設施配套水準較低、綜合服務能力較差等三個方面。根據2005年青島韓商企業的調查資料，認為基礎設施不足的主要原因，一是工業廢物處理設施不足，佔全部有效樣本企業（128家）的26.2％；二是物流倉庫設施及服務水準不足，佔13.3％；三是鐵路、航空、港口輸送設施及服務水準不足，佔12.8％。

　　第五，當地融資難問題，根據2006年青島韓商企業的調查資料，在全部樣本企業中，在當地本土銀行有融資的企業只佔27.1％，大部分企業依賴母企業（佔37.5％）、自己投資設立企業的收益（佔15.6％）和當地設立的韓國銀行（佔12.2％）。韓商感覺在當地本土銀行融資難的主要原因有三：一是嚴格的第三方信用擔保（佔樣本企業131家的36.1％）；二是融資辦理手續繁雜（佔25.6％）；三是嚴格的母企業擔保（佔16.2％）。產生這一問題的主要根源，一是與目前商業銀行普遍實施的「信貸人員終生負責制」及「銀行信貸零風險」等措施有關，二是與韓商企業的還貸能力和誠信度有關。

二、投資績效總體水準不高是影響韓商企業持續發展的最突出問題

　　根據2006年《青島統計年鑑》資料，在青島市主營業收入居前60位的外商投資企業中，韓商企業有16家，約佔1/4；在利潤額居前60位的外商投資企業中，韓商企業有19家，約佔1/3。這與韓商投資在青島全部外商投資中佔據一半以上的水準相比，很不相稱。從2001～2005年間的韓商投資額增長率與銷售收入增長率、利潤增長率的對比情況而論，投資額增長1.42倍，年均增長24.7%；銷售收入增長1.59倍，年均增長26.8%。與此相反，利潤僅增長0.82倍，年均增長16.1%，遠低於前兩個指標的增長幅度，韓商企業的投資經營效率明顯低下。

　　從不同投資績效等級的韓商企業構成比例分析，[5] 如圖六所示，在青島韓商企業中，認為投資績效很好和較好的企業分別佔7.1%（7家）和34.7%（34家），認為績效一般的企業佔28.6%（28家），認為很差和較差的企業分別佔5.1%（5家）和24.5%（24家）。在大陸不同績效等級的韓商企業構成分析，認為績效很好和較好的企業分別佔3.2%（16家）和40.3%（204家），[6] 認為績效等級一般的企業佔29.8%（151家），認為很差和較差的企業分別佔3.4%（17家）和23.3%（118家）。由此顯示，青島韓商企業投資績效低於全國韓商企業的平均水準。

---

[5] 從理論上講，對企業績效的評價，應採用能夠反映企業投資經營業績的財務指標，但對於沒有上市的韓商投資企業而言，財務指標很難通過公開渠道獲取。故在問卷設計中採用較為間接的測定方法，即以企業經營者對自己企業的投資收益率、企業成長率、盈虧狀態等三項經營成果滿意程度的評價值（五分測度）作為衡量依據，根據得分大小將投資績效分為：很好、較好、一般、較差、很差五個等級。

[6] 必須指出的是，對於韓商企業的實際盈虧狀況，多數人認為，不能排除韓商企業利用高進低出價格轉移策略有意逃避稅收的行為。如果把這一因素考慮進去，投資績效等級較好的企業比例可能要比現在的比例高一些。

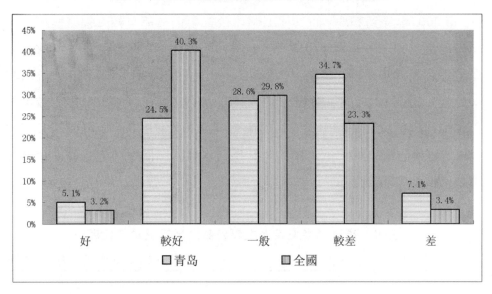

圖六：按投資績效等級劃分的韓商企業構成

說明：青島韓商有效樣本企業98家；全國韓商有效樣本企業506家
資料來源：2006年青島「韓國企業經營實態Grand Survey」調查資料；全國韓商資料由大韓貿
　　　　　易投資振興公社駐上海貿易館提供。

　　　為進一步考察韓商企業投資績效的結構狀況，可引入衡量企業投資經營效率高低的三個指標，即單位投資銷售收入（**本期銷售收入／前期投資額**）、單位投資利潤額（**本期利潤額／前期投資額**）和銷售利潤率（**本期利潤額／本期銷售收入**），對韓商企業的投資經營績效進行分析，[7]並將此與青島台商、港商和日商企業作縱向和橫向比較，以探討其間存在的差異。

---

[7] 單位投資銷售收入可以大體反映企業投資的產出能力和產出效率；單位投資利潤額可以反映企業回收投資的能力；銷售收入利潤率能夠反映企業的附加價值創造能力。

首先，從單位投資銷售收入分析，如表四所示，韓商企業2001年為40.1，2005年降到29.3，而其他三個比較對象企業都有較大幅度提高，顯示韓商企業的投入資金使用效率，較其他三個比較對象企業低。其次，從單位投資利潤水準看，2001～2005年，韓商企業從0.17下降到0.09，而其他比較對象企業均有不同程度上升，顯示韓商企業的投資回收能力較差。最後，從銷售收入利潤率來看，韓商企業從2001年的0.44下降到2005年的0.31，與其他比較對象企業相比，其獲利水準明顯低下，表明韓商企業的附加價值創造能力低下。

表四：青島韓商與其他主要外商企業投資績效比較

（單位：人民幣元／美元；％）

企業類型	2001年			2005年		
	單位投資銷售收入	單位投資利潤額	銷售收入利潤率	單位投資銷售收入	單位投資利潤額	銷售收入利潤率
韓商企業	40.1	0.17	0.44	29.3	0.09	0.31
台商企業	14.8	0.34	2.28	21.6	0.67	3.11
港商企業	66.5	2.47	2.47	81.9	2.57	3.14
日商企業	47.4	1.98	4.17	56.8	2.98	5.24

說明：表中的單位投資銷售收入和單位投資利潤額兩項指標中使用的投資額分別為前一年（2000年和2004年）的實際投資額。
資料來源：根據青島統計年鑒各年資料計算。

根據池晚洙（2004）的迴歸分析結果，韓商企業對勞動使用的密集程度與其投資績效間存在顯著的負相關關係，即投資領域的勞動密集程度越高，投資績效表現就越差。另根據《青島統計年鑒》資料對韓商、台商、港商和日商的投資領域的勞動密集使用程度進行計算，結果顯示韓商100萬美元投資使用的勞動力人數為75.5人，台商為18.7人，港商為24.6人，

日商為44.7人，如果考慮港商和台商投資中，服務業投資比重較高的因素，這三個比較項目中，企業的勞動力使用密度與池晚洙的迴歸結果大體一致。可見，韓商企業投資績效較差的原因屬於結構性問題，與其投資偏重在生產效率和附加價值都較低的勞動密集型製造業有關。

肆、韓商青島投資趨勢展望

一、韓商投資總量將持續增長

(一)韓國海外投資鼓勵政策，為韓商投資增長提供了制度性保障

首先，韓國對本國企業到海外投資原則上實行自由化，而且政府還透過金融和稅收手段扶持企業或個人到海外投資。企業或個人到海外進行直接投資時，提前向指定的有外匯業務經營權的銀行申報即可。法人到海外投資沒有額度限制（私人投資不能超過100萬美元）；對企業到海外哪個國家、投向什麼行業，國家也沒有特別限制。此外，韓國政府還出資設立了出口保險公社，幫助到海外投資的企業規避風險。

其次，2005年以來韓國財經部先後出台一系列旨在提高外匯儲備利用效率，以繁榮韓國海外投資活動的政策方案。該方案的主要內容，一是在外匯儲備不斷增長的新形勢下，動用國家部分外匯儲備50億美元放款給海外投資企業，以提高外匯儲備利用效率繁榮韓國海外投資活動；二是2005年7月設立韓國投資集團，管理170億美元的國家外匯儲備；三是2007年3月，進一步放寬對海外直接投資的監管，對海外直接投資企業取消提交資金籌措計畫，並取消對投資計畫的審查；四是針對巨額貿易順差帶來的韓元升值壓力和出口競爭力下降問題，進一步放鬆對海外房地產投資的管制，將企業和個人購買國外不動產的上限從100萬美元提高到300萬美元，並於2009年前完全取消管制；五是從2007年3月起取消對韓國居民購買國外股票基金所得收益課徵的14％資本所得稅；六是支持本國企業參與開發

中國家各種建設事業，將海外經濟合作基金支援規模由2006年的3,600億韓元增加到2007年的5,500億韓元。

　　(二)經濟總量可為韓商對外投資增長提供財力支撐，2006年，韓國對外直接投資總額佔GDP的比重為0.97％，其中對大陸投資僅佔0.3％，而從工業化國家的一般情況來看，對外投資在GDP中約佔5％。由此顯示，韓國的對外直接投資尚具有較大的擴展空間。

　　(三)國際經濟中心從大西洋國家向亞洲太平洋地區的轉移，推動韓商投資向中國大陸的集中。根據韓國輸出入銀行近年的《海外直接投資統計年報》資料，韓國對世界各國和地區的投資比例發生較大的變化，對美國和歐洲的投資比例呈下降趨勢，而對大陸的投資比例逐漸上升。2006年，中國在韓國的海外投資對象國中超越美國，從2004年的第二位躍居為第一位。中國大陸佔韓國全部海外投資額的比重高達51％，投資集中於中國大陸的趨勢明顯。

二、韓商投資結構將呈不斷優化趨勢

　　(一)加工貿易和出口退稅政策調整將改善韓商投資結構

　　2005年至2007年6月，商務部等部委先後頒佈有關加工貿易進出口禁止類和限制類商品目錄，目錄中包含了「兩高一資」（高能耗、高污染、資源型）產品、低附加價值加工貿易產品。其中對加工貿易禁止類商品實行銀行保證金台帳「實轉管理」（從事限制類商品的加工貿易企業事先交納50％的保證金，在出口結束後申請返還）（商務部、海關總署2007年第44號公告）。2007年7月，商務部等部委又進一步明確今後加工貿易轉型升級的方向：一是將進一步完善加工貿易商品分類管理，對禁止類和限制類商品按照國內外經濟形勢、產業發展等進行動態調整；二是進一步加強加工貿易企業的准入管理，不僅參考企業的信用和執行國家法規的情況，還要從企業的環保水準、最低工資、社會保險、生產設備水準等幾方面完

善企業准入管理。

降低出口退稅率的產品有兩種類型，一是為了緩解和消除貿易摩擦，而取消或降低出口退稅率的產品；二是為了緩解資源、環境資源壓力而降低或取消出口退稅率的產品。2006年9月，財政部等五部委聯合發出通知「調整部分出口商品的出口退稅率」，將紡織品、聚酯化纖、鋼鐵等產品的出口退稅率下調2～5％。降低「兩高一資」產品的出口退稅率，取消了煤炭、木炭等原材料的出口退稅率；並在現有降低退稅率產品的基礎上，繼續擴大降低退稅率產品的範圍；完善資源稅制度，擴大徵收範圍，提高稀缺性資源、高污染和高能耗礦產的資源稅，完善資源有償取得制度，嚴格資源開採的准入制度。

總之，加工貿易政策和出口退稅政策的調整，對韓商投資企業將會產生兩方面的影響：一是對已經進入的韓商企業，提高了棉、麻、毛、化纖等紡織企業，以及生皮加工和金屬加工等勞動密集型低附加價值加工貿易企業的生產成本，不但影響這些企業的增值期望，而且使其生存空間窄化；二是提高單純加工貿易類投資的准入門檻，限制「兩高一資」產品和低附加價值產品的加工貿易投資的進入，會提高加工貿易投資的水準和技術含量。

(二)青島產業配套環境的優化和提升，將推動韓國高階企業投資的進入。成熟的企業在選擇投資地點時，往往更加看重這一地區的上下游產業的配套環境。許多韓國大企業把核心尖端產業的投資地點，選擇在長三角和珠三角地區的一個很重要原因，是這些地區的產業門類較為齊全、配套能力相對較好。與之相比，地理區位並不顯得十分重要。近年來，青島市通過積極招商引資，基本形成了平度汽車配件、橡膠輪胎、城陽樂金浪潮（LG）移動電話、膠南和萊西化纖、黃島開發區石化等產業集群，為今後韓商投資的進入奠定良好的產業配套環境。

(三)大陸加入WTO以來，市場對外開放程度越來越高，服務業和流通

領域的門檻逐漸降低，擴大韓商在青島的發展領域。未來幾年，韓商與青島在服務業、流通業領域的交流與合作會日益密切，這將為韓國的通信、銀行、保險和大型零售等服務企業提供巨大的發展空間，也為已經進入青島的韓商企業拓展新的投資領域提供機遇。

三、韓商投資策略將會出現重大調整

　　如前所述，2001年以來，隨著大陸經濟的持續強勁增長和WTO的加入，大陸作為世界工廠和世界市場的地位得到進一步提升。韓商企業，特別是大企業審視大陸市場的角度開始改變，大陸作為世界市場和世界工廠的意義已經變得同等重要，很多企業提出了「中國化策略」。相應地，韓商對青島的投資策略也在發生較大的調整：一是從過去對傳統領域的投資，轉向附加值較高的重化工部門和IT領域，提高產品的資本和技術含量；二是改變傳統的投資經營理念，不再把青島的子企業看作是簡單的生產加工基地，而是把以加工製造為中心的投資，向製造業兩端的產品研

圖七：韓商投資的擴張路徑

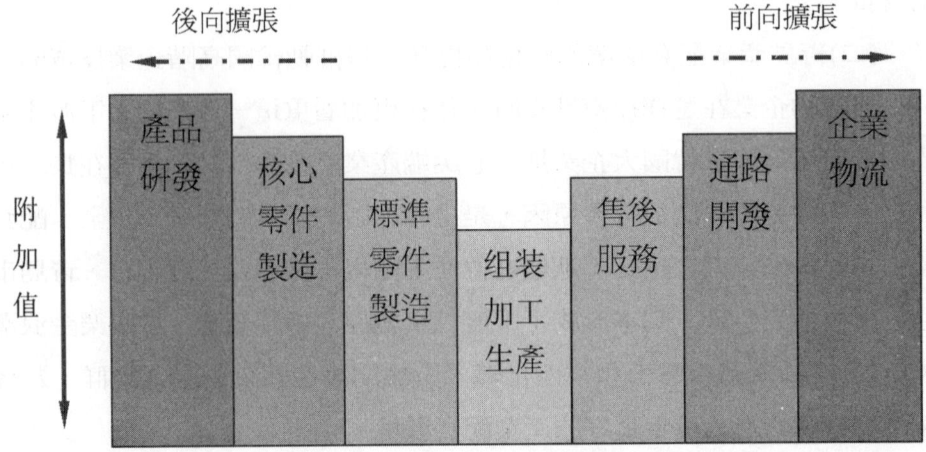

發、核心部件製造、營銷開發，以及流通環節延伸，形成本地再投資可實現自我發展的全方位投資，把中國作為擴展投資，實現企業成長的重要市場（參見圖七）。可見，韓商選擇在青島投資，實際上是這些企業建立生產和銷售網路國際化策略的一個重要組成部分。

伍、結論：韓商面臨的挑戰

第一，大陸本土企業的趕超，將使韓商企業的競爭優勢逐漸喪失。近年來，隨著大陸本土企業競爭力的提高，國際競爭優勢明顯提高，韓商企業與本土企業間的技術差距逐漸縮小，加之韓商中小企業的出口結構與大陸本土企業趨同，在國際市場上的競爭關係日顯突出。

從2006年青島韓商企業的調查資料來看，認為本企業與大陸本土企業技術差距在2～3年的企業佔全部樣本企業（97家）的30.4%；認為差距在4～5年企業佔19.8%；認為差距在3～4年的企業佔20.0%；認為目前無差距的企業佔17.8%；而認為差距在5年以上的企業只佔12.0%。可見，趕超的大陸企業將是未來幾年內威脅韓商的重要力量。如何提高技術創新和產品創新能力，保持競爭優勢是韓商企業必須正視和極須解決的一個重大課題。

第二，內需市場准入門檻不斷升高，將阻礙韓商企業對大陸內需市場的有效進入。眾所周知，大陸內需市場是一個開放市場，在世界500強跨國公司中，已有400多家公司進入，還有眾多的國際性企業參與市場份額的爭奪。如果沒有一定的所有權優勢作基礎，就很難在強手如林的大陸市場獲得生存空間。

根據2006年青島韓商企業的調查資料，目前韓商企業不易接近大陸內需市場的主要障礙：一是缺乏有效的進入渠道；二是產品認知度不高。首先，從進入渠道來看，目前韓商企業進入大陸內需市場的途徑，主要是通

過與其他韓商企業的配套路徑來實現，渠道比較狹窄，今後應加強和擴大與大陸本土企業，和其他非韓國外商的配套合作，拓寬進入渠道。

其次，從產品認知度來看，根據2006年青島韓商企業的調查資料，韓商企業的產品生命週期分佈狀態是，生產投入期產品和成長期產品的企業，分別佔9.9%和37.4%；而生產成熟期和衰退期產品的企業分別佔33.6%和19.1%，兩項合計高達52.7%。由此顯示，有一半以上韓商企業的產品缺乏發展前景，這種產品技術結構不利於有效攻克大陸內需市場。今後應注重品牌策略的實施，著力提高產品的影響力。

第三，高階人才短缺，將制約韓商企業投資經營效率的提高。青島本地並非全國中心城市，缺少名校和研究機構，缺乏高階人才培養基礎和條件，加上人才流動性較差，導致高階人才貧乏。因此，獲得和確保高階技術人才和專業管理人才，是未來韓商企業取得競爭制勝的關鍵條件，韓商企業應建立起自己的人才庫，完備人才培養體系和有效的用人機制。

參考書目

一、中文專書

徐永輝，「青島韓資企業直接投資動機類型研究」，**青島發展研究——青島發展研究中心研**
　　究報告選（濟南：山東人民出版社，2006年）。

中國統計年鑒（北京：中國統計出版社，2005年）。

山東統計年鑒（北京：中國統計出版社，2005年）。

青島統計年鑒（北京：中國統計出版社，1998～2006年）。

二、韓文專書

安鍾石，**韓國企業對大陸投資實態與政策啟示調查報告93-01**（首爾：韓國對外經濟政策研究
　　院，1993年）。

白權鎬等，**中國大陸投資的韓國企業經營現地化研究政策研究02-23**（首爾：對外經濟政策研
　　究院，2002年）。

池晚洙等，**中國大陸投資的韓國企業經營實態和啟示政策研究04-14**（首爾：韓國對外經濟政
　　策研究院出版，2004年）。

海外直接投資統計年報（韓國：韓國輸出入銀行，2003～2005年）。

三、中文期刊

魯桐、鄭俊奎，「韓國企業在中國的投資與中韓經貿關係展望」，**世界經濟與政治**，第2期
　　（2005年）。

四、其他

大韓貿易投資振興公社駐青島貿易館，**青島韓國投資企業經營實態Grand Survey**（2005、
　　2006年）。

大韓貿易投資振興公社駐上海貿易館，**大陸韓國投資企業經營實態Grand Survey**（2005、
　　2006年）。

韓商在中國的形象調查與開拓內需市場策略

蔡奎載

（政治大學中國大陸研究英語碩士學程研究生）

摘要

本文試圖探究中國大陸、香港、臺灣大學生對韓國和韓商的認識程度，以及韓商在大陸市場的開拓策略，尤其是企業形象的開拓。

在中國大陸，香港和臺灣的韓商對其企業形象相當關注，並且投入非常多的資源加以塑造。1992年韓國和中國建交之後，兩國交流頻繁，然而，中國人對韓商和韓國的認識程度如何？這個問題很少被韓國企業關注，畢竟這是一個不容易量化且模糊的概念。本文試圖藉由問卷調查，了解中國（北京、上海、廣州）、香港、臺灣人對韓國和韓商的看法。目前韓國許多企業在做決策時，只依靠專家以及有中國經驗的顧問提供個人意見。其間所產生的誤差，可能為企業帶來錯誤的品牌策略，並且損及企業形象。本研究希望能了解中國、香港、臺灣人的想法，以資韓國企業制訂品牌策略參考。

此外，由於韓商向來重視品牌和企業形象，本文同時探討韓商提高其企業形象的策略，透過深度訪談，了解韓商在上述地區的開拓策略以及中國市場的特質。關注韓商的中國經驗是非常有意義的，因為中國是一個相當特殊的市場，不能貿然引用相關理論以及其他國家的經驗。

關鍵詞：韓商策略、中國市場、形象、內需市場策略

The Analysis of the Images of Korean Companies in China and the Domestic Market Expansion Strategies

Mark Chae

（graduate student, National Chengchi University）

Abstract

This paper seeks to explore the understanding of youth on the Korean enterprises in China, Hong Kong and Taiwan and also focus on what kinds of tools Korean companies use to improve their companies' image. Every young person in China (Beijing, Shanghai, Guangzhou), Hong Kong, and Taiwan have their own paradigm understanding of Korea and Korean companies. And there are some differences in understanding and preference on Korean enterprises among Mainland Chinese, Hong Kong, and Taiwanese people. Even though there are good relationships between Korea and China after 1992 when diplomatic relations officially opened, it is hard to measure how deep Chinese understanding of Korea and Korean companies is. This kind of concept is very important and valuable, because a product's image and recognition has a powerful effect in a consumer's decision-making, and many companies invest much money to increase their image and brand name. Particularly as Korean products have become increasingly popular and significant in the Chinese economy, this research will contribute to a void of information on youth consumer culture in China on Korean products and how Korean companies market their brand and image to Chinese youth.

Keywords: Korean company's strategy, China market, Image, domestic market expansion strategies

壹、前言

　　1992年韓國和中國建交之後，韓商開拓中國市場日益積極。2006年底，在中國大陸地區常駐的韓國人數超過70萬人，韓國人在大陸已經找到立足之地。現在兩國的經貿關係日益密切。中國目前是韓國最大的經貿國，與第一大貿易順差的國家。韓國和中國大陸的環境差異不小，在中國的韓國人和韓商如何適應環境呢？中國人對韓國人和韓商的印象如何？皆值得深入探討。

　　與台商相比，早期韓商的投資規模比較小，且集中在製造業。投資範圍從勞動密集型的產業發展到機械、化工、電子、汽車產業。韓商與台商最大的差異是投資中國的目的。從兩國的產業結構來看，臺灣的中小企業是為了降低成本，進軍大陸。以出口為主的台商，主要集中於世界資訊產業的代工，但隨著勞動費用的提高，他們反而受到成本上的壓力。台商最大的特徵是密切的網絡聯繫。這樣的網絡，為台商帶來高效率的決策，快速地交換產業信息。這樣的產業網絡讓臺灣變成世界最大的資訊產業生產基地。

　　早期韓國中小企業進出中國大陸的目的也大同小異。不過，韓國大企業的主要投資目的是開拓中國的內需市場。韓國資本集中於大型企業之手。這些大型企業不論從事何種事業都有相當的規模。從當時韓國產業的角度來看，最需要的是新市場的開拓。韓國大企業在全世界其他地區的主要競爭對手是日本企業。韓國和日本主要的產業分別是汽車、家電、造船與鋼鐵等。在美洲、歐洲地區的市場已經被日本公司佔有，並且在技術上韓國和日本之間依然存在差距。因此，距離近、擁有龐大市場、經濟發展速度又快的中國大陸即成為最佳選項。

　　我們可以發現北京的計程車幾乎是由韓國現代公司出產，天津火車站街頭充斥著LG電子公司的家電廣告，上海、廣州甚至四川成都都能發現

韓國公司的廣告宣傳。表面上，可以感覺到韓商極為重視他們的企業形象和品牌。因此，何種的廣告、何種的活動能夠吸引中國人的關心呢？而一系列的活動又帶給中國人何種的觀感呢？因而讓我與同學一同前往中國大陸進行田野調查。

　　根據田野調查的初步結果，各個地區對韓商的企業形象，有明顯的差別。美國的作家Jim Colins指出：「偉大的企業是具有永續發展能力的」。[1]韓商在中國經濟圈裡最需要重視的是「長期和永續的發展」。「形象」是一個無形的資源，若沒有妥善地建構企業品牌與形象，韓商在中國市場的競爭則趨於弱勢。所以必須重視這個未來的新興市場。本文期望藉由調查上海與廣州等地對企業形象的想法，為韓商企業在海外市場，尤其是中國市場的企業識別系統制定提供助益。

貳、理論背景

　　由於本研究以企業的形象調查為主，所以必須先檢閱相關的理論。在企業管理理論中，關於企業形象的探討，源於1956年的國際商用電腦公司（IBM）。IBM運用企業形象的概念建構其企業識別系統。此後許多歐美公司都相繼投入企業識別系統的發展。舉例來說，六〇年代美國的CBS、Coca—Cola，八〇年代日本的MAZDA汽車、麒麟啤酒，而韓國企業則在政府有意的扶植下，於八〇年代後期引進企業識別系統的相關概念與措施。

一、企業識別系統（Corporate Identity Systems）

　　企業識別系統（Corporate Identity Systems，簡稱CIS或CI），又稱企

---

[1]　Jim Collins, *Good to great*（서울：김영사, 2002），p.333.

業形象設計系統。它是一種企業為使自己產品或形象在同業間有所區別，而運用的一系列系統。學者鄒光華（1985）的定義為：「企業經營的理念和行為，經由有效的傳播途徑，使社會大眾對企業的文化、性格、政策、產品有一整體的認識，並進而對企業產生良好的印象」。[2]Napoles則指出：「企業形象是公司被大眾所認知的方式；企業識別是一反映公司希望被認知方式的符號，由反映欲求形象突出象徵性的標誌所組成」。中田理英亦指出：「CI是一種明確的認知企業理念與企業文化的活動；CI是以標準字和商標作為溝通企業理念與企業文化的工具」。

圖一：品牌管理策略內容及策略目標圖[3]

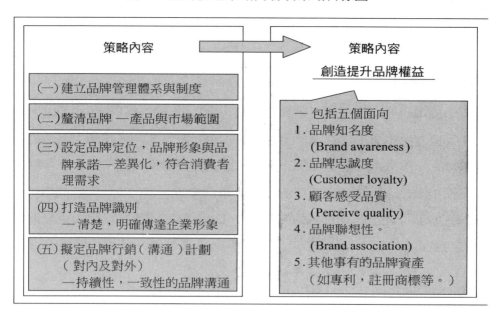

---

[2]　康芳琮，企業識別系統，體驗行銷對品牌形象關係之研究：以統一星巴克咖啡為例（臺北縣：輔仁大學管理研究所碩士論文，2006年）。

[3]　戴國良，品牌行銷與管理（台北：五南圖書出版公司，2007年）。

綜合以上學者的定義，可知企業識別系統的重點在於如何正確表達企業組織的經營理念，將企業的理念透過品牌、服務等手段傳遞給消費者，進而使消費者認同企業，讓企業永續經營。重點如下：(一)具體化企業經營理念；(二)企業資源統合；(三)企業形象傳達對象除消費者外，亦包含內部員工、社會大眾、政府等。

圖二：從員工滿意觀點，提升企業品牌價值

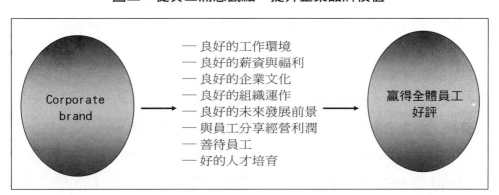

二、企業識別系統的構成要素

企業識別系統的構成要素，基本上由理念識別（Mind Identity, MI）、行為識別（Behavior Identity, BI）、視覺識別（Visual Identity, VI）三者構成。

(一)理念識別（Mind Identity）

理念識別是居於企業識別系統的核心地位，並由組織最高決策階層所主導。MI是體系運作的原動力及實施的基石，完整企業識別體系的建立，端賴組織經營理念的確立。組織體內的每個人都具有同樣的目標及理想，而成為組織共同努力的方向。其涵蓋項目包括經營理念、經營策略、精神標語、風格等。

(二)活動識別（Behavior Identity）

活動識別主要是將組織的經營理念及特性，運用整合並透過組織行為的模式，激發組織內部員工的共識及對外展現出組織的魅力，使之獲得認同與回應，進而達到塑造組織新形象的目的。

因此，活動識別是透過行為來煥發組織的理念及精神，一般可以區分為對內及對外兩個方向進行。對內是實現全體員工，在意識上達成共識，以完成組織經營理念，例如員工教育訓練的施行、制度合理化、改善工作環境等；員工對外行為的展現則可以透過行銷方式、公關活動、公益活動、市場調查等方式，建立社會大眾對組織的認知及信賴。

(三)視覺識別（Visual Identity）

視覺識別是靜態的識別符號，也是具體化、視覺化的傳達形式，經由組織化、系統化的視覺識別方案，傳達組織經營的訊息。[4]

企業識別系統最重要的在於將企業重視的價值，透過各種有形與無形的方式傳遞出來。而跨國企業在海外據點欲達成此一目標，除沿用在母國企業的CIS策略外，還需考慮當地的文化與社會背景彈性調整。在中國的韓商企業，更必須了解中國的廣大與多樣性。每省、每個地區，甚至每個城市對企業形象的要求皆可能有所差異。

參、問卷綜合分析

一、研究說明

筆者的調查分成四個階段，第一、資料搜集，第二、問卷調查，第三、企業採訪，最後以討論的成果撰寫報告。調查在2005年8月開始，然後再於2007年9月補充部份資料。問卷調查的成果，是先將初步調查整理

---

[4] 林盤聳編，企業識別系統（台北：藝風堂，2001年）。

及編輯。主要內容是中國人對韓商企業形象的認知程度，和韓國企業開拓中國市場的策略分析。採訪的目的是透過他們的經驗來了解中國市場的特徵，探討更佳的市場策略。

中國人對韓國人和韓商的看法，與韓國人認知間存在著相當大的差異。由於具體的數據和量化研究的不足，我們只能依賴有中國生活經驗的韓國人和部份專家的主觀意見。

在這次研究當中將調查地區分成三個—北京、上海、廣州。並且在香港和臺灣也進行同樣的調查。中國大陸、香港和臺灣在政治、文化、歷史等各方面有著不少相似點，也存在相異之處。然而，我們認為臺灣和香港地區對中國大陸各方面的影響力是巨大的。香港是一個國際化的地區，臺灣是具有自由和資本主義文化的地區，了解他們的實際情況有助於了解中國大陸的未來。

問卷調查的對象是以各地區的國家重點大學學生為主。因為他們是當地的優秀人才，筆者估計未來他們對整個中國社會的影響力將變大。再者，研究他們的特性和對韓商認識的程度，可以提供中國消費者分析的基本資料。此外，由於中國社會是非常講究「關係」的社會，所以他們思想的變化將帶來無限的普及效果。基於上述原因，我們決定在以下幾所大學進行問卷調查。

表一：問卷調查學校一覽表

地　　區	大　　　　學
北　　京	北京大學，清華大學
上　　海	復旦大學，上海交通大學
廣　　州	中山大學，廣東工業大學
香　　港	香港大學，科技大學，中文大學
臺　　灣	臺灣大學，政治大學

說明：期間：2005/7/18-7/31

對象：每個大學30個人，總共11所大學330人／個別做問卷。

二、中國人對韓國企業形象程度問卷調查結果分析

中國、香港、臺灣地區大學生對韓國和韓國企業的基礎認識調查

調查期間：2005.7.18–30

調查對象：中國大陸地區（北京、上海、廣州）、香港、臺灣地區重
　　　　　點大學學生

調查人數：共275名

調查方法：1對1問卷

調查地點：各所大學學生食堂，宿舍，圖書館等校內

(一)問卷對象組成結構

圖一：地區比率

圖二：年齡比率

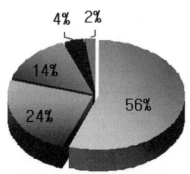

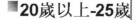

說明：平均年齡22.9歲

圖三：男女比率

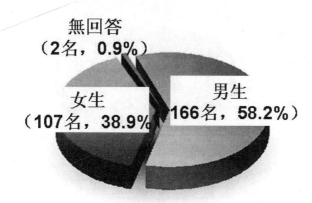

無回答
（2名，0.9%）

女生
（107名，38.9%）

男生
（166名，58.2%）

(二)問卷題目統計分析

1. 提到韓國會讓你想起什麼東西呢？[5]

---

[5] 學生填的問卷回答內容如下，

1. 大眾文化：「韓流」、電視劇、電影、音樂、電腦遊戲、衣裳、整容、明星、街頭舞、美容、化妝品、小說、演藝產業、裝飾品、電影節、西方文化、網上漫畫、和式服裝、棒球帽。

2. 傳統文化：禮貌、韓服、宮中衣裳、扇子舞、假面、傳統舞、儒家文化、景福宮、李夢龍、阿里郎、漢學、跆拳道、節日、東大門、無窮花、太極棋、佛教、鼓舞、鞠躬、宮殿、韓國語。

3. 感情和認知：反日情緒、民族精神、權威政治、愛國心、經濟發展、堅固的意志力、有原則、韓國戰爭、社會階層、尊重老師、大男子主義、傳統道德、團結、三八綫、朝鮮族、盧武弦、家庭、獨立精神、排斥外國貨、金九、美人、金大中、保守、街頭罷工、忍耐力強、善良、有幽默、純樸、貪污、分裂國家、反美、打架、抄寫、爲了目的什麼都能做、兇狠、擇善固執、不認可敗北、個子高。

4. 飲食：泡菜、烤肉、石鍋拌飯、冷麵、辣味、清酒、辛拉麵、拉麵、高麗人參、狗肉、燒酒、辣椒、蔘雞湯、豆腐。

5. 地區：首爾、古老的漢城、北韓、濟州島、青瓦台等。

6. 企業：起亞汽車、現代汽車、LG電子、三星電子、大宇等。

7. 其他部分：體育、足球、圍棋、跆拳道、奧運、世界盃足球、風景、留學生、旅行、打招呼、氣候、國防、樂天世界、沒有雙眼皮等。

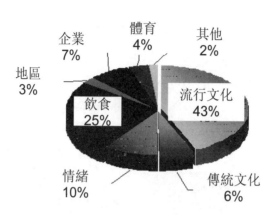

2. 你對韓國熟悉嗎？

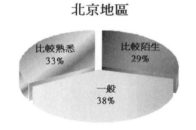

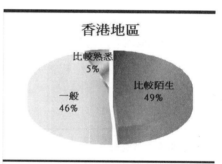

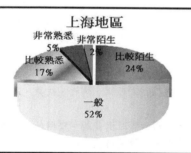

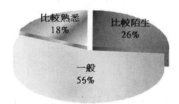

(1)北京地區對韓國的熟悉度最高（33％），臺灣地區最低（5％）。顯示越北方對韓國越熟悉。

(2)大陸地區的熟悉度約為17-33％，但是廣州和上海地區「不熟悉」的意見比「熟悉」還多。

(3)臺灣地區不太關心（一般，59％）和不熟悉（39％）的意見多。

(4)香港地區也「不熟悉」（49％的意見多）。

(5)臺灣和香港地區回答「比較熟悉」的意見（各2％，5％）非常低。表示兩地對韓國的形象和關心度並不高。

3.在企業的形象方面，你覺得最重要的部分是什麼？（針對韓國企業）

（％）

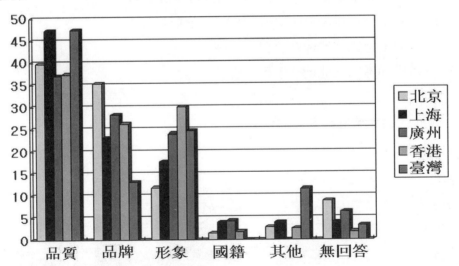

(1)每個地區最重要的部分是「品質」。

(2)除了品質之外，在北京地區「品牌」的重視程度最高。

(3)南部地區廣州、臺灣、上海對「企業形象」的重視程度最高。

(4)企業的國籍因素並不重要。

4. 如果有一新產品促銷，你主要考慮什麼因素呢？

（％）

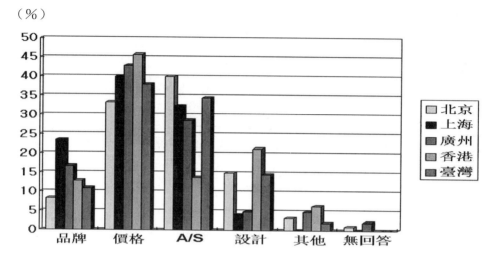

(1)除了北京地區之外，「價格」是最重要的因素。

(2)北京地區重視A/S（售後服務）甚於價格。

(3)上海地區比其他地區重視「品牌」。

(4)香港地區比其他地區重視「設計」。

5. 你覺得企業應該要重視什麼？

（％）

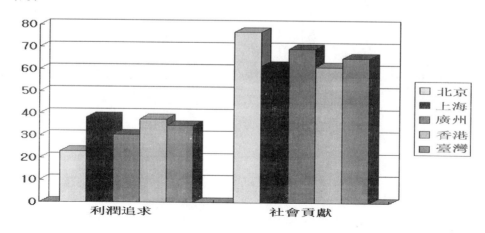

(1)所有地區都回答，企業的社會貢獻比利潤追求更重要。

(2)北京地區比其他地區更重視企業的社會貢獻事業。

6. 如果企業作些社會慈善活動的話，哪方面最需要呢？

（％）

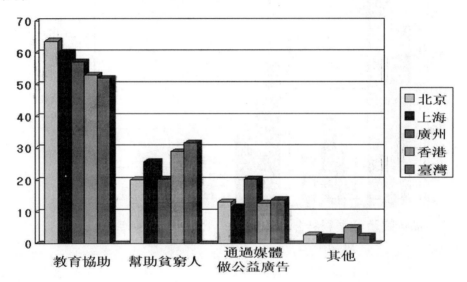

(1)所有地區都回答，教育協助（提供獎學金，教育設備）是最重要的社會貢獻；不過必須注意的是，填寫問卷者以學生為主。實際上，中國的教育費在個人所得中所佔的比率相當高。此一情況下，使得許多學生倍感壓力。

(2)其他意見有環境保護（北京）、投資公共設備（上海）、投資科學研究、贊助商活動等。

7. 損害韓國企業形象的最大因素是什麼呢？

（％）

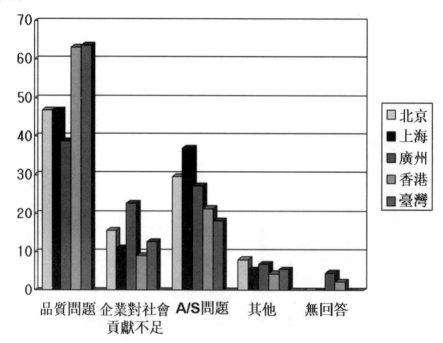

(1)損害韓國企業形象的最大因素是「品質」問題。尤其是在擁有先進市場的香港和臺灣，兩地的不滿偏高。數據亦顯示，韓國的產品尚未達到先進公司的技術水準，其他公司的產品在品質的部份依然保有優勢。

(2)對品質不滿的現象，在未來中國市場中持續出現的可能性很大。品質是持續性銷售和提高企業形象最關鍵的因素。

(3)大陸地區對售後服務（A/S）的不滿普遍偏高。顯示在發展中的市場，韓商比其他企業更忽視售後服務。

(4)韓商企圖依靠中國當地經驗不足的人才，達到和韓國的一樣的售後服務，那是不可能成功的，大陸員工對售後服務的態度需要改善。為了維持穩定和長期的銷售，消費者的不滿是必須重視的環節。

8. 你看過韓國的明星演出的韓國企業廣告嗎？

（％）

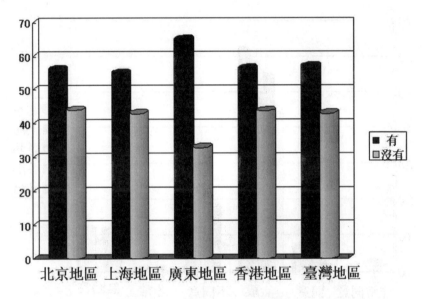

(1)每個地區都超過50％以上的人看過韓國明星演出的韓商廣告。

(2)廣州地區的數據最高（63％）。

9　看完廣告之後，會想買那些東西嗎？

（%）

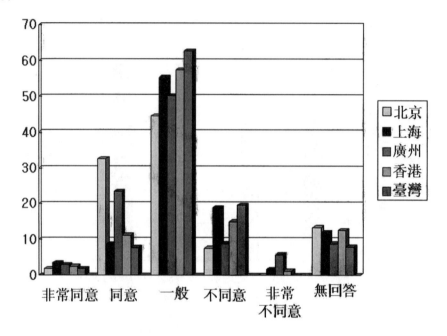

(1)廣告的影響力在北京和廣州較高。

(2)上海、臺灣和香港地區的反應偏低。

(3)韓國明星演出的廣告在產品銷售方面並無明顯幫助。

10. 看完廣告之後，更了解產品嗎？

（%）

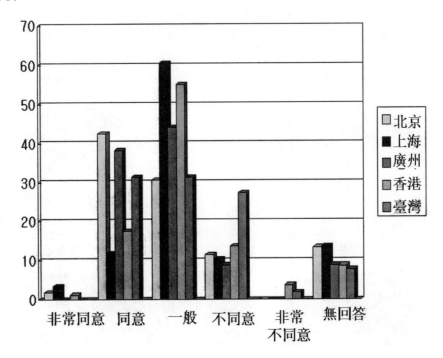

(1)北京、廣州地區比其他地區對產品的關心度還要高。廣告宣傳的方式，大陸地區比其他地區更具效果。

(2)臺灣地區的反應最差。

11. 看完廣告後，你對韓國的印象有所改善嗎？

(1)看完廣告之後，韓商的形象在北京和廣州地區提高。

(2)上海、臺灣和香港市場的效果普遍偏低。

(3)形象廣告在大陸地區發揮效果。

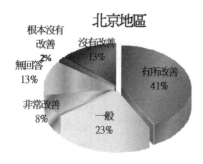

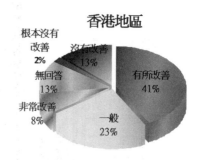

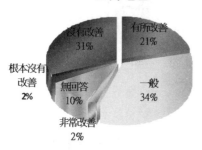

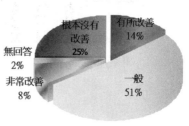

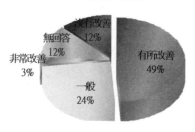

三、韓商在中國地區開拓市場策略分析

調查期間：2005.7.18–30/2007.8.31-9.15

調查對象〈參見表二〉

表二：採訪韓商企業和政府機構現況（五所企業，一所政府機關）

地　　區	企　　業
北　　京	LG電子
上　　海	起亞東風悅達汽車 LG-PHILIPS LCD POSCO CHINA（浦項鋼鐵）
廣　　州	韓國貿易館（KOTRA）
臺　　灣	三星電子

調查方法：深度訪談。

(一)「先讓你身邊的人滿意，才能給中國顧客滿意」

　　經過這次的調查，幾乎所有的韓商均認為「口耳相傳」是中國市場中影響消費者購買商品與否的最大因素。雖然口耳相傳是一種不容易量化的概念，但是在決定購買行為方面，中國人普遍依靠周邊的人獲取品牌與產品訊息。

　　許多韓商由此基本觀念著手來擴大應用範圍。這種經驗是從小的體驗上得到的。亦即自己公司生產產品，而當地員工卻買其他公司的產品。「連我認識的員工也不滿意的產品，我怎麼能賣給陌生人呢？」。再者，中國亦是一個重視「關係」的國家。韓商認為一位足以信任的朋友，比一百位普通朋友更重要。如何找到完全支持公司的人，才是韓商的焦點。此次採訪的起亞汽車公司在開拓中國市場的初期，最大的目標之一，是把自己的汽車當成上海的計程車。這個目標不難，同時又間接提供更多人乘

坐起亞汽車的機會。此外，自己的員工當時根本不知道，起亞汽車在韓國和世界汽車工業的地位。所以他們決定，先把上海市計程車工會有關的人，包括公務員和共產黨幹部，邀請他們到韓國參觀起亞工廠。透過這樣的機會，他們自然能進一步了解起亞公司。他們在韓國的參觀時，起亞公司提供一切的住宿、交通和翻譯等服務，並且在韓國滿街都能看到起亞的汽車。如此一來他們對起亞公司的信任度和認識也相對提高。隨後，他們將自己的新員工派到韓國工廠實習，以提高新員工對公司的忠誠度，給予他們一個在「好公司」工作的感覺。

類似的活動很早就在韓國浦項鋼鐵開始進行。不少韓國人在小學、中學時期都參觀過浦項鋼鐵廠。巨大的規模，流淌的鐵水以及火車運送著一批又一批的原物料。在參觀工廠之後，人們對浦項鋼鐵的印象非常深刻。公司免費提供導遊和紀念品為學生留下深刻的印象。連續幾十年的活動讓這個公司成為韓國代表性的鋼鐵公司。上海分公司也利用2002年在韓國舉行的世界盃足球比賽，邀請他們的顧客到韓國參訪。

雖然這類的活動經費負擔不少，但卻能給予人們留下恆久的印象，確保公司能長久的提高企業形象。起亞公司就是透過這樣的活動為產品帶來品質和穩定的感覺。讓計程車工會的人員安心地決定上海計程車的新款式。然後他們再藉由計程車接近陌生的顧客。在上海坐1、2號線捷運就會發現三星和LG的超薄型顯示器，讓顧客自然接觸自己的產品。每個人一坐捷運，直到下車之前都會看他們的產品。

另外，在中國市場，在公司設立工廠的城市中，公司產品佔有率普遍較高。因為公司進入城市便會帶來整個城市的雇傭效果和經濟成長。因而，公司在當地的企業形象便提高，這樣的結果同時帶來市場佔有率的提高。

(二)「準備好看的表演，吸引中國人的關心！」

2005年中國起亞汽車公司委託專門經營顧問公司進行全面市場調查。

通過這次調查發現，汽車展覽會是顧客購買汽車的時候，影響力最大的因素之一。這是與其他市場不同的特徵。報告指出，中國社會主義色彩仍然存在，人們對具有娛樂性的東西非常關心。例如，在中國比較繁華的地方容易看到在一個舞臺上，有一兩個主持人，一邊做秀，一邊做宣傳商品，廣告氣球飄來移去，周邊很多人花了很長時間好奇地看著臺上的節目，偶爾臺上會提供人們一些小樣品。外國人的眼裡看這樣的廣告活動，其實沒什麼特別，而且不能確定廣告的效果。這次報告顯示，這樣的廣告活動經費比媒體廣告低，但是效果方面卻是相當大。

具有娛樂性的典型廣告模式是展覽會。在廣州舉行的展覽會上，幾乎全世界大企業都參加，每年參加的企業數和人數，達到世界大規模展覽會的水準。廣州韓國貿易館也特別注重在展覽會上韓國企業的表現，因為他們認為這樣的活動很可能直接影響企業形象和銷售額。

LG電子公司每年都到中國各地重點大學舉辦人才招聘活動。每次活動學生的人數均達到300到600個人。他們一邊招聘優秀的人才，一邊做廣告。其實在那裡的學生當中，能夠參與他們公司工作的人並不多，但是通過這樣的活動，學生們會更了解公司，企業的形象也會提高。尤其是他們介紹公司情況的時候，利用先進的器材表現出公司的水準和在中國參與的公益活動。此外，這樣的活動也讓當地員工對公司感到自豪。

可是，辦這類活動的時候一定要了解當地的情況。2005年11月份韓國的某一個公司在南京大學裡辦招聘活動。他們用投影片裡的中國地圖來說明了自己公司對整個中國市場的佈局。出乎意料的有一個學生不滿的指責地圖裡沒有臺灣和南沙群島。當時韓國的員工很緊張的回答，但是他的回答不被接受。突然教室裡的400學生當中300多個人立即離席。其實這位員工對臺灣問題沒什麼意見，可是這樣的意外讓這家公司帶來金錢和形象方面的損失。

(三)「使公司目標和員工個人理想一致化」

　　早期韓資企業在韓國用的公司內規則和管理模式，直接翻譯成中文使用。這些問題帶來當地員工的不滿。按照當地的習俗決定規則和員工管理方法是必要的。LG-PHILIPS LCD公司指出，公司的目標和員工個人理想的一致化是人才管理核心中的核心。讓員工和公司建立如「命運共同體」的緊密聯結，是有效管理員工的關鍵。這樣公司才能找出在中國市場裡長久立足之道。

四、針對全世界市場的思考！

　　對企業來說，開發產品後，對於全世界同步銷售是相當困難的。因此，在決定產品名稱時，一定要考慮世界性的名稱。中國市場的智慧財產權問題相當嚴重。有些中國商人先把韓國賣的商品到中國市場註冊，造成韓方時間和金錢的損失，對企業和產品形象方面的打擊大。所以韓商在韓國開發產品後，一定要有全球性思考與風險意識。

(一)臺灣和香港市場的特徵

1. 臺灣地區：企業愛自己國家的最好方式是賺錢

(1)2003年以來，韓國遊戲軟體在臺灣市場一直具有明顯的優勢。臺灣人對韓國和韓國企業的形象比其他地區低。而且，臺灣的媒體對於韓國的報導態度偏向競爭意識、嫉妒、歧視多。因此以韓國和韓商的身份進行廣告活動的效果不佳。強調人們普遍價值，例如人文主義、孝順等方式進行活動比較有利。銷售時，要把「品質」放在競爭策略的首位。企業愛自己國家的最好方式是賺錢。韓商應該為自己國家自豪，但是不需要刻意強調國籍帶來當地人的不滿。

(2)對韓商來講，臺灣市場是進入中國大陸市場的一種試驗場

　　所有韓商只把眼光放在中國大陸市場，並不知道臺灣市場的魅力。臺灣的消費水準和韓國差不多，而且臺灣具中國文化特質。此外，臺灣的市

場規模不大，市場對產品的反應快。因此，韓商進入大陸市場之前，臺灣便成為一個很好的試驗市場。這樣的過程可讓韓商在大陸失敗的機率降低。最近在臺灣市場，美容和服飾業績不錯，他們利用在臺灣累積的經驗來開拓中國市場。

(二)香港地區：最好的品質，最貴的價格

韓商在香港市場的顧客滿意度並沒有佔優勢。三星電子的價格策略是一個榜樣。他們把競爭力低的家電部門捨棄之後，投資於行動電話和顯示器上。追求世界第一的品質，標上最高的價格。這樣的方式，對後進入市場的企業帶來形象方面的改善。

肆、結論

隨著韓商在中國大陸投資的增加和韓國文化的流行，韓商在大陸的形象有所提高，但是接受採訪的韓商都指出：「韓流」是一種流行，只靠韓國的形象來做廣告風險較大，所以需要善加利用「韓流」。此外，韓商要在自己的體會基礎上，汲取台商的經驗。在中國市場最成功的外商是台商。他們投資後，一方面鞏固其既有的網絡關係，以降低因生產地點移轉所產生的摩擦；另一方面要利用中國本地的資源，以提升自身在網路中的地位。台商在這兩方面毋寧都是十分成功的。[6]

二十一世紀不是惡性競爭的時代，而是雙贏（Win-win）的時代。韓商不要只想如何賺錢，且要思考如何給中國人幸福。在這方面，形象是一種非常重要的因素。營造品牌成為一種幸福的感覺。這樣的基本想法變化是二十一世紀中國市場成功之因素，韓商需要繼續關注與體會。事實上，

---

[6] 陳德昇主編，經濟全球化與台商大陸投資（台北：晶典文化事業出版社，2005年），頁22。

韓商開拓中國市場的最大的目標是追求長期穩定的發展。但是這次調查結果顯示，顧客的最大不滿在於售後服務方面。從長期穩定發展的角度分析，這是很不利的結果。品質的改善需要研發投資和時間，但是售後服務方面的改善卻不需要很高的成本；再教育的觀念在中國市場員工間尚未普遍，現在有些韓商在中國市場逐步開始運作這種制度。韓商必須要掌握這一點才能維持穩定發展的基礎。

從問卷調查結果來看，中國廣東、香港和臺灣地區對韓商的看法並不完全正面。這些地區的經濟發展速度和經濟實力，在整個中國消費者是最高的。這些地區離韓國比較遠，對韓國當地的文化也比較陌生，因此韓商開拓這些市場還需要加強研究。最近世界著名的企業逐步把公司的研發部門搬到中國。特別是北京、河北、遼寧一帶。韓國企業可以考慮在中國南方或香港、臺灣設立中國研發部門。這些地區的流行和設計方面對整個中國市場的影響非常大。

品牌方面，企業要滿足顧客的期待才能建立顧客和公司之間的一種長期、深刻與情感性的友誼關係。[7]打造品牌的主要方法是直接刊登廣告，但廣告之外的因素也不可忽略。一般認為，廣告是缺乏人情味的，但是企業通過售後服務、展覽會等形式，可以顯示出人和人之間直接接觸的巨大影響力。

---

[7]　戴國良，品牌行銷與管理（台北：五南圖書出版股份有限公司，2007年），頁341。

參考書目

一、中文部分

陳德昇主編，**經濟全球化與台商大陸投資策略、佈局與比較**（臺北：晶典文化事業出版社，
　　2005年11月）。

吳興南，林善煒，**全球化與未來中國**（北京：中國社會科學院出版社，2002年7月）。

Murray Weidenbaum著，長兆安譯，**全球市場中的企業與政府**（上海：三聯書店，2002年）。

戴國良，**品牌行銷與管理**（臺北：五南圖書出版公司，2007年）。

二、韓文部分

金喜洙，*A Study on the human resource Localization Strategy in the overseas Investment of Korean
　　Firms*，成均館大學，2003。

三星經濟研究所，한류 지속과 기업 활용방안，CEO information 503호，2005。

鄭常恩等著，三星經濟研究所，중국 내수시장공략의 성공조건，CEO information 477호，
　　2004年11月。

朴正真，*A Study on the Localization Strategies by Korean Enterprises into the China Market*，仁荷
　　大學，2005年8月。

조혜영，중국 청소년들의 한류인식과 한중 청소년 교류전망에 대한 연구，청소년학 연구，
　　vol. 10，2003。

이종민，개혁개방 이후 한국을 바라보는 중국의 눈읽기，中國學論叢，vol. 15，2003。

진성홍，대만에서의 "한류"，동아연구，vol. 42，2002。

임계순，중국인이 바라본 한국，삼성경제연구소，2002。

三、英文部分

Perkins, Dwight H., China's Recent Economic Performance and Future Prospects, *Asian Economic
　　Policy Review*, no.1 (2006), pp. 15-40.

Jackson, Susan E. Randall S. Schuler., *Managing Human Resources: A Partnership Perspective"* , South western college, 2000, Chapter 10.

Lin, Justin Yifu, Fang Cai, and Zhou Li. *The China Miracle,* HongKong: The Chinese University Press, 1996, Chapter 1.

論壇 02

**台日韓商大陸投資策略與佈局：
跨國比較與效應**

作 者 群	金珍鎬、林瑞華、耿曙、徐永輝、陳子昂、陳德昇、張紀濤、張家銘、園田茂人、蔡奎載、鄭常恩
主　　編	陳德昇

發 行 人	張書銘
出　　版	**INK** 印刻出版有限公司
	台北縣中和市中正路800號13樓之3
	電話：(02)2228-1626
	傳真：(02)2228-1598
	網址：http://www.sudu.cc
法律顧問	漢廷法律事務所 劉大正律師

總 經 銷	展智文化事業股份有限公司
	台北縣板橋市松江街21號2樓
	電話：(02)2251-8345
	傳真：(02)2251-8350
郵撥帳號	1900069-1 成陽出版股份有限公司
製版印刷	海王印刷事業股份有限公司
	台北縣中和市中正路800號11樓之2
	電話：(02)8228-1290
	傳真：(02)8228-1297

出版日期	2008年2月
定　　價	320元

ISBN　978-986-6650-01-7

國家圖書館出版品預行編目資料

台日韓商大陸投資策略與佈局：跨國比較與效
應 ／ 金珍鎬等著，－－台北縣中和市：印刻，
2008.02
328面；17×23公分. －－（論壇；2）

ISBN 978-986-6650-01-7（平裝）

1. 跨國投資　2. 大陸政策

563.528　　　　　　　　　　97002239